小学館文庫

骨を弔う

宇佐美まこと

JN053965

小学館

堤防から人骨⁉

18日、市内赤根《あかね》川の堤防（替出町《かえでまち》）の土中から、人骨が露出しているとの通報があった。前日の川の増水で堤防の土がかなりの範囲抉《えぐ》られており、土の中から人骨のようなものが見つかったもので、警察の調べでは、理科の教材や医療機関の見本などに用いられる骨格標本であることがわかった。埋められて数十年は経《た》っているというが、誰がなぜこんな場所に埋めたかは不明。とんだ人騒がせな〝バラバラ事件〟に、捜査関係者も首をひねっている。

穴の中はじっとりと湿っている。湿って陰気なのは、穴の中だけじゃない。そこいらの地面にも、こんもりと冷たい朽ち葉が積もっている。空は遠い。森の木々が生い茂り、頭上を覆っているせいで、深い深い穴の底に一人取り残されたような気がする。

何で俺はこんなところにいるのか。

夢の中で何度も同じことを思っている。掘り返されたばかりの黒い土の強い匂い。豊《ゆたか》は、穴の中で胡坐《あぐら》を組んで座り込んでいた。膝の上に何かを抱えて。両手でしっかりと抱えたそれを、ゆっくりと見下ろす。丸くて白いもの――。

頭蓋骨――。

穿《うが》たれた二つの眼窩《がんか》が、じっと豊を見返している。

思わず悲鳴を上げて、それを放り出す。ころんと転がったそれは、土の上でやはりこちらを見据えている。穴から出ようともがく豊の前で、脆《もろ》い土はぼろぼろと崩れ、無闇に動かす手や足を汚すばかりだ。

「誰なんだ？　オレを殺したのは？」

頭蓋骨が口をきく。

崩れ落ちた土を、必死に手ですくってそいつにかける。白い誰かの亡骸《なきがら》は、土に埋もれていく。それでも土の中から声がする。

「誰なんだ？　オレを殺したのは？」

投げつけるようにして、土をかけ続ける。

「知っているんだろ？　お前」

自分でも聞いたことがない、かすれた叫び声が豊の口から漏れる。

「知っているんだろ？　お前」

「知っているんだろ？　お前」

壊れたテープみたいに、感情のこもらない声が土の中から繰り返し聞こえる。

「シッテイルンダロ？　オマエ」

豊は暗闇の中で目を開ける。自分の部屋の布団の中にいることを確かめると、深い安堵《あんど》の息をついた。

あの記事を見てから、同じ悪夢に囚《とら》われている。

この夢から逃れるためには、真実を知るしかない。

その真実を受け止める覚悟が俺にはあるのか？　自分に向けた問いに、また豊は戦慄《せんりつ》する。

一、哲平の章

「骨を埋めたやろ?」

「え? 何だって?」

哲平《てっぺい》は、スマホを肩に挟んでマグカップにコーヒーを注ぎ入れた。朱里《あかり》がジューサーのスイッチを入れたので、その音に顔をしかめる。朱里は知らん顔をして、リンゴや小松菜を押し込んでいる。哲平は、大股で自分の書斎に逃げ込んだ。

「だから、骨を捨てに行ったやろ、俺たち。それで穴を掘って——」

「何の話だよ」

「五年生の時の話——」

机の上に積み上げられた資料の山を慎重に避けて、そっとマグカップを置く。それからハイバックチェアにどかっと腰を下ろした。

「おい、豊。久しぶりに電話してきたと思ったら、子供の頃の思い出話かよ。今から出社なんだよ、俺」

「いつ終わる?」

「何が?」

「仕事。俺、今東京に来てる」

「え、そうなの?」

哲平は体を後ろにそらせた。座り心地を重視して買ったイタリア製のハイバックチェアが、肉付きのいい中年男の体を支えた。

「誰から?」

ダイニングキッチンに戻ると、朱里がいかにも濃厚そうな緑色の野菜ジュースを飲みながら尋ねた。

「本多《ほんだ》豊。小学校、中学校が一緒だった」

「へえ」

たいして興味もなさそうに朱里は答えた。

「東京に出て来てるんだって。今晩会うことにした」

「そう」

急な話だったが、ちょうど今夜予定していた別の会食がキャンセルになって、時間が取れたのだった。

「帰り、たぶん遅くなるよ」

「うん」

朱里はジュースを飲み、小ぶりのクロワッサンを一個だけさっさと食べてしまうと、リビングのソファに座った。クッションにもたれかかり、ソファの上に伏せてあった単行本を手にして、読み始める。

「来月号、昨日が校了だったの。今日は午後からスタジオ入りするのでいいから」

彼女は、ファッション雑誌の編集者だ。今日はスタジオでのモデル撮影に立ち会うのだろう。ダイニングのテーブル越しに朱里が本を読んでいる姿を見ながら、哲平はゆっくりとコーヒーを飲んだ。読書家の朱里は、時間があれば本を読んでいる。一緒に暮らすと決めた時、このマンションの部屋に持ち込もうとした蔵書の多さに驚いたものだ。それでも半分は処分したと言っていたが。

本当は、勤めている出版社の文芸部で仕事がしたいのだ。しかし、本人の希望はなかなか通らず、営業や雑誌の編集へ回されている。お互い不規則な仕事なので、食事も一緒に取ることの方が少ない。朱里は料理の腕も悪くはないが、休日の気が向いた時にしか、それをふるうことはない。別にそれに不満はない。むしろ哲平は、この関係が心地よかった。四十歳の哲平と、三十四歳の朱里が、籍も入れずに同居している関係が。

「なに？」

哲平の視線を感じ取ったのか、朱里が顔の前の本をずらして、こちらを見た。

「いや、またその作家の本を読んでるなあと思ってさ」

朱里は、ふふっと笑ったが、その先は続けず、また読書に没頭した。

今彼女が気に入って読んでいるのは、宇佐美《うさみ》まことという名の作家だ。ホラー色の強いものから、ミステリー、伝奇、幻想小説と書き分ける作家らしい。哲平は、そういう類のものは苦手だ。もっとも小説自体をあまり読まない。読むのは、仕事に関連した実用書が多い。あとは経済と政治関係の書籍。宇佐美まことは、先ごろ、何か大きな賞をもらったらしいが、そういうことにも興味がない。朱里が夢中になっているから、その作家の名前を知ったようなものだ。

朱里から学ぶものは多い。貪欲に知識を身に着けようとするスタンス、与えられた仕事を丁寧にこなそうとする姿勢（たとえ意に染まないものであっても）、失敗してもそれを引きずらない生き方、ずっと力むのではなくて、適度に脱力する技。

一番気に入っているのは、結婚という既成概念にこだわらないところか。こうして二人で暮らし始めてもうすぐ四年になるけれど、結婚のことはお互い口にしなかった。自分の夢を実現すべく仕事に身を入れている朱里も、この形が都合がいいのだろうと勝手に思っていた。周囲も、「どうして結婚しないの？」という質問を浴びせるのに飽いたようだ。

　だが最近、朱里が少しだけそれを意識していると感じることがある。結婚を望むというよりは、子供を産める年齢を逃してしまうのではないかと悩んでいる様子が窺《うかが》えるのだ。哲平は、それに気づかないふりをしている。今のこの生活に、子供が入り込んでくる余地はない。自分より、朱里の方が困るだろう。仕事も制限される。今のようなハードな勤務はできなくなる。編集の仕事、特にファッション雑誌に係わる仕事は、体力も要求される。徹夜で編集作業やゲラのチェックをすることなんて、しょっちゅうだ。カメラマンやモデル、スタイリスト、ライターやデザイナーとの打ち合わせもある。編集会議、企画会議と目まぐるしく動き回っているが、それに朱里はやりがいを感じているはずなのだ。

　それがいずれは彼女のキャリアとなって、望む部署で働けるようになるだろう。それらをすべて擲《なげう》って、子供が産みたいというわけがないと思う。きっぱりと諦めがつくまで、この問題には踏み込むまいと、ずるい考えを哲平は持っていた。

　寝室で手早く着替えをし、「じゃあ、行って来るから」と言うと、朱里は一瞬だけ本から顔を上げて、小さく手を振った。すぐに活字を追い始めたパートナーを置いて、哲平は部屋を出た。

　駅に向かって歩く。ここはウォーターフロントに立地するおしゃれな土地柄に惹《ひ》かれて、多くの若いファミリー層が暮らす街だ。幼稚園に通う子を見送った帰りだろうか、何人かの母親が、ベビーカーを押して歩いている。運河の方から気持ちのいい風が吹いてきた。賃貸ではあるが、ここで新築のマンションに住める幸せを嚙《か》み締めた。

通勤ラッシュのピークが過ぎた電車に揺られながら、哲平は、さっきの豊との会話を思い出していた。

「骨を埋めたやろ？」

いきなり何を言い出すのかと思ったら――。

ようやくその意味に思い当たった。哲平が幼少期を過ごした四国の真ん中に位置する田園地帯。長い間忘れていた替出町での幼い日々。ふいに青々と伸びた若い稲の葉をそよがせて、吹き渡ってくる風を感じた。失われた風景――。

替出町という地名は残っているが、今は町全体が市のスポーツ公園に姿を変えた。市民球場、ラグビー場、武道館、市民プール、テニスコートに競輪場までがそっくり越してきた。市内各所に点在していた施設を一か所にまとめるのに、見渡す限りの田園地帯だった替出町に白羽の矢が立ったのだ。そのために、住民たちの土地は市に買い上げられ、皆町外に転出することを余儀なくされた。哲平の両親も今はよその町で暮らしている。

一度だけ、故郷の町を訪ねていったことがあるが、巨大なＵＦＯが舞い降りたみたいな市民球場がそびえ立ち、すっかり景観は変わってしまっていた。

確かに骨を――埋めたのだ。

あの時の小さな冒険に参加した面々を思い浮かべる。言い出したのは、佐藤真実子《さとうまみこ》だった。いつでもそうだ。あの年代は、女の子の方が成熟していて、しっかりしている。それから京香《きょうか》。真実子の親友。水野京香《みずのきょうか》だった。いつでも一緒に行動していた。真実子の計画や提案に、一番に賛成するのは水野京香だった。

それに豊と哲平と、もう一人の男子は田口正一《たぐちしょういち》。直線だけでできた名前だったから、あだ名はシカクだった。あだ名の通り、まったく融通がきかず、一回思いついたことは、脇目もふらずやり遂げるという性格だった。この四人が、真実子の計画に乗せられて、バラバラの骨をリュックサックに分けて入れて、山奥を目指した。

骨は、真実子が理科室から盗み出してきた骨格標本だった。記憶はどんどん蘇《よみがえ》ってくる。あの三か月ほど前に、理科の研究授業があった。市の教育委員会とかよその学校の先生たちが見学に来ることになっていた。骨格標本が必要な人体についての授業だった。いけ好かない担任の教師を困らせてやろうと、真実子が標本を盗み出した。豪胆というか、突拍子もないことを思いつくというか、そういうことを平気でやる女の子だった。

その骨格標本の処分に困った真実子に頼まれて、遠くに捨てることにしたのだった。そういう時も有無を言わせぬ押しの強さがあった。豊なんかは、窃盗犯の片棒を担ぐことになるのではないかと怯《おび》えていたように思う。だが口では拒絶しながらも、結局は幼馴染《おさななじみ》の真実子にどうせ押し切られるのだという諦めも見受けられた。

どこへ埋めたのかはもう憶《おぼ》えていない。バスで行ったのは記憶にあるが、何というバス停で降りたのかは定かでない。なにしろ三十年近くも前のことだ。それでもあの行為のことを思い出したのは、骨を背負って山道を歩き、森の中に分け入って、深い穴を掘ってそれを埋めるという、小学生が経験するにしては荒っぽい冒険だったせいだろう。何もかも佐藤真実子のせいなのだが。

確か、真実子はあれを「骨を弔う」儀式だと言っていた。ああやってもったいぶった呼び名をつけるのも、同年代の子よりもませた彼女の流儀だった。ただ理科室の骨格標本を埋めただけのことなのに、豊はなぜあの時のことを今頃持ち出してきたのだろう。

そこまで考えて、哲平は電車を降りた。

多くの人々が出入りする、全面ガラス張りの高層ビルに入る。ＩＤカードを首から下げて、エレベーターで一気に二十二階まで上がる。哲平は、中堅クラスの広告代理店に勤めている。彼の仕事はイベントプランナーだ。各種展示会、セミナー、コンサート、キャンペーンなど、あらゆるイベントを企画し、実行する。

「おはようございます。大澤《おおさわ》さん」

デスクに着くやいなや、戒田佐紀《かいださき》が寄ってきた。

「今日のクライアントとの打ち合わせなんですけど――」

「あ、何時だっけ」

「午後二時半からです」

「ちょっと僕は無理かもしれない。会場の下見に行く予定にしてるから。何か問題ある？」

「予算のことでちょっと」

戒田は、昨日遅くにクライアントが言ってきた細々した注文を伝えた。いちいちに頷《うなず》きながら、なんとかクリアできるだろうと踏む。今は、四か月後に開催される結構大きなグルメフェスティバルにかかりきりだ。

「じゃあ、もう一回、相手の希望を反映した予算書を作り直して、打ち合わせまでに。会場の下見は谷本《たにもと》君に行ってもらうことにするよ」

「わかりました」

戒田は、大急ぎで自分の席に戻った。哲平のチームは、有能な人材で占められている。たいていのことは、安心して任せられる。イベントプランナーが担う業務は多い。イベントに関する情報収集、パンフレットの制作、音響や照明、美術効果などを含む会場作り、宣伝や告知も大事な仕事だ。大小の問題をクリアしながら、何もないところからイベントのカタチがしだいに出来上がっていく。クライアントとなるメーカーや自治体、各種団体などの目的にかなったイベントが成功し、感謝されると何とも言えない達成感がある。

チームを引っ張る立場の彼は、予算の管理やスタッフの人選、スケジュール調整、外部への発注など、企画が一度スタートすると、目まぐるしい忙しさとなる。目新しい企画を起《た》ち上げるには、常に感性を磨き、想像力をフルに発揮しなければならない。難しい仕事だが、哲平はそこにこそ、やりがいを感じていた。だから今は、家庭を持つということにあまり興味がなかった。そういう意味で、朱里との生活スタイルは、哲平には都合がよかった。

豊との約束は、午後七時半。それまでに仕事が片付くといいが、と哲平は思った。

約束の時間に二十分ほど遅れたが、豊はのんびりした様子で待っていた。

「すまん」

謝りながら席に着き、水しか飲んでいない豊に心の中で苦笑する。意向も聞かず、さっさと適当に注文した。

「姉さんのとこに来たのか？」

そう問うと、相手は小さく頷いた。豊の姉が結婚して千葉に住んでいる。そこをたまに訪ねて来る豊と、数年に一度、こうして東京で会う。故郷の友人で連絡を取り合っているのは、もう彼一人だけだ。替出町から出ていってから、住民はバラバラになってしまった。

「でも、今度はちょっと違うんだ」

豊は、姉のところに父親が同居することになって、付き添って来たのだと説明した。

「そうか。それがいいかもな。男二人だけの所帯ってのもな」

哲平は生ビール、アルコールに弱い豊はウーロン茶で乾杯をした。

豊の母親は数年前に亡くなって、独身の豊と父親の二人が残された。豊と父親とは、もともとあまりうまくいっていない。最初の齟齬《そご》は、彼が若い時に結婚したいと考えた女性とのことを、父親が頑として許さなかったことだった。相手の女性が再婚で、しかも幼い息子を抱えていたことが主な原因だった。豊の父親は、高校の校長まで務めた堅物で、そういう女性を絶対に受け入れられなかったのだ。

初めは間に入ってとりなしていた母親も、あまりに頑固な父親に匙《さじ》を投げ、結局豊はその結婚を諦めた。それまで地方銀行に勤めていた豊は、それをきっかけにすっかり勤労意欲をなくし、仕事をやめた。そして選んだのが、家具職人だった。岐阜にある木工の学校に入学して家具作りの基礎を学び、四国に帰って、自分の工房を開いた。

そこでコツコツと自分の作りたいものを作っている。ネットで販売しているとは言うが、そう実入りのある仕事ではない。どうやら儲《もう》けなど度外視して、じっくり時間をかけて納得のいくものしか作っていないらしい。丁寧な仕事を評価して顧客になってくれる人もいるとはいえ、そんな客はごく限られているに違いない。

そこがまた父親は気に入らない。人生の敗北者のように、息子のことを見ているようだ。そういう事情を、これまでに少しずつ哲平は聞いていた。母親が死んだと聞いた時から、いずれこういう日が来るのではないかと思っていた。

「じゃあお前は、気楽な一人暮らしってことか」

少し茶化すように言うと、豊は曖昧に笑った。

「で、大昔の俺たちのしでかしたことが急に気になりだしたとか？」

しでかしたというほど大それたことではないだろうと思いつつ、口にした。その言葉に、豊は身を乗り出した。

「いや、そういうことじゃないんやけど」

豊はゴソゴソと鞄《かばん》から新聞の切り抜きを取り出した。黙ってそれを差し出してくる。

『堤防から人骨⁉』という見出しが目に飛び込んできた。ぎょっとして読み進める。記事によると、哲平たちが住んでいた替出町を流れる一級河川、赤根川の土手が増水で抉れ、その場所からバラバラになった人骨が現れたという。しかしよく調べてみると、それは本物の人骨ではなく、おそらくは骨格標本を誰かが捨てたものだとわかったと書いてある。地方紙のトピックのような扱いだ。

哲平は、顔を上げて豊を見た。これがどうした？　と顔に書いてあったのを理解したように、豊が口を開いた。

「これ、俺たちが埋めたと思い込んどった骨格標本じゃないかと思うんだ」

「真実子が盗み出したあれか？」

もう一回、哲平は自分の記憶を探った。

当時担任だった教師の名は、確か木下《きのした》とか言った。常に尊大な態度で、気分次第で児童を怒鳴りつけるので、児童たちにはすこぶる評判が悪かった。そんな木下が理科の研究授業をすることになった。人体の仕組みかなにかの課題だったのだろう。とにかく骨格標本は授業には不可欠だった。

偉い人たちが研究授業の参観に来るというので、木下は張り切っていた。完璧な授業をするべく、準備を怠らなかった。自分のクラスが研究授業の対象となったことがよほど嬉《うれ》しいらしく（とはいえ、哲平たちが通う小学校には一学年三クラスしかなかった）、同じクラスだった真実子はうんざりしていた。彼らは課題に取り組む姿勢やら心得やらを何度もなぞらされた。うまくいかないと木下は苛立《いらだ》ち、児童に八つ当たりをした。

どこにその根拠があるのか知らないが、木下は自分が人より優れていると思い込んでいた。独善的で自分本位なので、うまくことが運ばないと、すべて周囲のせいだということになる。四十歳も過ぎているのに、そういう自分を省みようとはせず、己の道を突き進んでいる感があった。常にその巻き添えを食うのは、児童だった。教員の中でも浮いた存在だったと思う。

そこで真実子は一計を案じた。威張りくさった木下の鼻を明かすために。

前日ぐずぐずと学校に残り、担任教師が去った後の理科準備室に忍び込んで骨格標本を盗み出した。大きなスポーツバッグに入れて持ち出したのだと、後で真実子から聞いた。あの骨格標本は、立派なものだった。研究授業のために買い入れたものではなかったが、「これは小学校に置くにしては高価なものなのだ。忠実に人間の骨格を再現してある」と木下が自慢していたのを憶えている。

そのせいかどうか、小学校の骨格標本は、すっぽりと木箱に収められていた。

だから木下は、研究授業が始まるまで、それが盗まれたことに気がつかなかった。盗みは真実子一人の裁量で行われたことだったので、哲平たちも知らなかった。

木下が授業の初めに、もったいぶって開いた木箱の中が空っぽだったのを見た時の彼の顔は未だに忘れられない。鳩《はと》が豆鉄砲を食らったような顔がどんな顔なのか、それまで哲平には想像がつかなかったが、まさにそれが今の木下の顔なんだな、とその瞬間納得したものだ。

それから木下は真っ赤になり、そして青ざめた。何が起こったのか理解した児童たちは、笑いをこらえるのに苦労した。あの後、どんな顚末《てんまつ》になったかはよく憶えていない。が、犯人は結局判明しなかった。三か月ほどして、真実子が哲平たちに告白するまでは。

「でもさ、この標本とは別のもんじゃないか？　だってあれは——」

遠くの山の中に埋めたのだから、と言いかけた。

「あのさ——」豊は、哲平の言葉を遮った。「あれは骨格標本じゃなかったのかもしれん」

「は？　どういうこと？」

「つまり——」一瞬躊躇《ちゅうちょ》したが、豊は意を決したように一気にしゃべった。

「あれは本物の人骨だったんじゃないやろか？」

ぽかんと口を開いた挙句、哲平は思わず噴き出した。

「そんなわけないだろ⁉」

だが、豊は真剣そのものだった。

「あの骨格標本の頭蓋骨な、あれは真実子がリュックに入れて自分で持っていったやろ？　埋める前に俺、手に取ってつくづく見たんだ」

「そしたら？」

「うん。そしたら――なんかぞっとした」

哲平は膝を打って笑った。

「お前なあ」

「この記事が出たのは、ひと月くらい前なんだ。それからずっと考えとった」

哲平は、骨がどうこうというよりも、豊の精神状態の方が心配になった。昔から物事を深刻に考えるたちだった。父親との確執や、生活の不安からとうとうおかしくなってしまったのではないか。そんな哲平の思惑などおかまいなしに、豊は妙に熱を入れてしゃべり続ける。

「人骨を処分するために、真実子はわざと骨格標本を盗み出したんやないか？　それは先に土手に埋めといて、本物の骨を、俺たちに遠くへ運ばせたんじゃないやろか」

「考え過ぎだって。豊」

豊はまったく耳を貸さない。

「ほら、今度みたいに土手はいつ流れに抉られて、埋めたものが露出してしまうかもわからんやろ。町内の地面に埋めるのもだめだ。あそこはいずれ掘り返されて整備され、スポーツ公園になることが決まっとったんやから。真実子はあれを遠くへ持っていって誰にも見つからん場所に隠す必要があったんだ」

「それで俺たちの力を借りたわけか?」

ばかばかしいと思いながらも、哲平は尋ねた。豊は大きく頷いた。

「あの骨は結構重量があったからな。真実子一人では運べんかったんや」

真実子が骨格標本だと言った骨のことを思い出そうと、頭の中を探った。真実子は、あれを一度自宅の庭に埋めて隠していたんだと言っていた。だから、全体が土で汚れていた。でもきれいな骨だった。白くて臭いもなく、肉片がくっついているなんてこともなかった。だから話を持ち掛けられた四人は、彼女の言葉を疑うことはなかった。

「おい、豊、お前大丈夫か?」とうとうそれを口にした。「じゃあ聞くが、どうして真実子が本物の人間の骨なんか持っているんだよ」

その問いには、豊は力なく首を振った。もうそれ以上は、こんな与太話に付き合う気がなくなった。

「真実子に聞けばいいじゃないか。そうすれば何もかも解決する。お前がぐちゃぐちゃつまらんことを思い悩むこともない」

わざと明るく言ってみるが、それにも豊は首を振る。

「真実子は、もうどこにおるかわからん」

スポーツ公園が出来る時、一家で遠くの町に移り住んでそれっきり消息が知れないという。哲平は深々とため息をついた。

「ほんとに？　お前、結構真実子と仲がよかったじゃないか。よくお前の家に遊びに行ってたろ？」

「俺のとこに来てたんじゃない。あれはうちの親父《おやじ》のとこに本を借りに来てたんや。あいつ、小学校の図書室じゃあきたらんので、親父が持ってる難しい本を読みたがった。親父も喜んで次々と貸してやっとったな。真実子は知識欲があるって褒めとったわ」

「そうか。お前の親父さんは高校の先生だったもんな。本もいっぱい持ってたな」

そういえば、豊の家に遊びに行った時、真実子が難しそうな本を本棚から抜き出して読んでいたところを見た憶えがある。床にぺたりと座り込んで、男の子の方など見向きもせずに。豊の父親は、探求心のある少女が気に入って、勝手に本を読むことを許していたのかもしれない。

豊は言葉を継いだ。

「それにさ、あの骨を埋める時、真実子、なんか骨に語り掛けるみたいな、呪文みたいなもんを唱えとったよな。おかしな儀式をするなあ、と思って聞いとったんやけど、あれ、死んだ誰かに語りかけてたんかもな」

「そうだっけ？　忘れたよ。もう」

投げやりに答える。食欲もなくなった。

「今日はこれからどうするんだ？」

豊はカプセルホテルにでも泊まって、明日四国へ帰ると答えた。父親もいないたった一人の家へ。替出町の近くではあるが、孤独な中年男の生活のことを思うと、胸が塞がれる思いがした。少しだけ思案した後、スマホを取り出して、朱里にラインを送った。すぐに返事がきた。

「なあ、豊、今夜はうちに泊まっていけ。俺の家には、そういうミステリーが大好きな同居人がいるんだ」

豊はきょとんとした表情で、古い友人の顔を見返した。


自宅マンションに帰り着いたのは、午後十時をいくらか過ぎた時刻だった。あれからすぐに居酒屋を引き上げた。朱里も今帰ったところだと言った。

「いらっしゃい」

まだパンツスーツのままの朱里にすっかり気圧《けお》されて、豊は玄関で立ちすくんでいた。

「哲平が結婚しとったなんて、全然知らんかった」

「いや、結婚はしていないんだ。ただ一緒に暮らしてるだけで」

哲平の言葉にますます面食らった顔をする。田舎では、あまり見かけることのない形態の男女関係は理解しづらいだろう。いちいち説明するのが面倒くさく、「まあ、上がれ、上がれ」と背中を押した。

朱里の方も心得たもので、簡単に自己紹介をしてから、自室に引っ込んで、着替えてきた。

「どうする？　お腹《なか》すいてる？　あたしはもう夕食済ませて来たけど」

こっちも食べて来たよ、と答えると、さっさとおつまみを二、三品用意して缶ビールを並べた。豊が「飲めないんだ。せっかくだけど」と言うと、熱いお茶が用意された。

「あたしは遠慮しようか？　二人で話した方がいい？」

「いや、君に聞いてもらいたい面白い話なんだ」

「え？　どんな話？」

「骨がすり替わっていた話」

哲平は、豊の疑問をかいつまんで話した。朱里は、へえ、とか、そうなんだ、と相槌《あいづち》を打ちながら、目を輝かせた。

「面白い話だねえ」

予想どおり、朱里は興味を引かれたようだった。

「な？　君の好きな話だろ？」

ほっとして哲平は言った。居酒屋で友人の荒唐無稽な話に耳を傾けるより、ここで二人で聞く方がずいぶん気が楽だった。

「担任の先生をやり込めるために骨格標本を盗み出すなんて、やるねえ。どんな子だったの？　佐藤真実子ちゃんって」

「変わった子だったな」豊の同意を促すように視線を送りながら、哲平は答えた。

「小学生らしからぬ子だったよ」

「うん、おとなしいんやけど、機転が利くというか、知恵が働くというか――。そのうえ孤高で超然としたとこがあった。他の女の子たちとは群れないっていうか」

おずおずと豊も付け加えた。

「あいつはさ、人を批評する時、うまい比喩を使ったな」

「ああ、あれは感心したよな」

「『障子紙みたいにぺらぺらな人間』とか『恐竜なみに小さな脳みその持ち主』と

かさ」

「うまい表現だな。子供にしては鋭いね。毒もある」

「それが真実子の真実子たる所以《ゆえん》だな」

「あだ名をつける天才だったしな」

「ぶくぶく太って顔もまん丸なのに、頭を角刈りにしていた近所のおじさんのことを『前方後円墳《ぜんぽうこうえんふん》』って言ってた」

　朱里がぷっと噴き出した。

「おい、豊、憶えてるか？　町内会長の爺《じい》さんのこと。奥歯にものが挟まったような物言いをして、いつまでたっても結論が出てこないんで、皆うんざりしてたじゃないか。あの爺さんのことを、真実子は『なかなか型から出てこないプリン』だって陰口たたいてた。町内会長の話を延々と聞かされた後は、気持ちよく滑り出してくるプッチンプリンが猛烈に食べたくなるってさ」

　朱里はげらげらと笑った。彼女がこんなに笑うところを久しぶりに見た。最近は、仕事が忙しくて疲れ気味だったのだ。

「よその家に上がり込んでくっちゃべっていく吉野《よしの》さんって爺さんもいたろ？　あの人のことは『ぬらりひょん』ってあだ名をつけてたな。ぬらりひょんは、忙しい夕方に、いつの間にか他人の家に入ってきて、お茶や煙草《タバコ》をせびる妖怪なんだって。

俺、知らなかったけど、そう真実子が言ってた」

「物知りなんだね、真実子ちゃんは」

笑いすぎて出た涙を拭いながら朱里は感心した。

「吉野の爺さんは奥さんまで連れてきて、よく真実子んとこに上がり込んでたもんな。吉野の婆さんは年寄りのくせに化粧が濃いんで、真実子は『ぬりかべ』って呼んでた」

「妖怪夫婦だな」

「ああ、もうだめ！」

朱里は体を折り曲げて笑った挙句、呻《うめ》いた。

「ちなみに木下のことは、『マイウェイ男』ってあだ名をつけてたぜ。自己陶酔して周囲のことなんかおかまいなしだったから。あいつが夢中になっている時は、頭の中でフランク・シナトラの『マイウェイ』が大音響で流れてるんだとさ」

「どうしてそんな的確なあだ名が思いつけるんだろうね。とても小学生とは思えない」

「だからそう言ってるだろ？」

しかし真実子がそういうことを口にするのは、哲平たちの前だけだった。クラスの皆の前で言えば、きっと人気者になれただろうに、そんなことには無関心だった。

わが道を行っていたのは、真実子も木下と同じだった。

そうだ。学校では口数が少なかった。本ばかり読んでいた。妙に達観したところがあり、大人じみているのだが、人の先頭に立つということはない。そういう目立つことは嫌っていたように思う。成績もそんなによくなかったけど、怜悧《れいり》で機知に富んでいて洞察力もあり、級友たちからは一目置かれていたはずだ。でも友人は少なかったから、どこか近寄りがたい雰囲気をまとっていたともいえる。気心の知れた幼馴染以外からは、奇妙な子と見られていただろう。

「クラスでは変人で通ってた。京香だけだよな。たぶん、親しくしてた女子は」

「京ちゃんは真実子の信奉者だったよな。いつだって金魚のフンみたいに真実子の後をついて回っとった」

「でも、真実子ちゃんの言いなりに骨の処分に付き合うんだから、結局あなた方男の子も牛耳られてたってことになる」

朱里は鋭いことを言った。

「俺たちはさ、家が近所どうしの幼馴染だったからな」

だよな、というふうに豊に目配せをした。ようやく落ち着きを取り戻した豊も、哲平に頷いてみせた。赤根川の土手下に位置する小さな集落に、五人は住んでいた。見渡す限りの田園風景。神社と伏流水が湧き出す泉と、ところどころの雑木林。それと長い土手。家屋はぽつんぽつんと散らばるように建っていた。

もうあそこに戻ることはできないのだ、とふいに哲平は思った。朱里に自分のルーツを見せてやることもかなわない。都会の真ん中でばりばり仕事をして、しゃれた暮らしを満喫しているけれど、もしかしたら、あそこに自分の根っこはあるのかもしれない。

そんなことを今まで考えたこともなかった。豊が四国から持ち込んで来たものを、哲平はじっくりと吟味した。清らかな水の流れに足を差し入れた時のひんやりした感触。沈む夕日が黄金に輝く一瞬。太陽に暖められたむっとする草いきれ。強い風に背中を押されて土手を駆け下りる時の爽快感。訳もなく大声で笑っていた、豊とシカクと俺。

細い用水路のほとりに立って、ばかな男子を見ている真実子と京香の姿もありありと浮かんできた。

「じゃあ、推理をしてみましょう」

朱里の声が、哲平を現実に引き戻した。彼女は缶ビールをぐびっと飲んだ。

「その骨が本物の人間の骨だとして、それはどこから来たか。もっと突っ込んで言うと、誰かが死んだってことだよね」

哲平は、豊の横顔を盗み見た。彼がぐっと唾を呑《の》み込んだのがわかる。まずいな、と思った。こいつの神経症をさらに悪化させることになるんじゃないか。

朱里は平気な様子で続ける。

「さて、誰が死んだんだと思う？　考えてみて。遠くまで骨を捨てに行く必要があるってことでしょ。狭い範囲にいた人じゃないの？　突然死して、それを隠す必要があったとか。裏には深い利害関係が絡んでるはずだよ」

「君さ、ミステリーの読みすぎだって。あのおかしな——」

「でも小学生が誰かを殺すなんてことあり得ないから、普通」

朱里は、哲平の言葉を完全に無視した。

「そうだな。人骨がそのへんに落ちているってことも考えられないな、普通」

諦めて、冗談半分にそんなことを言ってみる。

「誰かに頼まれた、とか？」

豊は、すっかり朱里のペースに乗せられている。哲平は横目で友人の様子を窺った。

「誰に？　家族の人に？　それはないと思うな。子供にそんなことさせないよ。別の親しい人じゃない？」

「京香？　違うか。あいつはあの骨を捨てに行く小旅行を楽しんでたもんな。リュックに入れて持たされたものは、すっかり骨格標本だと信じ込んでたぜ」

しばらく三人は黙り込んだ。こんな不毛な会話をいつまで続けるつもりなんだ？ 哲平は、壁に掛かった時計をちらりと見た。豊も釣られて壁の方を見たが、時間を気にしているようではない。視線が宙をさまよっている。

「真実子が親しくしていたっていえば、徳田《とくだ》さんかな」

豊が言った。まったく自信のなさそうな声だった。まるでひとつひとつの可能性を潰していこうとしているようだ。

「ああ、あの子供好きの爺さんと婆さんか。そうだな。家が近かったから、真実子はよく出入りしてたよな」

人のよさそうな丸い顔の老夫婦を思い出す。あんな人が誰かを殺すなんてことはあり得ない。そろそろ朱里の推理も行き詰まりだ。豊も、自分が妄想に振り回されていることに気づくだろう。あれはどう考えても真実子が盗んだ骨格標本なのだ。もう一体の、土手に埋められていたものの出所を探った方が早いと思ったが、その前に豊が口を開いた。

「徳田さんは、もともとは替出町の人じゃない。県内の別の場所からあそこの家を買って引っ越して来たんや。俺たちが生まれる前に」

「よく知ってるなあ」

「うちの親父は民生委員をしとったやろ。徳田さんが古い家を買って越してきた時も何かと世話を焼いたらしい」

　そうだった。豊の父親は教師ということで、懇願されて長年民生委員もしていたのだった。学校の仕事も忙しいのに、住民から持ち込まれる問題があれば、気軽にどこへでも出かけていた。古びた自転車で町の中を走り回っていた姿が浮かんでくる。

　時々、豊を後ろに乗せていた。野球帽を被《かぶ》った彼は、父親の背中によくしがみついていた。土手の上で、二人でキャッチボールをしていたこともある。あの人は、一人息子を大事にしていた。どこでこの親子はすれ違ってしまったのだろう。

「でもさ、旦那さんの方、恒夫《つねお》さんて名前だったっけ。奥さんは邦枝《くにえ》さんで。恒夫さんは死んでしまったよな。癌《がん》で」

「そうだった。あの頃、相当具合悪そうだった。真実子は心配してあれこれ用事を言いつかってはやってあげてたみたいだけど、結局――」

「その人が死んだのはいつ？」

「残念ながら、骨を捨てに行ったよりずっと後だね。小学校六年生の夏休み前に葬式だった気がする」

「うん。俺たち、葬式出たよな」

　徳田さん夫婦には子供がなかった。だから、奥さんはさぞかし消沈しているだろうと思った。でも邦枝さんは、しゃんと背中を伸ばして立派に喪主を務めていた。長患いの夫が病の苦痛から解放されたことで、ほっとしていたのかもしれない。

「琴美《ことみ》さんがすごく泣いてたのを憶えてるよ」

記憶の断片が、また哲平の中に浮かんできた。はっとしたように豊が目を見開いた。

「琴美さんて?」

朱里がすぐに食いついてくる。

「土手下にあった家の一軒に住んでた人。きれいな人だったな。俺、憧れてたもん」

「へえ、大人の女性なんでしょ。当然」

朱里が探りを入れるような、からかうような目線で哲平を見ている。ばかなことを口にしたと思った。だがあの年頃の男の子なら、誰でも持つ感情だろう。たぶん、琴美さんはあの当時二十代半ばで、母親と二人暮らしだったと思う。きっとあれだけ泣くのだから、徳田夫婦にも可愛《かわい》がられていたのだろう。そういえば、真実子とも姉妹みたいに仲がよかった。

「とにかく、急にいなくなったりして真実子に骨を提供するような人物はいなかったよ。身近には」

もう終わりにしようという意味も込めて、哲平は言った。

「そうかあ。そうそう劇的なことは起こらないものだね。現実には」

残念そうに朱里も応えた。

「恐怖と驚愕《きょうがく》を望むなら、宇佐美まことの描く世界に浸ることだね」

彼女がいつも口にしているお気に入りの作家の謳《うた》い文句を言ってみるが、朱里は首をすくめたきりだった。そして立ち上がると、テーブルの上を片付け始めた。豊は、まだどうにも自分の気持ちに決まりがつかないという顔をしていたが、「すまん。変なことを持ち出して」と律儀に頭を下げた。

「そういえば、川に落ちて溺れて死んだ人はいたっけ」とつい口に出たのは、そんな豊がやや気の毒に思えたからだ。朱里が片付けの手を止めた。「ほら、あの人。真実子が『都会ネズミ』ってあだ名つけてたおじさん。替出町の住人でさ。あれ、名前何ていったっけ？」

「崎山《さきやま》さんか」

恒夫さんが亡くなった、その前年の冬の終わりだったように思う。大水が出た時、崎山さんは琴美の家から帰る途中、水路に転落して命を落としていたはずだ。低気圧のせいで、かなりの降雨量があった。そういう時、赤根川も増水して濁流になるが、普段は穏やかな流れの用水路も、人を呑み込むほどの危険な水位まで上昇する。

真実子が彼に都会ネズミとあだ名をつけたのは、小さな体でちょこまか動いて、人の家の事情に通じては、相手を見下すような態度が鼻についたせいだろう。まるで田舎ネズミをばかにする都会ネズミみたいに。

真実子が嫌っていたのは、琴美さんの家によく出入りして、つまらない口出しをしては悦に入っていたせいだと思う。琴美の死んだ父親の従弟《いとこ》か何かだと聞いた気がする。体の具合がよくない琴美の母親が卑屈なほど頭を下げていたかすかな記憶が浮かび上がってきた。

モグリで金貸しをやっているとか、詐欺まがいの行為で人を騙《だま》すのだとか、よくない噂《うわさ》もあった。

すっかり忘れていた遠い町での出来事が、旧友との会話でするすると思い出されるのが不思議だった。

「赤根川に合流した後まだ下流まで流されて、当分遺体が見つからんかったよな」

「え？　それじゃあ」

「残念でした」朱里の期待を、哲平は一言で打ち砕いた。「骨を捨てにいくより前の話だったけど、ちゃんと見つかったんだよ。あれは崎山さんの骨じゃない」

こんな不穏で奇異な会話を、違和感なくする自分がおかしかった。朱里を通して、俺も宇佐美まこととやらに毒されてきたのかもしれない。

「でもさ、いろんなこと、経験してるんだ。いいなあ。あたしなんか、学校と習い事と塾とで青春終わっちゃった感がある」

朱里はそんなことを言いながら、手早く片付けを終わらせた。

一度奥へ引っ込んだ朱里が戻ってきて、新しいタオルを差し出し、豊に先に浴室を使うよう勧めた。恐縮する豊を案内して、廊下の先の浴室へ行く。遠慮して、またくどくどと礼を言う友の背中を押した。

「なあ、豊。もう忘れろ。真実子もどこかへ行ってしまって真相はどうしたってわからない。つまらんこと考えず、これからの自分の人生を考えろ」

柄にもなく、殊勝なことを言ってしまう。豊も、うん、と返事をして、浴室に入っていった。そして、ドアを閉める直前にまたぼそっと呟《つぶや》いた。

「あの頭蓋骨は男のものじゃったと思う。体の骨格もがっしりしとったもんな」

哲平の前でドアが閉まった。

あいつ、何かを隠しているんじゃないか？　ふとそう思った。もう豊は真実子が埋めた骨の由来も、誰が誰を手に掛けたかも見当がついているんじゃないか。確信が持てず迷っていて、その推理が正しいかどうか、誰かと協議したかったのではないか。それで、かつての仲間のところに来たものの、持論を持ち出す勇気がなかった。それほど口にしにくいものなのだろうか。

閉まったドアの前で、しばらく哲平は考え込んだ。

哲平と朱里がベッドに入った頃には、午前零時も過ぎていた。

「ほんと、悪かった。急に友だちを連れて来たりして」

「いいよ。楽しかった」

朱里は笑った。彼女の方は、今まで何度か友人を連れて来たり、妹を泊まらせたりしたことがあったが、哲平はこういうことは初めてだった。私生活を他人にさらすのは嫌だったし、そこまで親しい友人も東京ではできなかった。

そう考えると、幼馴染とは不思議なものだと思う。数年に一度しか会わないのに、会うと、子供の頃の関係性にすんなり戻っていく。子供時代に構築されたつながりは、いつまで経っても、一本の芯のように残っているものなのか。だとすると、真実子に今出会ったとしたら、俺たちはまたあの我儘気随《わがままきずい》なやりように引きずり回されることになるのだろうか。

ひょろりと痩せて色黒で、まったく愛想のない少女だった。強いものに媚《こ》びるということもなく、飄々《ひょうひょう》としているかと思えば、突拍子もないことを思いついて、向こう見ずに行動したりした。たいていそういうことに巻き込まれるのは、幼い頃から一緒に成長してきた近所の四人だった。

真実子が盗み出した骨の処理を手伝わされた、あの日の行為は、その最たるものだった。どうしてだか、結局真実子の言い出すことは断れなかった。あの貧相な見てくれの少女には、不思議と人を惹きつける力が備わっていた。操られていると言えなくもなかったのに、なぜか彼女の言う通りにしていると間違いないという気がしたし、実際楽しかった。不思議な能力の持ち主だった。

「なんかさ、知らない哲平の顔が見られたって気がした」

もぞもぞとベッドの上で体を動かして、哲平の肩口に額を押し付けた朱里が言った。

「あなたも子供だった時があったんだなあって」

「ばか言うな。当然あるさ。誰にでも」

「でもそういう話、一度もあたしにしてくれなかったでしょ？」

「そうだっけ？」

「ほんとは、その骨が本物でも偽物でも、どうでもいいんだ。友だちを連れて来て、昔の話に興じている哲平見てると、なんかほっとした」

「何だ、それ」

哲平は眠れないままに、替出町がどんな所だったか、自分がどんな子供だったか、どんな遊びをしていたか、兄弟や友人たちとの関係がどうだったかをしゃべった。

別に封印していたわけではない。ただ町がなくなって、誰もあそこに住まなくなったというだけで、もう何もかも消えてしまったと思っていた。でも違った。それらはすっかり失われたわけではない。確かにあの時、あの場所に存在したのだから。

季節の色は、都会よりもうんと濃かった。夏に秋の気配がすっと入り込む瞬間を、子供は敏感に感じとったものだ。夏休みが終わり、もう子供が主役の王国にいられなくなる瞬間を。どこかよそよそしい硬質のものが混じった風に吹かれて、青い草波の上に立つ。捕虫網をかまえて。そうやって、透明な翅《はね》を夕日に輝かせて飛んでくるギンヤンマを待っていた。息を止めて、気配を消して。そして、さっと網を出す。勝負はひと振りで決まる。追うのではなく、ただ網を差し出し、横に振るだけでいい。

オニヤンマでも捕ろうものなら、その日のヒーローだった。

「武士道だね」

朱里は面白がった。

「夏を終わらせる儀式はさ、赤根川の一番深い淵《ふち》に飛び込むことだったんだ」

大人に言うと怒られるから、黙ってやっていた。川が大きく湾曲した場所は、恐ろしいほど青黒い水を湛《たた》えた淵だった。

「上に大岩があって、そこからジャンプするんだ。水面までは三メートル、いや、四メートルはあったかな。これがやれるのは、小学生でも高学年の男子だけだった」

――肝試しをやって喜んでる時点で、子供だよ。

あの儀式のことを、真実子はそういうふうにこき下ろしていたけれど。にこりともしない、いつもの調子で。

ほんとは二メートルくらいしかなかったのかもしれないな、と哲平は思った。でもあの岩の上に立った時は足が震えたものだ。淵の水も凍りつくほど冷たかった。引っ張りこまれるみたいにぐぐっと沈み込み、手足で必死に水を掻《か》くが、水面は遠かった。

死がほんの少しの距離にあると感じたあの数秒間――。

怖いのに、何度も飛び込んでそれを体感していると、夏は静かに去っていった。冷えた体の、息も絶え絶えの少年たちを置き去りにして。

朱里はいつの間にか、すうすうと寝息をたてていた。

翌朝、朱里は珍しく和食の朝ごはんを作った。

「材料がないから、ありあわせで悪いけど」

卵焼きとお浸しと、味噌汁《みそしる》。誰かがお土産でくれたナスの漬物。

「いや、上等な朝ごはんだ。こんなの食べるの久しぶりや」

　豊は感激していた。そして、炊き立てのご飯をうまそうに口に運んだ。それを見ながら、哲平と朱里もテーブルを囲む。昨晩から豊が、何で結婚しないのかという疑問を胸の内に抱えているのは、わかっていた。そういう不躾《ぶしつけ》な質問をするのはどうだろうか、と葛藤している様子も見て取れた。

「俺たちはさ、これが一番心地いいんだ」

え？　というふうに豊が箸を止める。

「つまり、お互い仕事を持って、やりたいことをやる。でも二人でいる意味はある。それはお互いよくわかってる。結婚という形には縛られたくないんだ」

「そうか」

　理解したとは言い難いが、豊は黙って口の中のものを咀嚼《そしゃく》した。朱里が何か言うかと思ったが、こちらも黙したままだ。

「豊は？　お前はもう結婚とか考えていないのか？」

「もう相手がおらんよ」

「前、別れた彼女に未練があるとか？　なら、もう一回考えてみたらどうだ？　親父さんとも別居したわけだし」

「いや、それはない。それはないよ」

それには、慌てて首を振る。もうこの話題には触れない方がよさそうだ。

豊は、うまい、うまいを連発した。

「こんなもので、そんなに言ってもらうとなんか申し訳ないな」

朱里は照れた。

「いや、男二人だけの所帯なんて悲惨なもんやけん。母親に家事はまかせっきりやったからな。母が亡くなってからは、親父と向き合っても会話もないし」

その寒々しい食卓の様子が想像できた。

「じゃあ、今朝は親父さんもお姉さんの作った手の込んだ朝ごはんを食べているんじゃないのか？」

「そうやなあ。姉貴は料理が得意だし、子供たちもいるし、賑《にぎ》やかにやっとるやろ」

姉のところは、社会人になったばかりの息子と大学生の娘がいると豊は言った。

「随分大きいのね」

「うん。俺と姉貴は八歳離れとるけんね」

「それじゃあ、うちの二番目の兄貴と同じ年だったんだ。うちもさ、俺と一番上の兄貴とは、十歳離れてて」

「そうなんだ」

朱里がちょっと驚いたように口を挟んだ。

「前に言わなかったっけ？　言っただろ。たぶん」

朱里と生活を共にし始めたことは、両親には伝えたけれど、朱里を故郷に連れていったことも、家族に紹介したこともない。そういう煩わしいことも省略して暮らしていけるところが、こういう同居形態を選んだ特典のように思っていた。

姉は大学の先輩だった男と結婚したのだ、と豊は語った。有名な証券会社に勤めていて、全国の主要都市を転勤して回ったあと、今は千葉に家を建てて暮らしているという。妻の父親を引き取れるくらいだから、家屋にも経済状態にも余裕があるのだろう。そんな義兄とも比べられて、豊は肩身が狭かったのかもしれないと哲平は思った。

釣られて自分の兄弟のことを、哲平はしゃべった。上の兄は、地元で農協に勤めていて、下の兄は、嫁さんの実家の運送会社を継いで広島《ひろしま》にいる。朱里が興味深そうに聞いていた。長兄に、「いい加減な暮らし方をせず、ちゃんと籍を入れろ」とさんざん言われたことは、伏せておいた。

朱里が慌ただしく出勤していった後、哲平は食器を下げて、食器洗い機に並べ、スイッチを入れた。いつもの手順なのだが、豊は居心地が悪そうだった。まさか哲平がそんなことをするとは思わず、手を貸すかどうか迷っているようだ。手早くそれらを済ませ、身支度を整えた。

　バスタ新宿から高速バスに乗るという豊を、そこまで送って行こうと申し出た。

「いや、いいよ。いくら田舎者やって、新宿くらい行けるよ」

　豊は固辞した。

「いいんだ。今日の午前中、ちょうどあの方面で業者と打ち合わせをすることになっているんだ。一回会社に出るつもりだったけど、会社には連絡しといたから。直《ちょく》で行くって」

　それでも豊はすまながった。そんな友人を促して、マンションを出た。

　久しぶりに通勤ラッシュの電車に揺られ、新宿まで出る。四国行きのバスが出るまで、まだ一時間余りあった。一人で待つから仕事に行ってくれと豊は言ったが、相手との約束の時間はまだだと、構内のコーヒーショップに連れ込んだ。

　客の出入りの激しい店の中、一番奥の席に着く。豊は落ち着きなく、あちこちに視線をやっている。

　朱里が出て行ってから、豊は言ったのだ。京香とシカクを訪ねてみるつもりだと。そこまで真実子が持ち込んだ骨の由来を気にしているのか、と呆《あき》れた。マンションを出た後もずっとそのことが気になっていた。このまま帰してしまうわけにはいかないと思った。もし何か気がかりがあるなら、聞いてやりたい。その上で、豊の懸念を払拭して田舎に帰らせたかった。たった一人で悶々《もんもん》と悩んで生活するようなことにならないように。

さりげなく、「そんな昔のことをほじくり出して何になるんだ」と問うた。

「いや、そうじゃないいんだ。なんか、一区切りやなあ、と思うてさ」心配げな哲平の表情を見返して、豊は言った。「親父を姉貴のところに送り届けて、一人になってみて、これからどうしようかと考えた時さ、もう俺、何もしたいことがないなあって気がついた」

「手作りの家具は？　工房をやってるんだろ？」

「そうなんやけど。そうだな、木工をやってる時は楽しいな。無心になれるっていうか」

「それじゃあ――」

「工房はしばらく閉めるつもりなんだ。注文を入れてくれているお客さんには悪いんじゃけど」

こいつは人生の目標を失ってしまったんだな、と哲平は思った。でも人生の目標って何なんだ？　俺だって明確にそんなものがあるわけじゃない。東京で、何とかやっていけるよう頑張ってはきたが、目の前の仕事を夢中でこなしていたら、ここにたどり着いた感じがする。努力はした。朱里と暮らして、お互い自己実現できていると思っていた。それで満足していた。籍も入れず、子供も作らず、新しい家族の在り方を実践しているつもりだった。

でも、それでいいのか？　この先は、どこへ続くのだろう。人生の成功者だと周囲の人々が認めてくれるのか。そもそもそんなものに価値があるのか？　何が残る？　悦に入った鼻持ちならない男が一人出来上がるだけではないのか？

そんな気持ちにさせた豊にちょっと苛立った。

「甘いよ、豊」

ついそんな言葉が口から出た。豊は、動じることなく、それを受け止めた。

「そうや。俺は甘い。どうしようもない男だ」

そして向かい合って座る哲平に、自身の甘さ加減を語った。

若い時に、一緒になろうとした女は、水商売をしていた。町内会のイベントの打ち上げの流れで連れていかれた店だった。ウーロン茶しか注文しない豊に、女は嫌な顔ひとつしなかった。三歳の子供を母親に預けて働いていると、豊に語った。何度か店に通っているうちに男女の仲になった。豊はその女にのめり込んだ。

「恥ずかしい話なんやけど、初恵《はつえ》の体に溺れてしもうたんやな、俺。そういう経験がなかったわけじゃないけど、何もかも俺の前にさらけ出して、すがりついて、身をよじってよがるんだ。この女しかないと思った。もう見境がつかんようになった」

健気《けなげ》な薄幸の女だと思った。どうにか助けてやれるとも思ったのだという。

哲平は笑おうとしたが、笑えなかった。そういう純な男気が、豊にはあった。赤根川の淵に飛び込む前に、深呼吸してぐっと足下を睨《にら》みつけていた、遠い日の友人の横顔を思い出した。

「あいつと結婚しようとして、親父に猛反対された。俺は必死だった。初恵はその時、俺の子を妊娠しとったから。親父に許してもらえなくても、駆け落ちでも何でもしようと思ったんだ」

「でも、そうはならなかったんだ？」

初恵が流産したのだという。

「生まれてくるはずの子を亡くすということは、女にとっては重いものなんだろう。急速に初恵の気持ちは萎《しぼ》んでしまった。抱いても抱いても、前のようにはうまくいかなかった。だんだん冷たい死人を抱いている気持ちになってきたよ」

初恵は、豊の前から姿を消した。探し回って居所を突き止めたが、離れた心はもうどうにもならなかった。

「親父さんを憎んだか」

豊はふわっと笑った。泣き顔に見えなくもなかった。

「そうじゃなあ。あの時に結婚を許してくれていれば、とは思った。いや、ずっと思い続けとった。初恵と、連れ子と、俺の子とで、暢気《のんき》に暮らしていたかもって。そうして、俺がずっとそう思い続けとることを、親父も知っとった」

うまくいくわけがないよな、とまた豊は笑った。

「さっき、初恵に未練はないかと聞かれて、ないと答えたよな。あれは本当や。でも、初恵のことは吹っ切れたけど、初恵を助けてやれんかった自分に失望していた。引きずってきた気持ちを長い間親父に転嫁しとったんやな。その方が楽やけん」

父親が姉の家に行くと決まった時に、初恵を訪ねてみたのだと、豊は言った。別にどうこうする気はなかった。だが、どんな暮らしをしているか気になったのだ。自分が救ってやれなかった女が。

そしたら、初恵は内縁関係の男と暮らしていたという。聞き及んだところによると、豊と別れた後、二度の結婚と離婚をし、その後も男関係はルーズなようだった。最初に連れていた初恵の子供は、母親のところに預けっぱなしで、その後、父親の違う子を二人もうけていた。

「こんな生活をさせとるのは、俺のせいだと思った。だから、初恵に謝ろうとしたんじゃ。そしたら――」

鼻であしらわれたという。生活に倦《う》み疲れた風体で。あれほど輝いていた女だったのに。しまいに、ヤクザまがいの今の夫が出てきて、脅されたらしい。

「ああ、もう、お前はほんとに甘いよ」

「そうだ。その通りや。もしここに真実子がおったら、『豆腐の角に頭をぶつけて死んでしまえ』って言うやろうな」

ようやく二人は、腹を抱えて笑った。

「そうだな。真実子は俺たちには容赦なかったもんな」

しばらく黙り込んで、二人は幼かった時分に思いをはせた。何の心配も不安もなく、ただ今日と、せいぜい明日の楽しみ方を考えていた頃のことを。

「お前は、自分探しをしたいんだ」

口にして、その青臭さに閉口した。

「そんな大それたことじゃないんよ。でも今、俺たちが捨てたと思ってた骨格標本のバラバラの骨が土手から現れた。これ、何かの合図かもしれんと思ったんだ」

「それを知ればお前は、また人生に向き合えるのか？」

「まさか。ただ、きっかけが欲しかった」

豊はうつむいて、手にしたコーヒーを啜《すす》った。なぜか、心に引っ掛かった。人生の敗北者ともいえる男のことが。ついこの間まで、こんな男を蔑んでいたはずなのに。

こいつの足下には、何があるのだろう。夏の終わりの深い淵が口を開いているのだろうか。

もう一回、あの水の中に飛び込みたいと、哲平は切実に思った。あの厳かな少年の儀式。深みから浮かび上がり、再び光溢《あふ》れる世界に戻るゲーム。あれは生まれ変わりを何度も体験していたのと同じだった。

「京香とシカクの居場所はわかっているのか?」

「うん。京香は隣の市で結婚しとる。相手は県会議員なんやて。代々続く政治家の家系なんじゃ。今や、あいつは議員夫人だ。京香に会ったら、もしかしたら真実子の行方もわかるかもしれんな」

「そうか」

「あと、シカクは東北におる。宮城《みやぎ》県の東松島《ひがしまつしま》市ってとこに」

「宮城県?」

「うん。あいつ、東日本大震災で被災したんだ。家族を亡くして、今は一人暮らしらしい」

哲平は絶句した。東京へ出てきて、いや、替出町から立ち退《の》かされて以来、豊以外の幼馴染とは疎遠になったままだった。連絡を取ろうともしなかった。あれほど濃密な時間を共有していたというのに。これが、俺が望んだ未来だったのか? あの頃、どんなことを望んでいたのか。そんなことも忘れてしまった。

「なあ、豊。皆に会って、どんなことになったか知らせてくれるか？　お前が気になっていることが解決できたかどうか」

さりげなく探りを入れてみる。豊の表情からは何も汲《く》み取れない。

骨格標本が顔を出してきて、豊は何かに引っ掛かりを覚えた。それを確かめるために行動を起こさずにいられなかった。

この男は何を見つけるのだろう。ふとそれが知りたくなった。どうしてそんな気になるのか自分でもよくわからない。初めは豊の気持ちを慰めてやろうと考えていたのに、過去から来た謎に自分もすっかり取り込まれてしまったのだろうか。

「わかった。そうする」

豊の返答に、ようやくほっとして肩の力が抜けた。

「豊、俺、ひとつ思い出したことがある。今朝、俺たちの兄弟の話をしていた時」

冷めたコーヒーを一口飲んだ。豊は黙って聞いている。

「うちの上の兄貴が農協に勤めているって言ったろ？」

「うん」

「俺が小学五年生の時、もう働いてたんだ。農協の販売部で」

長兄の利彦《としひこ》は、高校を卒業するとすぐに農協へ就職したのだった。

「替出町は農村地帯だったろう？　農協はいい就職先だった。近所の人がいろんなものを買ってくれるから、販売部にいた兄貴は大忙しだった。気がいいから、雑用も引き受けてさ。そういうのに、俺もつき合わされたり手伝わされたりしたもんだ。もちろん、徳田さんのところにも行ったよ」

土手下の集落の、一番はずれの家に住んでいた徳田さんのお婆さんは、よくお菓子やジュースをくれたものだった。六十代でお婆さんとは、今考えると失礼な話だが、小学生からすれば、立派な年寄りだった。

彼らは田んぼを持っているわけではなかった。けれど、古い家には、結構大きな庭と畑がくっついていた。裏には、土手まで続く小さな雑木林があって、そこも徳田家の敷地だと聞いた。それらの土地も含めて購入したということか。あんな不便な場所に転入してくる人はいなかったから、広い土地でもそう高い値ではなかっただろう。

「仕事、退職して悠々自適の生活をしてたってわけ？」

「いや、そんなに余裕はなかったと思うよ。旦那さんの恒夫さんは、赤根川の上流の製材所で働いていたみたいだった。病気になるまでは」

豊が記憶を探りながら、ゆっくりと答えた。奥さんの邦枝さんは、畑でせっせと野菜作りをしていた。そこで使う肥料や消毒薬や園芸ネットなどを買ってくれて、利彦が届けていたのだった。よく家に出入りしていた真実子が、畑にいることもあった。縁側で本を読んでいることもあったし、訪ねてきた琴美とおしゃべりをしていることもあった。

届け物をした利彦と哲平を琴美が呼び止めると、兄は荷物を放り出して寄ってき、話の輪に入った。きっと琴美と話せるのが嬉しかったのだろう。それほど琴美はきれいな人だった。農村部にしては、肌の色は抜けるように白く、スタイルもよかった。黒目がちの目は、くっきりとした二重瞼《ふたえまぶた》で、長い睫毛《まつげ》がくるんと巻き上がっていた。卵型の顔の輪郭に、流れるような黒髪。派手ではないが、和風の美人だと、しきりに兄が言っていたのを憶えている。

「あの人の左の耳たぶに二つくっついたような黒子《ほくろ》があるだろ？　あれ、色っぽいよな」

うっとりしたように兄は言った。

ばかじゃないか、と思いながらも、縁側で琴美のそばに座るといい匂いがして、哲平も幸せな気分に浸れた。ばかじゃないの、という視線を送ってきていたのは、真実子だったが。

真実子も琴美も一人っ子だったから、年はうんと離れているのに、姉妹みたいに仲がよかった。「真実ちゃん」「コト姉ちゃん」と呼び合っていたように思う。

琴美の器量の半分でもお前にあったらな、とはもちろん怖くて真実子には言えなかった。勘の鋭い真実子に「何か言いたいことでもある？」とぴしゃりと言われたこともある。

「さっさと肥料を納屋に入れてきたら？」と追い立てられ、しぶしぶ縁側から立ち上がる。納屋というのは、畑の近くにあった道具置き場だ。兼業農家ではどこでもそういう納屋や作業小屋を備え付けていた。徳田さんのところは、母屋の裏に水回りをまとめた瓦葺《かわらぶき》の小さな家屋があった。そこは元の風呂場と便所で、昔はそういう水回りのものは別棟にしていたらしい。汲み取り式の便所と焚《た》き付け型の風呂だ。便所の臭いと、薪《まき》で沸かす風呂から飛ぶ火の粉を避けるために、母屋から離して造るのが一般的だったらしい。

さすがにその当時もそんな時代遅れの施設は使われておらず、母屋の中に快適な風呂場とトイレを設《しつら》えてあった。古い風呂場はセメントで固めた洗い場も、細かいタイルで覆われた小ぶりな浴槽もまだしっかりしていて、「水漏れもしないし、使おうと思えば使えるんだ」と恒夫さんは言っていた。他人の家なのに、出入りして物を運び込んだりしているうちに、そういう構造を哲平はよく知るようになった。

利彦も哲平も、特に気負いもせず、自然に頼まれごとをこなしていた。

仕事を終えると邦枝さんにお礼を言われ、縁側でスイカでも食べんかね、と誘われた。季節によって、それが焼き芋だったり甘酒だったりした。そのうち恒夫さんが勤め先から自転車で戻ってきて、皆が集まっているのを見て、目尻を下げる。

口喧嘩《くちげんか》をする真実子と哲平を、誰もが笑って見ていた。

平穏な、どこにでもある田舎の風景だった。あの時は、こういう時間がずっと続くものだと思っていた。変化するものは、静かに形を変えつつあったに違いないのに、子供の目には、それは映らなかった。平和なもの、穏やかなものは、侵されることはないと信じていた。今は、そういうものこそ脆いのだと知っている。大人になった悲しさだ。

「恒夫さんが癌になったのは、いつなんだろう」

ぽつりと呟いた言葉は、店内の喧騒にかき消される。

「なあ、豊」いくぶん大きな声で話しかけると、豊は通路に面したガラス面から、こちらに目を転じた。

「おかしなことがあったんだ。あれは病気のせいだったんだろうか」

やっぱり独り言のようにそう言った。

「豊は憶えてないか？　徳田さんちがすごく散らかって、汚れて異臭騒ぎにまで発展したことがあったろ？」

「そうだっけ？」

「そうだよ。思い出したっていうのは、そのことだ。なんで忘れていたんだろう」

小学校の五年生の時、利彦が、徳田夫婦に頼まれものをした。奇妙な頼みだった。山間部に住む知り合いが、罠《わな》で獲《と》ったイノシシ肉を販売しているのだという。狩猟期に獲ったものを冷凍保存してあって、いつでも買える。シシ鍋をするから、買ってきてくれないだろうかというものだった。

哲平の家には軽トラックがあったから、利彦はたまに農協とは関係のない荷物を取りにいったり、買い物を引き受けたりもしていた。誰にでもそうしてやっていたのだが、徳田さんは車を持たないので、特に頼りにされていた。だからその時も気安く引き受けた。

「その時も、俺は助手席に乗っかってついていったんだ」

ドライブ気分で、一時間ほど走り、言われた通りの場所にたどり着いた。

「そこで、いざ注文した肉を受け取る段になって驚いた」

ものすごい量の肉だった。「多目に頼んだから」と言うので大きなクーラーボックスを二個、荷台に積んで行っていたが、それでも足りずに売主にもう一個借りたほどだった。

「ほとんどイノシシ一頭分もあったな。どうしてそんなにたくさんの肉を買うのか、不思議だったよ。だって――」

あの時、もう恒夫さんの様子はおかしくなっていた。

「恒さんに、栄養をつけてもらわんと。ここんとこ、元気がないけんね」

そう邦枝さんは言っていたけど、なぜか、背中が冷たくなったのを覚えている。恒夫さんの憔悴《しょうすい》ぶりは、「元気がない」というひと言ではくくれないほど病的だった。それまで馴染んできた徳田夫婦に狂気じみたものを感じた。

それでも、お礼にとひと塊のシシ肉をもらった。それでその晩は、シシ鍋をして一家で食べた。その日からだった。徳田夫婦がおかしな行動をし始めたのは。邦枝さんは、あれほど熱心に作っていた畑を放りだした。確か五月頃で、すぐに草ぼうぼうになった。恒夫さんは、勤めをやめた。いや、それまでにもうやめていたのかもしれない。あの体では、製材所の仕事なんて、到底無理だ。

病院に行く以外は、家の中で寝たり起きたりの生活だったように思う。途端に、邦枝さんもだらしなくなった。あれほどきちんとした人だったのに、家の中は荒れて汚れ放題になった。ゴミもちゃんと処理しないで、溜《た》め込む一方だった。彼らの家は、集落のなかでもはずれにあったから、なかなか他の人は気づかなかったけれど、ひどいものだった。一番近くに住む真実子は、相変わらず頻繁に出入りしていた。

「真実子だって当然気がついていたはずなんだ。でも——なんか、あいつもおかしかったな」

徳田夫婦の、失意と困憊《こんぱい》の果ての惑乱とでもいうものが伝染したかのように、暗い顔をして、あの家に出入りしていた。徳田家には、今まであった活気と入れ替わりに、忌まわしさと物狂おしさが沈殿していった。

琴美さんが心配して訪ねてきても、追い返すようなことをしていたと思う。あれほど可愛がり、仲良くしていたのに。邦枝さんに拒まれて、寂しげに立ち去る琴美さんを、哲平は何度か目にした。もちろん、彼ももう徳田家に足を踏み入れることはなかった。利彦も、あれ以来、用事を頼まれることがなくなった。

「そして、異臭騒ぎが起こったんだ」

「ああ――」豊が応じた。「そうだ。思い出した。あまりの臭いに苦情がきて、うちの親父が様子を見に行ったんやった」

民生委員の自分の父親が何度か事情を聞きに行ったのだ、と豊は言った。

「初めは曖昧な言葉でごまかして追い返すんだ。恒夫さんの具合も悪そうやったから、強く追及することもできんと、親父は戻って来とったわ」

「じゃあ、豊も知ったんだな？　あの異臭の根源を」

豊は頷いた。哲平は、ちらりと腕時計に目を走らせた。バスが出るまであと四十分。それまでに過去への旅を終わらせないと。

三週間、いや一か月も続いたろうか。それぐらい経つとひどい臭いはいくぶんやわらいだ。そうなって初めて、邦枝さんは、あれは裏の草地に捨てたイノシシ肉が腐った臭いなんだと、告白したそうだ。徳田家の敷地内で、後ろには雑木林があったところだ。敷地といっても、ついでに買っただけで、特に何に利用するということはなかった。雑木林も、繁茂するにまかせていて、下草が伸び蔓性《つるせい》植物は覆いかぶさり、足を踏み入れることもできない状態だった。

「その話は、うちにも伝わってきたよ。邦枝さんは、あれだけたくさんのシシ肉を買っておきながら、『まずかったから』って一言で片づけたそうだ。それを聞いて、なんか、嫌な気分になったよ。だって、うちでは、シシ鍋をみんながうまい、うまいって食ったんだから」

おそらく味覚もおかしくなっていたんだろう。いや、やっぱり精神的に参ってしまって、あんなおかしな行動をとったに違いない。食べられもしない肉を大量に買い込んで、すぐに捨ててしまうなどという行為は、まともじゃない。

哲平が、真実子を捕まえて問い質《ただ》すと、ようやく彼女は恒夫さんの病が癌で、もう長くないらしいということを告げたのだった。それで哲平も合点がいった。

「子供もいなくて、二人っきりの夫婦だったろ？　動転して、投げやりになって、あんな行動に出たんだろうって思った」

「子供はおったらしいよ」

「えっ？」

「徳田さん、娘さんがおったらしいんだ。いつだったか親父が聞いてきた。でも小さい時に交通事故で死んだみたいやって」

「そうか。かわいそうな人だったんだな」

でも、腐った肉をあのままにしておくわけにはいかない。ハエはたかるし、衛生上もよくない。豊の父親が再三注意したが、恒夫さんにはもう、処分する体力もない。それで、結局豊の父親が、草地に穴を掘って埋めたという。シシ肉を投げ捨てて、一か月半は経った頃だった。肉を埋めても臭いは当分消えなかった。汗みどろになって帰ってきた父親の体にも嫌な臭いがくっついていたと豊は言った。一か所、スズメバチに刺されてもいた。雑木林の中に巣があるのか、木々の間をわんわん飛び交っていたそうだ。

「いいこと、したな。親父さん」

そう言うと、豊は弱々しく微笑《ほほえ》んだ。

「他人が力を貸してくれたらなあ、何とか立ち直るもんなんだよな」

あの異臭騒ぎの後、とうとう恒夫さんは入院しなければならなくなった。だが恒夫さんは無気力な邦枝さんを心配して、ずるずると入院を先延ばしにした。それで、邦枝さんもこのままではいけないと思ったのかもしれない。

「久しぶりに兄貴に農協で買ってきてもらいたいものがあるって言ってさ」

「何を？」

「重曹だ。それも業務用の大きな容器入りの」

「へえ」

「それで家中を掃除するんだなって思った。なんせ、ひどい汚れようだったから。それから、兄貴が言ってたけど、オキシドールも頼まれたって。殺菌作用があるんで、消毒に使うんだって。家の中も嫌な臭いがこびりついていたのかもな。真実子もせっせと手伝ったみたいだ」

体を動かしているうちに元気が出てきたのか、それとも抗いがたい運命を受け入れる覚悟ができたのか、それ以降は、奇矯な行動はなくなったのだった。恒夫さんはそこまで見届けて決まりがついたのか入院した。それから一時、小康状態を保った時期もあって、穏やかに死を迎えたようだ。

真実子も、いつも通りの泰然さと静かなる威光を取り戻した。そして、担任教師の鼻を明かすという、言うなれば彼女らしい行為をやらかした。

「山に埋めたのは、やっぱり骨格標本だよ。真実子が盗み出した」

きっぱりとした口調で言うと、今度は豊も素直に「うん」と頷いた。

「それでも、お前は会いに行くんだろ？　京香とシカクに」

それにも、うん、と答える。

「よろしく言っといてくれ。俺からって」

「わかった」

豊とは、コーヒーショップの前で別れた。人混みに紛れていく友人の後ろ姿を、哲平はじっと見送った。豊は一度も振り返らず、高速バス乗り場の方へ歩いていった。

楽しかったな、と哲平は思った。あの、骨を捨てに行った小旅行は。

バカバカしくて、真剣で、五人ともが妙に高揚していた。すべては真実子に操られた結果だったが、わかっていても心地よかった。あの小旅行は、子供時代と決別した節目だったのかもしれない。囲われた領域から足を踏み出して、それぞれがそれぞれの道を歩き出すための。大人になることへの恐れも何もなく、成長することがよりよきものとしか映っていなかった。あの輝かしい幸福な時代を後にする助走を始めた瞬間だった。

そうとはわからない大事な節目を、誰もがさりげなく通過していく。

今、ここに立つ自分を、あの時の自分はどういうふうに見るだろう。青ざめて、岩の上に立っていた少年は。

その晩、朱里を抱いた。哲平が求めると、朱里はたいてい応じる。彼女のもともとの気質は、淡白で醒《さ》めている。物事に拘泥せず、嫌なことはすぐに忘れて気持ちの切り替えも早い。物欲もない。だから部屋の中には、必要最小限のものしかない。でもセックスには貪欲だ。はばかることなく、真っすぐに自分の情欲を満たそうとする。しっかりした肉をまとった体が、哲平の下で自在にたわみ、開かれていく様子を見るのは、浮き立つような気分だ。隅々まで知り尽くしたお互いの肉体を探り合い、快楽の極みに昇りつめる。長く続いた手順だが、一度として同じ交わりはなく、その都度、新しい発見をするような気がする。日々、同じものを食べていても、味が毎回違うように。舌で、指で、感じ合う。教え合う。朱里自身を愛するように、朱里の豊かな体を哲平は愛した。

セックスは、二人の生活にとって重要な要素だった。

忙しいすれ違いの生活を送っていても、寄り添っていけるのは、この時間を大切にしているからだった。相手の気分や体調が露《あら》わになるバロメーターでもあった。おざなりのセックスをしたことは一度もない。ただの生殖活動だと思ったこともない。そういう目的を持った時こそ、この愉《たの》しみが失われる時だと思っていた。

果てた後、しばらく哲平は、朱里の中にいた。体の芯を突き抜けた快感の燃え残りと疲労感に浸りながら。これもいつものことだ。

「うん……」

抱き合ったままの体勢で、朱里が小さく息を吐く。彼女の腰をぐっと引きつけた。小さくなった哲平のものが、朱里の中で頼りなく動いた。さっと体を離して、手早く避妊具の始末をする。いつもは何の感情も湧かない作業だ。たいていここで、朱里は背中を向けるか、全裸のままベッドを後にして、シャワーを浴びに行くかする。

しかし、今日はその気配がない。じっとシーツにくるまったままだ。シーツの隙間から、朱里が自分の手元を見ている気がして、そっと振り返ってみる。気のせいだ。避妊具をぽいと捨てた。

ベッドの上に起き上がった姿勢で、考えにふけった。

哲平が生まれた時、父は今の哲平と同じ年だった。下の兄と年が離れているので、もう子供はできないと思っていたのかもしれない。それでも母の妊娠がわかった時、両親も祖父母も大喜びをしたらしい。もしかしたら、女の子が欲しかったのかもしれないが、生まれた子が男の子だったと聞いても、父は大いに満足していたと後で聞いた。年の離れた末っ子を、とても大事にしてくれた。

おおらかで豊かな性生活がそこにはあったに違いない。子供を何人作るなんて、決めもしないで。避妊などもせず、授かるものをすべて有難がった。それは、あの田舎町の生活全般にいえることだった。土を耕し、種子を蒔《ま》き、天からの光と水に頼り、実りを待つ。そんな謙虚で悠然とした営みだった。

背中にそっと、朱里の指が触れた。背骨の窪《くぼ》みに沿って、這《は》い下りてくる。振り向いて、彼女の隣に潜り込んだ。

「物語は?」

「は?」

「聞かせてよ。物語の結末。骨を巡る冒険。少年と少女の」

「いいよ。でも結末はまだなんだ。まだ続いてる」

「ぞくぞくするな」

哲平は、別れる間際、豊と話したことを全部語った。朱里は最後まで口を挟まず、じっと耳を傾けていた。

「ああ、ほんとにうらやましいな」

「何が?」

「そんな素晴らしい、謎だらけの子供時代が送れて」

「でも、もうあの町はなくなった。今は誰も住んでいないんだ」

朱里は手を伸ばして、哲平の鼻を思い切りねじった。

「あなたは、全然わかってない。そうじゃない。そこにあった暮らしの歴史は、なくなりはしないよ」

あの町に自分の根っこはあるのかもしれないと、哲平も感じたのだった。どんなに離れてしまおうと、月日が経過しようと、一度そこに存在したものは消えたりはしない。過去は未来に作用する。朱里を抱き寄せて、肌の温《ぬく》もりを感じた。そうでなければ、今、この満ち足りたひとときもいつか消えてしまうだろう。確かなものを感じていたかった。

「豊さんの旅が終わる時、何かが始まるかもしれない」

「ぞくぞくする結末か。おしまいじゃなくて始まり？」

「ねえ、そこにあたしも入れてくれる？」

「そうだな。入れてやってもいいけどな」

また鼻をねじ上げられた。

「いてっ！」

「ああ、そうだった。あなたに頼んでもだめなんだ。リーダーは真実子さん。でしょ？」

「なんでか、いつでもあいつの思った通りになるんだ。ほんと、そういうとこは絶妙だった」

朱里は、クスクス笑った。

「はっきり言いなさい。その子に皆、魅了されてたって」

「まさか」

自分が子供じみた反論をしているとわかった。

「会ってみたいな」

朱里は哲平の胸に頬を押し付けた。

「さあ、どうかな。あいつがいなくなったのも、何か意味があるのかもしれない。真実子は、なんていうか――」

哲平は、朱里の髪の毛に手を突っ込み、乱暴に掻きまわしながら言葉を探した。

「必ず一歩離れているんだ。離れて観察して、物事のありようを見極めようとしてたな。いつでも目を凝らしていた。そしてそこから導き出された独自の考えに基づいて、大胆なことも平気でやった。だから、子供だけど、子供じゃなかった。俺たちには太刀打ちできない何かを持っていた」

ふいに真実子には、もう二度と会えないという気がした。豊がどんなに探し回っても、あのエキセントリックで傲岸不遜な子には届かないと、本能が告げていた。

「あいつはどこかで自分好みの世界を作ってるよ。ありきたりなものには、満足できないんだ」

朱里は、哲平の言葉を吟味しているみたいに黙り込んだ。朱里のすべすべした肩を撫《な》でているうち、哲平も眠りに落ちかけた。

「この世界は、まだまだ捨てたものじゃない。人を惹きつける謎が数珠つなぎになって輝いている。朝露のリングを糸でつなげて光る蜘蛛《くも》の巣のように。真理は思いがけないほど身近にある。見ようと思う者だけがそれを見る」

朱里が呟いた。

「なんだ、それ」

「宇佐美まことの小説の登場人物の言葉。時々、どきっとするほどこっちの心を揺さぶるセリフが出てくる」

「君はそれにやられてるわけだ」

「一冊貸してあげようか？」

「ううん――まあ。いいや」

今度は拳骨《げんこつ》で胸板を殴られた。

二人は一枚のシーツにくるまって、体をぴったりくっつけた。やがて幸福な寝息をたて始めた。

二、京香の章

教室内がしんと静まりかえった。誰もが居心地悪そうにお互い顔を見合わせたり、下を向いたりしている。京香も黙り込んで、膝の上に置いた自分の手をじっと見ていた。しだいに自分に皆の視線が集まり始めるのを感じる。この後の展開は想像がついた。もう何回か経験したことだから。

「では、他薦ということで、どなたか……」

担任がおずおずと口を開く。

年度初めの学級懇談会。四月には、クラスのＰＴＡ役員を決めなければならない。

「富永《とみなが》さんにお願いできないかしら」

向かい側に座った大柄な女性が、真っすぐに京香を見据えて言った。麻友《まゆ》ちゃんのママだ。ボス的存在の彼女の提案に、出席者がほっと肩の力を抜くのがわかった。

「わかりました」

京香が答えると、さらに教室内の空気が緩んだ。

「そうですか。ありがとうございます。では、三年二組の役員は、富永さんにお願いします」

パラパラと拍手が起こった。

「助かるわあ。富永さんなら、クラスのまとめ役としてぴったりよね」

麻友ちゃんママがにっこり笑うのを、京香はため息混じりに眺めた。一人娘の萌々香《ももか》は、麻友ちゃんと幼稚園からずっと一緒だ。その頃から、京香は役員を引き受けてきた。

「それじゃあ、懇談会はこれで――」

担任が腰を上げてお辞儀をすると、出席者は、談笑しながら教室を出ていった。

校庭に出ると、運動場の遊具で遊んでいた萌々香と麻友が走り寄ってきた。

「さあ、帰るよう！」

後ろからやってきた麻友ちゃんママが、京香に並びながら大声を出した。

「この二人ってほんとに仲良しよね！」

駆けてきて、母親の腕にぶら下がる麻友ちゃんを見下ろしながら彼女は付け加える。

「ええ……」

それには曖昧に微笑み返す。麻友ちゃんについてやって来た萌々香も同じような表情をしている。萌々香が、活発でわがままな麻友ちゃんに振り回されているのは、よくわかっていた。おとなしい萌々香は、自分の意思をはっきり表すことができないのだ。

私と同じだ。京香はわが子の手をぐっと握りしめた。

PTA役員のみならず、手話サークルやコーラスグループ、地区のボランティア活動まで、誘われるままに所属していた。姑《しゅうとめ》の澄江《すみえ》からは、そういう指名や誘いを決して断ってはいけないと言われている。

「そうやって交際範囲を広げておくのも、あなたの役目なんよ。選挙の時には、そのネットワークが役に立つんやからね」

澄江のきんきんした声が耳の奥で響くような気がした。

「ねえ、ここ、ちょっと危ないと思わない？」

麻友ちゃんママが立ち止まった。道路が三叉路《さんさろ》になったところで、一番細い道は、奥が見通せない。

「ほら、向こうから車が来ると、近くになるまでわからないわよね」

「そうですね」

つい敬語を使ってしまう。

「この木が邪魔なのよ」

東からの二本の道が交差する突端に三角形の小さな土地があって、そこに一本のクロガネモチが生えていた。街路樹というよりは、鳥の糞《ふん》から自然に芽生えた樹木のようだ。

「この木を伐採してもらえるといいんだけど」

京香に向けられた視線に、威圧感がある。思わず黙り込んでしまう。

こういう時、「そうですね。じゃあ、主人に相談してみますね。県か市のしかるべき部署に連絡してもらうように。すぐにお返事しますから」とテキパキと言えればいいのだろうけど、咄嗟《とっさ》にそれが口から出てこない。

「ご主人の力でなんとかならない？」

麻友ちゃんママの方からそう提案されてしまう。

「わかりました。伝えておきます」

このやり取りを澄江に聞かれたら、またお小言を食らうだろうな、と思う。

麻友ちゃんたちと別れて家の方へ歩く。

「モモちゃん、今日は給食何だった？　全部食べた？」

萌々香が給食のメニューをひとつずつ挙げていく度、つないだ手を大きく振った。苦手なブロッコリーも食べたと聞いて、ひと際大きく振り上げる。萌々香も釣られて大きな声を出して笑った。

「こっちから帰ろうね」

商店街の中を抜けて行くと近いのだが、京香は脇道に入った。商店主やその妻に会う度、挨拶しなければならないのが、苦痛なのだ。

「とにかくコメツキバッタのように頭を下げていれば間違いないんだよ」

また澄江の言葉が蘇《よみがえ》ってきた。

京香の夫、丈則《たけのり》は県会議員だ。夫の父親が引退して、その跡を継いで出馬し、二年前に当選した。三代続いた政治家の家に嫁いで十四年になる。京香の父親が、丈則の父親の昭太郎《しょうたろう》の熱烈な支援者だったことから、縁談が持ち上がった。印刷会社を経営していた京香の父は、政治が大好きな人間だった。選挙ともなると、家業を放り出し、持ち出しで選挙運動に没頭した。まるでお祭り騒ぎだった。

昭太郎からの信任も厚く、丈則の妻に京香をと望まれたのだった。もちろん、父は大乗り気で、京香が嫌という間もなく、縁談話はとんとんと進んでしまった。六歳年上の丈則に、黙って付き従っていればいいのだと父に言いくるめられた。政治家の妻なんて務まるわけないと尻込みしている京香を、是非にと言ってくれたのは、澄江だった。おそらくは顔の広い父の人脈とつながることが、富永の家には有利に運ぶと踏んでのことだったのだろう。世事に疎い京香には、知る由もなかったが。

派手な結婚披露宴をして間もなく、父が呆気《あっけ》なくクモ膜下出血で他界してしまった。政治家でもないのに、選挙に入れあげていた父には、たいした蓄えもなかった。ワンマン経営だった印刷会社には、後を任せる人材もなく、取引先はどんどん減っていった。残された専務と母とではどうしようもなくて、会社は倒産した。

その途端に、富永家の人々は冷たくなった。

京香がなかなか妊娠しなかったこともある。結婚五年後に萌々香を産んだ時には、あからさまにがっかりされた。富永の家には、跡継ぎとしての男児が必要だった。ようやくそのことに気づかされた。その萌々香ももう八歳だ。第二子には恵まれないまま、今日に至っている。富永家での京香の立場は、悪くなるばかりだ。

今さらながら、引っ込み思案で人付き合いが苦手な自分には、政治家一族の嫁なんて向いていなかったのだと暗い気持ちで過ごしてもう何年にもなる。

その母親の気質を受け継いで、萌々香も萎縮してしまっている。

勉強はよくできるのに、自分の意見をはっきりと言うことができない。麻友ちゃんたち友だちに引きずられて、嫌なことでも我慢してやってしまう。ただ耐えているだけの自分の分身を見ているようで、京香は辛《つら》い気持ちになった。

きっと自分も嫌と言えず、一生県会議員の妻でいるしかないだろう。実家には、病弱な母が一人でいる。生まれ育った替出町がスポーツ公園になってから、市内の別の町に移り住んだ。父が生きていた頃はそれなりの家に住んでいたが、死後、古い小さな家に引っ越した。それまでとは大違いの地味な生活だ。

「県会議員の奥さんなんて、いいご身分よねえ。羨ましいわ」

結婚後、友人たちには何度もそう言われた。そういう友人たちと付き合うのも苦痛になって疎遠になってしまった。もう今の京香には、真の友だちと呼べる人はいない。

考えにふけっているうち、萌々香も黙り込んでしまった。うつむき加減で歩く萌々香を見下ろした。私がこの子の年には——京香はまた思いを巡らせる。

そうだ。小学生の頃はもっともっと生き生きしていた。毎日が楽しかった。いつも笑っていた。私には、無二の親友がいたから。

——京ちゃん!!

懐かしい声に呼ばれた気がして、ふと振り返った。

行き交う車とまばらな歩行者。見慣れた灰色の町の風景が広がっている。

「お母さん——?」

立ち止まった萌々香が不審げに母親を見上げた。唐突に涙をこぼしそうになる。

その気持ちを振り切るように、娘の手を握った手にさらに力をこめた。

「さ、早く帰ろ!　おばあちゃんが待ってるよ!」

「うん!」

ようやく萌々香も笑った。時折、母親が見せる情緒不安定さが、この子を追い詰めているとわかっている。京香は息を吸い込み、つないだ手をまた大きく振って歩いた。自分を鼓舞するように。

「ただいま帰りました」

玄関のドアをそっと開ける。人の気配はない。胸をほっと撫で下ろす。途端に、ばかみたい、と思う。自分の家に帰ってきたのに、誰もいないことに安堵するなんて。

萌々香は、とんとんと階段を駆け上がって二階の自分の部屋へ行った。

「モモちゃん、手を洗ってうがいするのよ！」

「はあい！」

もう部屋に入ったらしい萌々香の声は遠い。二階は、丈則と京香夫婦の居住スペースで、洗面所とトイレも完備されている。でも分かれているのはそれだけで、キッチンや風呂は親世帯と共有している。京香はダイニングキッチンへ行きながら、別棟の様子を窺った。渡り廊下でつながった別棟は、丈則の事務所になっている。今日はそこで後援会の婦人部が会合を開いているはずだ。澄江も出席しているその会に、本当なら京香も出なければならないのだが、萌々香の学校の用事があるからと欠席させてもらっている。

今しも、それがお開きになったようで、事務所の出入り口が開き、次々と女性たちが出てきた。たいていは澄江とそう変わらないくらいの年配の女性だ。彼女たちのおしゃべりする声が、母屋まで届いてくる。会合といっても、選挙もない今は、たいして実のない茶話会のようなものだ。もちろん、こういうことをないがしろにするわけにはいかない。澄江に言わせると、すべてが票につながるのだから。

口を挟むこともなく、ただかしこまってあの集団の中に座っている一時間かそこらが、京香には、苦痛以外の何ものでもない。そつなく後援会の人々と付き合える澄江を羨ましいとは思うが、同時に同じようにしようと思っても無駄だという諦めが先に立つ。

「おとなしいお嫁さんねえ」と言われる時期もとうに過ぎてしまった。

ダイニングテーブルの上に萌々香のおやつを用意し、二階に声を掛けてから、渡り廊下を渡った。きっと澄江が会合の後片付けをしているだろうから、その手伝いをしなくてはいけない。

ドアを開いて事務所に足を踏み入れると、パイプ椅子に澄江ともう一人の女性が座って話し込んでいた。部屋の中は、会合が終わった乱雑さのままだ。長机の上には、湯呑《ゆのみ》と食べ散らかした菓子類の残骸。パイプ椅子もいろんな方向に向いている。

　京香が入ってきたのを、二人の女性は、ぱっと顔を上げて見た。京香は、軽く会釈して、お盆に湯呑を載せていった。

「京香さん、今、あなたの話をしていたとこなんよ」

　澄江が向かいに座った女性に目配せしながら言った。相手は、後援会婦人部を仕切っている宇都宮《うつのみや》という人だ。確か澄江とは、高校の同級生だったと言っていた。

「あなた、この間、津川《つがわ》さんに会ったのに、知らん顔をしとったらしいわね」

「えっ！」手が止まる。

　津川、津川、誰だったっけ――。かっと頭に血が上る。

「ほら、たつみ呉服店の奥さんよ。白髪の頭を結い上げている品のいい方」

　宇都宮が助け舟を出してくれた。

「ああ……」

　ようやく和服姿の老婦人の顔が浮かんだ。

「ああ、じゃないわよ、あなた」

　澄江が露骨に口を歪《ゆが》める。

「すみません。どこでお会いしたんだったでしょうか。私、気がつかなくて――」

「四《よ》つ葉《ば》銀行のロビーで、あなたとすれ違ったそうよ」

「そうですか。それは失礼をしました」

「気をつけてよ。丈則の奥さんがお高くとまっとるなんて噂されるけんね」

「すみません」

声はだんだん先細りになる。津川が宇都宮にしゃべり、宇都宮が澄江にご注進したわけだ。この町にいる限り、気は抜けない。どこで誰が見ているかわからない。後援会の人々の顔と名前は憶えたが、お世話になっている人全部を憶えることなんて不可能だ。

「たつみ呉服店のご主人は、商店街の顔役なんやからね」

「はい、わかりました」

これでは本当に道を歩きながら、コメッキバッタのように頭を下げて回るしかない。それ以上、何かを言われないうちに、京香はお盆を下げた。隣の給湯室で、湯呑を洗う。

「やれやれ、京香さんには困ったもんやわ。いつまでも頼りなくて」

「あら、そう？　澄ちゃんが仕込んでもだめなん？」

きちんと閉まらなかったドアの隙間から、女性二人の話し声が漏れてくる。ジャージャー流れる水道の音で、自分たちの声がかき消されていると思い込んでいるようだ。今さら、そっとドアを閉めるのも不自然で、京香は水仕事に没頭した。それに澄江が自分のことをどう評価しているかは知っている。

「だからね、言うたじゃない。辻井《つじい》さんとこのお嬢さんをもらいなさいって」

いくぶん声を落として宇都宮が言った。辻井さんとは、市内で貸しビル業を営むやり手の実業家だ。そこの娘を丈則にと縁談を持ち込んだのは、宇都宮だったと聞いている。

「あそこの子は器量がいまいちやったでしょ？」菓子を食べながらしゃべっているのか、澄江は、くぐもった声を出した。「丈則が乗り気じゃなかったんよね」

「そうかしら？　お見合い写真はそんなでもなかったけどね」

「そうしたら、主人が後援会の副会長までしてくれとった水野さんところの娘さんはどうだって言いだして、私もその気になったわけ。水野さんの後ろ盾があれば、ゆくゆくは丈則にも有利だと思って」

大仰にため息をつく澄江の顔が想像できた。

「まあ、そりゃあ、器量という点では、京香さんの方が上だけどさ。それだけじゃないけんね、こういう結婚は」

果物屋でメロンでも選んでいるような口ぶりだ。

「そうやね。水野さんも大喜びじゃったし。主人なんてね、選挙に勝って万歳三唱している時に、横で頭を下げている妻は美人の方が見栄えがするからって」

「あきれた！　そんなんじゃないことは、澄ちゃんが一番よく知っとるじゃない」

「そんなお人形さんみたいなことで議員の妻が務まるなら、世話ないわい。あの水野さんの娘さんなんじゃけん、京香さん、もうちょっとしっかりしていると思ったんやけど」

「辻井さんのところは、ますます手を広げて、今度はビジネスホテルもやるらしいよ」

「あの時は、わからんかったんよねえ。京香さんの実家があんなことになるやなんて」

「とんだ計算違いじゃったよね。水野さんがあんなに早く亡くなるなんて。しかも商売もうまくいってなかったなんてね。あれほど熱心に応援してくれとったのに」

「水野印刷が潰れた時には、あたしもひやっとしたわい。主人や、跡を継ぐ丈則のマイナスになるんじゃないかって」

「そうやね。丈ちゃんにバトンタッチしてから、後援会の運営もなかなか難しくなったけんねえ」

それから、二人はひとしきり後援会の会員の噂話に興じた。総じて後援会の中心として活動してくれていた年寄りの話題だ。商店街の経営者が代替わりしても、若い世代は政治活動を嫌って入ってこないようだ。湯呑を洗い終わり、水を止めようとした時、また話題は京香のことに戻ってきた。

「ところでどうなん？　丈ちゃんところ、萌々香ちゃんの下は――」

「それがまだなんよ」

「へえ。辻井さんのお嬢さんは、お医者さんと結婚して男の子三人もできたんよ」

自分が持ち込んだ縁談を蹴った富永家の目算を、それとなく非難する口調だ。

京香は、流れっぱなしだった水道の栓を目いっぱい開けた。一層強くなった水の音に、何かを答える澄江の声がかき消された。


母屋のダイニングでは、萌々香が一人でおやつを食べていた。母親が入ってきたのを見ると、にっこりと笑った。

「今日はスイミングね。それ、食べてしまったら先に宿題をしとこうね」

「うん」

スイミングにピアノ、英会話教室。丈則がやらせたいと思った習い事に、萌々香は特に嫌とは言わずに通っている。週に三日は学校の後の習い事で一日のスケジュールが埋まってしまう。習い事のない日は、友だちと遊ぶでもなく、おとなしく家にいる。その時が一番ほっとしているように見える。誰にも会わず、本を読んでいる娘の横顔を見て、この子は、これで幸せなのだろうかとふと思う時がある。

萌々香も、外では「県会議員の娘」という目で見られるのが苦痛なのではないだろうか。どこかの奥さんとトラブルになったりしたら大変だと、極力、誰かと懇意にするのを避け、当たり障りのないような交友を心掛けている自分の姿に倣っているのではあるまいか。そう思うと、たった八歳の娘が不憫《ふびん》になるのだった。

八歳の女の子が周囲に気を遣って生きているなんて。

自分が小学生の時は、おっとりはしていたけれど、活力に溢れ、幸福感に包まれていたと思う。毎日が、日にちが変わるだけの連なりではなく、新しい何かが生まれる仕掛けのように感じられた。何ひとつ見落とすまいと、額に汗を光らせて走り抜けていた気がする。

子供らしい好奇心と夢想とに操られ、無邪気で無頓着で、なにより自由だった。

それは——そばに真実子がいたからだった。

佐藤真実子とは、本当に仲良しだった。誕生日も一日違いで、家もすぐ近く。ものごころつく頃には、もう「真実ちゃん」「京ちゃん」と呼び合っていた。家族どうしもざっくばらんに付き合っていたと思う。色白の京香と地黒の真実子が一緒にいると、真実子の祖父が、「こりゃ、白と黒の碁石がふたあつ並んどるみたいじゃな」とよく言っていた。

赤根川のそばで、広々と開けた場所。替出町のはずれの土手の下。伏流水があちこちで湧き出して、泉になったり伸びやかな流れになったりしていた。

遠くまで連なる田んぼに囲まれて、たいていの家が兼業農家だった。京香の家も元はたくさんの土地を所有して耕していたらしいが、父の代になってそれを売り、別の場所で印刷業を始めて成功したのだった。

町はずれだったから、幼稚園へ行くのも小学校へ行くのも遠かった。家に帰ってしまうと、おいそれとは同級生の家に遊びに行けなかった。だから同級の五人は、たいてい一緒に行動していた。女の子は、真実子と京香。それから男子は本多豊と大澤哲平。シカクというあだ名だった田口正一。

文字の読み書きは、真実子が一番早くに身に着けた。友だちと走り回って遊ぶより、絵本を抱えて部屋の隅に座っている方が性に合うようだった。字の読めない友だちに絵本を読んできかせる役目も引き受けていた。それがとてもうまかったのだ。幼稚園の先生も舌を巻くほどに。登場人物の声色を真似《まね》て読み聞かせる。性格までうまく読み分けた。

「真実ちゃんは、女優さんになるといいわねえ！」

先生にそう言われて、少しだけ得意な顔をしていたことを憶えている。

小学校に入ると図書室に入り浸った。京香も一緒に帰りたくて図書室までついていったものだ。真実子は低学年でも高学年向けの本を借りていたように思う。彼女の知的探求心は限りがなく、図書室の蔵書はそれに応えた。勉強には身を入れなかったが、たいていのことは知っていたと思う。その年齢の子が知り得る以上のことを。

本を読むことは彼女の想像力を掻き立てた。

「京ちゃん、明日世界がおしまいになるとしたらどうする？」

「動物が一匹だけ思い通りになるとしたら、どの動物を選ぶ？　そいつに何をさせる？」

「すごく欲しいものがあって、神様があなたの体のどこかの部分と引き換えにそれをあげると言ったら、京ちゃんは何を差し出す？」

「世界で一番高い山のてっぺんに置き去りにされるのと、太平洋の真ん中の無人島に置き去りにされるのとどっちがいい？」

「この世で一番醜いものは何だと思う？　きれいなものは何だと思う？」

「大金持ちは幸せなんだろうか。じゃあ、お金なんかがこの世にあるのを全然知らない人たちは不幸なんかな？　いや、逆に幸せだと思わん？　だって贅沢《ぜいたく》とかいうことをそもそも知らないんやからね」

次々に繰り出される真実子の質問や疑問は、京香には思いもつかないものだった。その答えを考えていると夜も眠れなくなった。それはめくるめく世界への入り口だった。京香は、いつでも真実子の想像世界の住人だった。

「ねえ、うちの子にあんまり難しいことを吹き込まんといてって真実子ちゃんに言うといて。京香は平凡な子なんやから。あの子、知恵熱でうんうん唸《うな》っとるわい」

京香の母親が真実子の母親に、冗談めかしてそう言うのを聞いたことがある。

真実子の両親も祖父母も、いたって普通の人間だった。彼らも「どうしてあんなに変わったことばっかり考える子になったのかねえ」と首を傾《かし》げていた。ただ祖父だけは、突拍子もないことを思いつく孫娘を可愛がり、面白がっていたように思う。

「真実子は大物になるぜ。政治家とか、大会社の女社長とか。いや、度肝を抜くようなものを発明する科学者かもしれん。ノーベル賞をもらうような。わしにはちゃあんとわかっとるんだ」

煙草一本を短くなるまでゆっくり吸いながら、そんなことを言っていた。なのに、真実子は死んでしまった。大物になる前に。


その日の夕食の席に、夫、丈則はいなかった。所属する保守政党の県議団で会合があって、その後、飲み会へと流れるのだという。舅《しゅうと》の昭太郎は、糖尿病を患っている。それが議員を引退し、地盤を息子に譲った理由でもある。家族の食事も、昭太郎の糖尿病食も京香が作る。もとより家事全般が苦手な澄江は、台所仕事から早々と手を引いた。

これまでの暴飲暴食がたたった形の昭太郎は、京香が病院の指導を受けてこしらえる糖尿病食が不満で仕方がない様子だ。

「また白身魚か。京香さん、たまには肉を、こうどーんと皿に載せてくれんかのう」

「またそんなわがままを言う！」京香が答える前に、澄江が突っ込んだ。「あなたが若い頃から思うさま、好き勝手してきたつけが回ってきたんですよ。私はあれほど注意したのに。お医者様の言うことを聞いて、規則正しい生活を送らんと」

食事前に、一度は不満を口にしないと気が済まない昭太郎は、ふんと鼻を鳴らして席についた。昭太郎の皿と並べる手前、家族の食事もあまりカロリーの高いものは選べない。今日のメニューは、糖尿病食とそう変わらない。

丈則がいると、彼には一皿二皿、別メニューがつく。新鮮な魚の刺身だったり、ローストビーフだったり。これだけは、澄江の裁量でつけられるのだ。大事な跡取り息子には、澄江は甘い。

アルコールも控えている昭太郎は、ぼそぼそと食べ物を口に運んでいる。萌々香が、京香の隣で黙々と箸を動かしているのに目をやって、「萌々香はどうも食が細いな。もっとどんどん食べて肉をつけんとな」と注文をつける。

食事に気をつかっても、まだ昭太郎はでっぷりと太っている。それに議員をしていただけに、口を常に動かして、何かを言わずにおれないのだ。

「どうだ？　萌々香。学校の勉強は進んどるか？」

萌々香は小さく頷く。

「萌々香は優秀やけんな。コツコツやるタイプ、やろ？　でも油断しとったらいかんぞ。これからはどんどん難しいことを習うんじゃけんの」

「ねえ、そのことだけど、もうそろそろ塾に行かせた方がいいんじゃないの？　京香さん、萌々香ちゃんは私立の中高一貫校へ行かせるつもりなんやろう？」

横から澄江が口を挟む。

「いいえ、まだそこまでは……」

「あら、だめよ。早くから計画を立ててやらんと。受験させるなら、もう遅いくらいじゃないの？　露口《つゆぐち》さんとこのお孫さんなんかね、ほら、祐輔《ゆうすけ》君――」

延々と続きそうな澄江の噂話に、さすがの昭太郎もうんざりした表情だ。

「もうええ。よその子のことなんかどうでも」

一言で妻を黙らせるほどの威厳はまだ保っている。

「京香さん、もしかしたら、この子が丈則の後継者になるかもしれん。そうじゃろ？」ねっとりとした眼差《まなざ》しで京香を見る。思わず目を伏せてしまった。「だったらようく考えて教育を施しとかんとな。後援会もいろいろ心配するし――」

はっとしたように、萌々香が顔を上げ、母親を見た。怯えきった表情に胸が痛んだ。

「お義父《とう》さん、それはまだ——」

そう言い返すのが精いっぱいだった。

「萌々香にすべてを託すと決まったわけじゃない。そのことはわかっとる。でも用意をしておくに越したことはない。わしは男女で差別したりはせんよ。最近じゃあ、女性議員も増えてきとるし、その方がイメージがようて選挙に強かったりするけんな」

「それは、丈則さんとも相談してからにします。萌々香はまだ子供ですので」

その物言いが気に入らないのか、昭太郎は、口をへの字に曲げ、具だくさんの味噌汁をがぶりと飲んだ。

「丈則がこの子の年には、もう諄々《じゅんじゅん》と言って聞かせとったもんだ。あんたはよそから来た人間やけんわからんじゃろうが、政治家の家というものは、そういうもんじゃ」

もうこの話はおしまいとでもいうように、昭太郎は、箸で汁椀《しるわん》の中をぐるぐるかき混ぜた。

「まあ、そうなるとは限らんでしょうが。まだ京香さんが男の子を産むかもしれんしね」

フォローしたつもりか、澄江がそんなことを言って、愛想笑いをした。

「そうなればええがな」

切り捨てるように言う舅は、そんな可能性は限りなくゼロに近いと暗に言っているようだった。京香の年齢を考えると、そう思われても仕方がない。萌々香はすっかり食欲をなくしたようで、箸を置いてしまった。こんなことを子供の前で言うなんて。抗議したいけれど、言葉が出てこない。

――そんなに男の子が欲しいの？　なら、神様にお願いしてみたら？　その代わり、あんたの体の一部分を差し出せと言われたら、どこと引き換えにする？

斜に構えてそんなことを言う真実子の姿が浮かんできた。

ああ、あの子なら、大人を言い負かすなんて簡単なことだったろうに。

箸を持った手を宙に浮かせ、ぼんやりしている京香を、昭太郎は薄気味悪そうに見つめている。たるんだ腹か、芋虫のような指一本か、この男なら、それくらい差し出して後継者を手に入れようとするかもしれない。

でももうあの子はいないのだ。私の大切な友は――。あの子と過ごした場所も時間ももとうに失われてしまった。ゆっくりと頭を振り、食器を重ねて下げる京香の動きを、澄江もじっと追っていた。

やがてそそくさと食事を終えた昭太郎は、風呂に入ってしまった。義理の両親を、気まずく黙らせたことが、京香のささやかな抵抗だった。萌々香は階段を上ろうとしていた。

「ねえ、萌々香ちゃん、おばあちゃんにピアノを弾いて聞かせてよ」

澄江が萌々香を呼び止めた。

「いいえ、いけません。夜、音を出すと、近所にご迷惑をかけるから」

京香の言葉に、ぎょっとしたように澄江が顔を向けた。いつも言いなりの嫁が、自分に背くようなことを言ったのに、驚いた様子だ。

「さあ、お部屋に行って明日の学校の支度をして、萌々香。体操着を忘れないようにね」

澄まして萌々香の背中を押す。それに力を得たように、萌々香も「うん！」といくぶん元気に返事をした。キッチンの片づけに戻った京香に、澄江はもう何も言わなかった。

丈則が戻って来たのは、十一時過ぎだった。

階下で物音がして、京香は編み物の手を止めた。聞き慣れた足音は、ダイニングキッチンへ向かう。きっと、冷蔵庫から水を取り出して飲んでいるのだろう。小さな流しと冷蔵庫なら二階にもあるのに、丈則は必ず一階のダイニングに明かりを点けて、物音を立てる。寝室に引っ込んでしまった澄江が気づいて出てきて、しばらく話し込むこともしばしばある。母親とちょっとしゃべりたくてわざとそうするのかもしれない。

でも今日は、澄江が出てくる気配はなかった。

階段を上がってくる足音。しっかりしているから、今晩はそう酔っているわけではなさそうだ。会合によっては、かなり飲んで帰ってくる時もある。

「おかえりなさい」

「ああ」

ふうっと吐いた息は、それでも酒臭い。ネクタイを緩めて京香の向かいのソファにどっかりと腰を落とした。

「議員は町づくりのプロデューサー、だとさ」

「え？」

「議長の持論さ。例によってお題目だけはご立派なことだ」

だらしなくソファにもたれかかった丈則は、どろんとした目で京香を見つめる。

今の県議会の議長を、丈則は嫌っている。親の地盤をそっくり受け継いだ三代目の丈則のことを、何かと揶揄《やゆ》するようなことを言うからだ。

「だいたい自分が何をしたっていうんだ。選挙の時のパフォーマンスは派手だけど、それだけだ」

いつもトップ当選する議長を妬んでいるのだ。組合からの生え抜きで、草の根運動を経て議員になり、ようやく議長の席を射止めた男。彼は、親の七光でそう苦労もせずに当選した丈則を可愛がると見せかけて、実際はねちねちと虐《いじ》めてくる。本当のところはよくわからない。ただ丈則は、そう感じている。そういう男には、昭太郎の威光も及ばない。

気位の高い丈則が、そういう扱いにぎりぎりと歯ぎしりするほど苛立っていることだけは確かだ。飲み会などで絡まれた後は、特に機嫌が悪い。

「自分だって、息子に地盤を継がせる魂胆なんだ。まったく虫唾《むしず》が走る」

嫌な予感がした。編み棒をそっと置く。籐《とう》のカゴに毛糸と編み物をしまった。いきなり丈則が立ちあがる。思わず頭をかばった。カゴを引っつかんで、壁に向かって投げられた。編みかけた萌々香のベストがほどけて飛んでいくのを、なす術《すべ》もなく見る。こうなったら、何をしても無駄だ。黙って嵐が過ぎていくのを待つしかない。

跪《ひざまず》いて、毛糸を拾い集める京香の襟首を、丈則が引っ張り上げた。びりっと部屋着のどこかが破れる音がした。カーペットの上に引き転がされて、呻いた。

「あんな男にへいこらしてきた俺の気持ちがわかるか!?　ええ!?」

「大きな声を出さないで。萌々香が起きるわ」

「なんだと！」

「静かにして。下にも聞こえるじゃない。お義母《かあ》さんが心配するから」

「屁理屈を言うな！」

肩のあたりを蹴られた。夫の暴力は巧妙だ。決して露出する部分を攻撃しない。冷徹に計算しているのか。両親や後援会や近所の主婦に青痣《あおあざ》を見つけられて、訝《いぶか》しい思いを抱かせないために。叫び声を上げないよう、京香は歯を食いしばった。すっと熱が引くように、丈則が妻をいたぶることをやめるまで。

倒れたままの腕をつかまれる。そのまま、ずるずると壁際まで引きずられていった。丈則は緩めてあったネクタイを、引きむしるように取って投げ捨てた。そのまま、力まかせに壁に背中を打ちつけられる。

「やめて！」

無駄だとわかっていても声が出た。

丈則の両の目が、熱を帯びたように潤んでいる。こういう行為が、夫を昂《たかぶ》らせているとわかる。妻に苦痛の叫びを上げさせることが、この男の暗い愉しみなのだ。

床の上で丸まった京香の髪の毛をわしづかみにして、顔をぐっと持ち上げた。自分の顔に近づけて、にやりと笑う。手を緩めることなく後ろに引くので、髪の毛がきりきりと引き絞られる。

「うぅぅ……」

「どうした？　痛いか？　苦しいか？」

気味の悪い声でくつくつと笑っている。自分の夫がもう人間とは思えなくなる。

「やめて――」

「やめてください、だろ？」

「やめて、ください」

「人にものを頼む時は、きちんと正座して言うもんだ」

いきなり手を放されて、京香はくずおれた。足を折り、床の上に正座する。両手を揃《そろ》えて前に置き、額を床に擦《こす》り付けた。

「ごめんなさい。もうやめてください」

何度も同じ格好をさせられたのに、屈辱で涙が滲《にじ》む。弱いものを虐待することが、丈則を一番満足させる。いつの頃からだろう。夫はこの倒錯した夫婦関係を愉しむようになった。自分本位に妻をいたぶり、傷つけるやり方で自分というカタチを確認するように。

前からこうした性状はあった。気分次第でいきなり妻を殴りつけるというようなことが。京香には、理由もよくわからなかった。だが、県会議員に当選してから、ますますひどくなった。相当のストレスを抱えていて、それを夫婦間の暴力行為で発散させているとしか考えられない。これも議員の妻の務めなのだろうか？　これも黙って耐えるべき仕事の内に入るのだろうか？　考えるほど虚《むな》しくなる。この行為の間は、人間としての尊厳を保つことすら難しい。

丈則は、土下座させた妻の後頭部を踏みつける。夫の足裏でぐりぐりと額を床に押し付けられている間、京香は全く別のことを考える。

萌々香が生まれた朝のこと。長い陣痛に耐えて、やっと我が子を胸に抱いた時の、胸の上の確かな重み。赤ん坊はもぞもぞと動き、思い出したように皺《しわ》くちゃな顔を真っ赤にして泣いた。全身全霊で泣いていた。

もう迷うことはない、とあの時思った。人生の目標だの、生きがいだの、そんなたいそうなことを考える必要はもうないのだ。ただこの子を育てることだけに没頭すればいい。用意された場所に落ち着いた気がした。母という役割を与えられた春の朝。

丈則が動物的な唸り声を上げた。途端にどさりと編み物カゴが落ちてきて、また毛糸玉が散らばった。夫の足がそれを滅茶苦茶に踏み潰す。悲しい現実に引き戻されそうになった気持ちを、また過去に飛ばす。

萌々香が小学校に入学した時期と、丈則の選挙とが重なった。毎日選挙運動に駆り出され、萌々香が家に帰ってくる時間に家にいてやれなかった。鍵を申し合わせたところに置いて出るのを忘れ、萌々香が玄関前でじっと何時間も待っていたことがあった。夜になって戻って来たら、冷え切った体の萌々香が弾丸みたいに突進してきた。

「ごめんね、モモちゃん。ごめんね」

怖かったでしょう？　寒かったでしょう？　と抱きしめると、萌々香は半分泣き顔で言った。

「怖かったよ。だからね、ぐらぐらしてた歯をずっといじってた。ずうっと歯を痛くしてたら、怖い気持ちがどっかへいっちゃうから」

不憫で腕に力を込めたら、安心した萌々香が、抜けた歯を取り出して、京香の手に載せた。あの時の小さな歯をどうしたろう。かけがえのない宝物を、自分はどんどん意味のないものに置き換えてしまっているのではないか？

土下座の姿勢のまま脇腹を蹴られ、一瞬息が止まりかけた。同時に思い出のかけらが砕け散った。こらえていた涙がこぼれ落ちて、頬を濡らす。

「もういいよ。あっちへ行け。辛気臭いお前の顔なんか見たくない」

ぼそりと呟いた夫の言葉が、美しいかけらを踏みにじる。

実家の母は、そう体が丈夫ではない。もともと呼吸器が弱かったのが、年を取ってからさらに悪くなった。京香は、二週間に一度ほど実家を訪れて、いき届かない家事を片付けたり、通院に付き添ったりしている。本当は、もっと頻繁に来たいのだが、富永の家に遠慮してなかなか来られない。

富永家は父の死を境に、手のひらを返したように態度が冷淡になった。

台所の床を水拭きしている京香に、母が奥から声を掛ける。

「もういい加減でええよ。どうせ誰も来んのやけん」

たった一人の妹は、結婚して遠い滋賀《しが》県守山《もりやま》市に住んでいる。育ち盛りの子供三人を抱えて看護師をしている妹は、忙しさに紛れてなかなかこっちまでは帰って来ない。

「うん、もう少し」

生返事をして、雑巾を持つ手に力を入れる。立ち働いている間は、余計なことを考えずに済む。這いつくばって力を入れるたび、丈則に蹴られた脇腹が痛んだ。

「今日は、庭の草引きもしとくから」

「ええって、ええって。こんな猫の額ほどの庭なんか、どうだって」

「だって今やっとかんと、夏になったら大変だよ」

父が亡くなってから、母はそれまで住んでいた家を売って、小さな一軒家に移り住んだ。この古くて使い勝手の悪い家だけが、父が母に残したものだと考えると、情けない気持ちになる。豪放磊落《ごうほうらいらく》で派手好きだった父のすることを、いつだって笑って許していた母だった。こんな老後を送ることになるとは、本人も思っていなかっただろう。

京香は、ざぶざぶと雑巾をバケツで洗い、縁側に出て、汚れた水を雑草だらけの庭に撒《ま》いた。体の調子のいい時分に母が植えた黄水仙が、雑草の中で数輪咲いている。つっかけを履いて縁側から下りていって、水仙の周囲だけ草をむしってやった。

「お母さん、黄水仙、咲いとるよ」

その言葉は、母の耳には届かなかったようだ。母は別のことをしゃべり返してきた。家の奥からのくぐもった声は、やはり聞き取りにくい。京香は一心に草を引き抜いた。心の奥にしまった失意と怒りを、はびこった雑草にぶつけるみたいに。

病弱な母にも、この感情を露わにすることはない。母は、京香が富永家で幸せに暮らしていると信じ込んでいる。だから溜め込んだ負の感情は、京香自身をゆっくりと深く損ねていく。

京香が聞いていると思っているのだろう。母は、単調な声で何やら語り続けている。その中に「――豊君がね」という言葉が挟まっていた。ふと手を止めた。縁側から部屋の中に戻り、洗面所で手を洗った。

「え？　なんて言うたの？」

寝室を覗《のぞ》く。母はベッドの上で上半身を起こしていた。膝の上には、俳句の歳時記を広げている。母の唯一の趣味だが、最近は、句会に行くこともままならない。

「じゃけんね、豊君よ。本多豊君。憶えとるやろ？　本多智明《ともあき》さんとこの息子さん。あの子から電話があってね」

もう四十になったのに、母からすれば、娘の友だちはみんな「あの子」だ。しかも本多豊は幼馴染だった。替出町にいた頃は、親どうしも親しかった。久しぶりに聞いたその名前を、京香は頭の中で反芻《はんすう》した。

「本多豊って――」

「あんたの連絡先を知りたいっていうから、教えといた」

「ええ？　そんな――。何の用だろ」

正直、鬱陶しいと思った。今さら幼馴染が懐かしいとも思わない。もう何十年も会っていないのだから。

「豊君もいろいろ苦労しとるんよ」軽くため息をつきながら、母は老眼鏡をはずした。「お父さんを千葉に住むお姉さんのところに送り届けたんやて。お父さんはあっちで暮らすことにしたらしいよ」

「ふうん」

ベッドの周辺を片付けながら、気のない返事をする。

疎遠になった幼馴染の家庭事情を思い出した。でもだからってどうだというのだ。豊に力を貸してあげられるわけでもない。私たちは求心力を失ってしまったのだ。真実子を失《な》くした私たちは――。

「まあ、会うくらい会っておあげな。あんなに仲がよかったんじゃけん。あんたらは」

「それ、いつの話？　そんな子供の頃のこと、言わんといて」

「まったくね。町がすっかり買い上げられたりせんかったら、こんなことにはならんかったんやけどねえ」

こんなこととの中には、私が富永家に嫁いだことも入っているのだろうか、と京香は考えた。県会議員の妻とは名ばかりで、虐げられ、貶《おとし》められ、息をするのも苦しいと思う日があることとも。

「真実子ちゃんだってさ、あんなかわいそうなことになってしもうて」

京香の心を読んだように、母が言葉を継いだ。

散らかった雑誌やチラシを束ねていた手が止まった。最後に会った時の真実子の様子が浮かんでくる。意識して忘れようとしてきたあの光景。

総合病院に入院していた真実子は、十九歳だった。替出町から転出していって、県内ではあるが遠い街で暮らすようになったかつての親友。当然別の高校に通っていたから、病気のことはまったく知らなかった。母が聞きつけてきて、京香にお見舞いに行くよう勧めたのだが、あんなに深刻な病状だとは知らなかったに違いない。

病室の入り口で、京香は立ちすくんでしまった。それほど人相も体形も変わっていた。血の気が引いて、晒《さら》されたような肌は妙につるんとしていた。ベッドに横たわる真実子の体には厚みがなく、どこまでも沈んでいくような錯覚に襲われた。輸血や点滴の管が筋張った両腕に伸び、目だけが熱のせいで潤んでいたのを憶えている。

「骨髄異形成症候群《こつずいいけいせいしょうこうぐん》」さもないことのように、真実子は病名を口にした。

輸血パックの暗い赤色が、禍々《まがまが》しい。

「自分で血液細胞をうまく作れないんよね」

これも他人事《ひとごと》のように言う。

京香は言葉を失った。正確なことを知らない母は、「貧血がひどくて入院しとるんやて」とだけ京香に伝えたのだった。JRとバスを乗り継いで遠くから来た友人に微笑もうとしている真実子が痛々しかった。

あの時、どんなことを話したかはもう忘れてしまった。でも病室にいる間、自分がどんなことを考えていたかは鮮明に憶えている。

無情にも、そうずっと考えていた。ここにいたくない。刻々と命を削られていくような真実子を見ていたくない。

——早く帰りたい。

そうだ。まさにあそこで真実子は、京香がいる側とは別の方向に向かっていこうとしていた。あれほど生き生きとしていた友人が。ひとを辛辣に批判し、素早く的確に判断を下し、リーダーシップを発揮していた真実子。輝かしい生の祝福を受けていたはずの女の子。これは何かの間違いだと思った。もう目を閉じよう。神様が間違いに気づいて正すまで。

熱っぽい息を吐く真実子にさよならを言って病室を出た時、心底ほっとした。私は友人を見捨てた。あれが真実子に会った最後だったのに。

「だからバチが当たったんだ」

ついそんな言葉が口をついて出た。

「なんだって?」

聞きとがめた母が問う。

「何でもない」

乱暴に床の上のものをまとめた。

「あのさ、豊君は、真実子ちゃんの連絡先も知りたがっとったわ」

「え?」

「知らんのやね。真実子ちゃんが死んだこと」

「そう——」

「どこにお墓があるんかねえ。みんなでお墓参りでもしてあげたらええんやけど」

お墓に入った真実子なんて見たくもない。石の下で黙してしまった真実子なんか、真実子じゃない。心の中でそう思ったけれど、口には出さなかった。

なんだって豊は今頃連絡をとってきたのだろう。なぜ真実子のことを知りたがるのだろう。とっくの昔に京香の中で封印してしまった辛い記憶を掘り起こそうとする男が煩わしかった。

「迷惑じゃったんと違う?」

そう尋ねた豊の言葉に、ゆっくりと首を振る。

本当は会うつもりはなかった。つい昨日まで。母に豊のことを聞いた時から、電話がかかってきたら断ろうと心に決めていたのだ。たいして理由もないのに、男性と外で会っていたりしたら、澄江に何を言われるかわかったものじゃない。

「京ちゃん」

携帯電話の向こうで、豊はそう呼びかけた。この間、萌々香と歩いていた時に、同じように呼びかけられた気がしたことを思い出した。子供の頃、友人たちは京香のことをそう呼んでいた。子供らしい熱気とわけのわからない昂りが、声と一緒にぶつかってくる。あの感覚が、京香の体を貫いた。何かがむくりと頭をもたげた気がする。なんだろう。探り当てる前に、それはそっと姿を消してしまった。

「豊君？」

もっと話したいと痛切に思った。どこかに置き忘れたものを、彼が持ってきてくれるのではないか。何の根拠もなくそんなことを思った。

自宅からも商店街からも離れた寂れた喫茶店を指定した。

何度も水をくぐったようなTシャツの上に、地味な柄の木綿シャツを羽織った豊が向かいに座っていた。

「ちっとも変わらんな、京ちゃんは」

「そんなことないよ」

替出町がスポーツ公園に生まれ変わるため、住民が退去したのは二十八年前だった。ちょうど京香たちが中学に上がる前の年だった。たいていは市内に移り住んだから、その後も連絡を取り合うことはあったし、ばったりどこかで会うということも結構あった。高校に進学すると、同じクラスに小学校の時の同級生がいた、ということもあった。

真実子以外とは——。

豊は、京香の夫の丈則が、県会議員として活躍していることを話題にした。

「三月の定例議会で質問に立っとったよね。堂々としてたな」

丈則は、ああいう目立つことには張り切って取り組む。逆に広報チラシを配ったり、ハンドマイクを握って地道に駅前で演説をするなどということは嫌う。

「京ちゃんが県会議員の奥さんになるやなんて思いもせんかったよ」

きっと豊も、私が幸せな結婚生活を送っていると思い込んでいるのだろう。それを訂正する気力もなく、京香はそっとため息をついた。

替出町を離れてからも、同じ市内に住んでいたから、たまに電車の中とか市立図書館などで豊を見かけることはあったけれど、ほとんど口をきくことはなかった。思春期に差しかかった、かつての幼馴染などとは、そんなものだろう。豊が県外の大学に進学してしまってからは、一度も顔を合わせたことがない。

話題に乗ってこない京香に気まずさを感じたのか、豊は大澤哲平に会いに行ったことを話した。

「京ちゃんによろしく言っといてくれって」

「哲平君が？　あの人、どうしとるの？」

豊は、東京に住んでいる哲平の近況を告げた。広告代理店でばりばり仕事をこなしていることや、編集者の女性と暮らしていることを。いくぶん楽し気に、哲平の家に一晩泊めてもらったことを話した後、豊はよれよれの革のブリーフケースから、新聞の切り抜きを取り出した。

「京ちゃん、これ、気がつかんかった？」

差し出された記事にさっと目を通した。

「ああ――何か読んだ気もするけど……」

「読んだ？　ほんならびっくりしたやろ？」

「え？」

「だってこれ、あの時の骨格標本やって思わんかった？」

「あの時の――」

京香の反応の鈍さに、豊はもどかしそうに言い募った。

「ほら、俺たちが埋めたはずの骨格標本。真実子が理科室から盗み出した――」

忘れた？　と畳みかけられて、京香は今度はきっぱりと首を振った。忘れるはずがない。あれは小学校生活の中でもとびきり印象的で輝かしい思い出だ。でもあの時の骨格標本と、替出町の土手から現れた骨とを結び付けて考えるということはしなかった。ただこの記事を読み飛ばしていた。

夢中になって持論を披露する豊に圧倒された。それと同時に、自分の感性が鈍ってしまっていることにも気づかされた。感性ではなく、すべての感情が鈍磨してしまっているのかもしれない。この何年も、そうやってやり過ごしてきたから。何も感じなければ、どこも傷つかない。そういう方法で自分を守ってきたのだ。

あの骨が本物なら、誰かが死んだことになると豊は言った。その言葉に反応して、心の奥底が震えた。固く閉ざされていたどこかの扉が開いた気がした。

「それで哲平に会いに行ったんだ」

「そのために？」

普段はおとなしく、自分の考えを押し通すということもないけれど、ここぞというところでは、剛毅果断《ごうきかだん》なところのある人だった、豊という人は。忘れかけていた幼馴染の性格を思い出した。

豊がこじ開けてくれた扉の向こうには、無垢《むく》で鋭敏な感覚があった。

誰かが死んだはず——？　その疑問をかつて私も持ったことがある。どこでだったか。子供の頃には違いないのだけれど。

長い間振り返ることのなかった土手下の地区での暮らしに思いをはせる。のびのびとした交友があり、誰かが常に守ってくれていて、何の心配も憂苦もなく堂々と子供でいられた時代のこと。父も元気で仕事に政治活動の応援に精を出していた頃。

今日はどんなことが起こるだろうかと、朝日を見るたび、胸が躍った。ランドセルをカタカタいわせて家を飛び出す。真実子との待ち合わせ場所は、神社の石段の下。一番下の段に腰かけて待っていた真実子は、まるで哲学者みたいに難しい顔をして考え事にふけっていた。ただいつもと同じように学校に行くだけなのに。

眉根を寄せて、土手に並んで生えているクスノキを眺めていたり、小石を爪先で突《つつ》いていたりする真実子を遠目に見つけ、息せき切って駆け寄ったものだ。あの瞬間の研ぎ澄まされた空気を、私はすっかり忘れてしまっていた——。あんなに清冽《せいれつ》で深遠ですらあった瞬間を。朝は新しい日の始まりだということすら、忘れていた。沼から這い上がるようにベッドから起き上がる今の生活からは、はるかかなたにある瞬間だ。

「真実子が今どこにおるか知っとる？」

豊の言葉をすぐには理解できなかった。もう一度同じことを繰り返されて、ようやく現実に引き戻された。

「豊君、知らんの？」

その先を口にするのは怖かった。

「真実ちゃんは死んでしまったんよ」

他人の口から出た言葉のように、それは遠くで反響した。

「えっ！」

「真実ちゃんは死んだの」

いくぶん強い口調で繰り返す。自分の心にも深く浸透するように。ぽかんと口を開いたままの豊が、視線をさまよわせた。

「そんな——全然知らんかった、俺」

小学生当時と変わらない心細げな声を出す中年男を、冷静に見返した。

今、ほんとに真実子は死んだのだ、と京香は思った。同じ場所と時間をひととき生き抜いてきた私たちが認めた瞬間、それは成立した。真実子の死という受け入れがたい事実は現実になってしまった。

それでも、なぜだか京香はほっとした。肩の力が抜けた気がした。豊とこの恐ろしい事実を共有できたからだろうか。突然訪ねてきて、過去を掘り起こそうとしている男と。

京香は、堰《せき》を切ったように、真実子の死のいきさつを語った。豊は真一文字に口を結んで耳を傾けていた。

真実子は替出町から一家で、四国の南端にある漁港の町に越していった。そこが母親の出身地ということだった。替出町は、父親の地縁がある土地だったのだろう。

筆まめな真実子と京香は、手紙のやり取りで近況を報告し合っていた。真実子は、海のそばの人々は、海風に吹かれ過ぎて干物みたいだ、と書いてきた。

「みんな塩味になってしまってる。言葉も態度も塩っ辛い」と。

真実子らしい毒気に満ちた、でもどこか納得してしまう表現だ。

きっと真実子も慣れない土地で苦労しているのだと思った。あれほど豊穣だった故郷の田園風景が懐かしいに違いないと。でも失われたものはもう戻ってこない。

替出町の黒い土が、作付けを放棄されて草ぼうぼうになっているところを見て、京香は愕然としたものだ。その後、重機や大勢の工事関係者に思うさま蹂躙される土地は、もう替出町とは言えない別物になっていった。

新しくできたスポーツ公園が絵葉書になったのを真実子に送ってやったが、あれほどの皮肉屋が何も言ってこなかった。あの子もショックを受けたに違いないと思った。高校受験への準備が始まった頃だった。それ以降、真実子からの便りは途絶えがちになる。

高校へ進学した京香は、ブラスバンド部に入ってクラリネットを吹いた。全国大会にまで進むほどの有名校だったから、練習は厳しかった。真実子も地元の高校へ進み、バドミントン部に入ったとは聞いた。

彼女が重篤な病に冒されていると知ったのは、京香が短期大学に通っている時だった。真実子は病気のせいで進学を断念していた。最後に会った時の様子を、豊に語った。消毒薬と死の匂いの漂う場所から逃げ出したいと思ったことは言えなかった。

「真実ちゃんの両親は、どうしてもいいお医者さんに診せたくて、東京まで真実ちゃんを連れていったんやって。お父さんは仕事も変わって、東京で暮らすことにしたって言っとった」

自分の物言いが冷たく聞こえはしないかと、京香は気にした。そしてそんなことを気にする自分を嫌悪した。こんな時でも、周囲の目を気にしてしまう自分を。

新しい住所を聞いていたから、何度かそこに手紙を出した。返事には、さらりと「白血病になったみたい」と書いてあった。言葉を失った。

真実子を見舞った後、自分で骨髄異形成症候群のことを調べてみた。この病気は、その名の通り、骨髄中の細胞に形態異常が生じるとともに、血球の減少を来すものだ。血液細胞の種に当たる造血幹細胞自身に異常が起こるために、血液細胞がうまく作られないことが原因なのだそうだ。

そして、血球の減少をみているうちに、急性白血病に移行する例がかなりの確率であるということが特徴だとあった。

そのうち、出した手紙がそのまま返送されてきた。家を変わったのか。また違う病院を探して移っていったのかもしれない。それからは、真実子の様子は全然わからなくなってしまった。

「琴美さんが心配して――」

黙って聞いていた豊は、ぴくりと眉を持ち上げた。が、やはり何も言わなかった。

「その頃、琴美さんはもう結婚しとったわ。今もずっと山口《やまぐち》で暮らしとる。だいぶ経ってから替出町の元の住人から真実ちゃんのことを聞いて、びっくりしたんやろね。何かわかるかもしれないからって、真実ちゃんが元住んでいた南の漁港の町を訪ねていったらしい」

その町にも、真実子一家の転居先を知っている人はいなかった。東京の病院でもはかばかしい結果が得られず、別の医者を頼ってよそへ行ったらしいという風聞だけが残っていた。

近所の人から、佐藤家のお墓はまだそこにあるはずと言われてお寺を訪ねてみた。

「そしたら――」

住職から、佐藤家のお墓はもうここにはないと言われた。代理人という人が来て、墓を移す手続きをしていったという。代理人は、よく事情をわかっていない業者のような人だったそうだ。

「一人娘が亡くなったので、お墓を移したい」と依頼されたと、それだけははっきり言って手続きをさっさと済ませて去っていったようだ。どこの寺に移したのかは、住職にもわからないのだった。

「琴美さんは、お参りするお墓さえわからんのが辛くて、海に花束を流して、真実ちゃんのことを思って泣いてきたって電話をくれた」

豊は黙したままだ。きっと言葉が見つからないのだろう。

喫茶店の外を、幼稚園バスが通っていった。可愛らしい動物や花の絵が描かれたバスの車体を、二人でぼんやりと見やった。同じ道を、犬を散歩させる人が通った。

「哲平、きっと驚くやろな」犬が行ってしまうと、豊がぽつりと呟いた。「そんなことになっとるなんて――」

それから、シカクのことを語った。シカクが宮城県で震災に遭って家族を亡くしたことを聞いて、今度は京香の方が黙り込んだ。

「琴美さんとは連絡取り合っとるんやね」

陰鬱な話題を避けようとしたのか、豊はそんなことを口にした。

「ううん。今は年賀状をやり取りするぐらい」

言葉は湿りがちだ。親しかった人とわざと疎遠になってしまったことを改めて思う。そうする理由が確かにあったはずなのに、今は思いつかない。ただ自分で自分を追い込んだだけではないか。幸せな振りをするのが辛くて。

ばかみたい――心の中で呟いた。

豊は琴美の連絡先を知りたいと言った。後でメールするということにして、メルアドを交換した。

「琴美さん、真実子とすごく仲良かったよな」

「うん、そうやね。年は離れとるのに、真実ちゃんのこと、可愛がっとった」

「哲平も言っとった。徳田さんのとこでよく二人が一緒にいるところを見かけたって」

「へえ、そうなんや」

変わった話題に飛びつくように、京香もそれに乗った。豊は、哲平の兄が琴美さんにぞっこんだったのだと言った。

「哲平も憧れとったんやな。きっと」

「そうよね。琴美さん、きれいやったもん。それに優しかったよ。徳田さんにも、私たちにも」

「どんな人と結婚したん？」

「ほら、豊君も気になるんやろ？」

いくぶん明るい声で京香はからかった。

「そうじゃないけど――」純朴な豊は、顔を赤らめて下を向く。

「映画みたいな話なんよ。琴美さん、山口へ渡るフェリーの中で見染められたんやから」

「へえ」

直接琴美から聞いたわけではない。これも京香の母が替出町の元の住人から聞きつけてきたことだ。一人っきりの家族だった母親を亡くした後、職場の友人に誘われて旅行に行く途中、出会った男性と付き合い始め、結婚したのだという。三十歳を過ぎたばかりの頃らしい。美しい容貌に恵まれていたのに男女間のことには尻込みをして、結婚にも無頓着だった琴美にしてみれば、降って湧いたような話だったと、これも母親からの受け売りを豊に伝えた。

「そうか。じゃあ、幸せにしとるんやな、琴美さん」

豊の言い方がおかしくて、ふふふと笑った。

「そうよ。豊君が心配せんでも」

豊は、またまぶし気に目を細める。

豊君はどうなの？　と言いかけてやめた。

幸せって何だろう。きっと私も他から見たら、幸せに見えるに違いないのだ。死んでしまった真実子は不幸なのだろうか。もうよくわからない。

「職場の人って、琴美さんはどこへ勤めとったっけ」

「その当時はデパートのインポートブランドの売り場にいたと思う。あそこに勤め始めて、垢抜《あかぬ》けて、みるみるきれいになったんよ。もともときれいな人やったけど、人目を惹くようになったんやと思うわ。それで一目ぼれされたってわけ。デパートに就職した時は、あんまり乗り気じゃなかったみたいやけど。ほら、琴美さん、派手なことが嫌いだったやろ？　接客業も向いてないって自分で思い込んどったんよ。替出町にいた時は、お城山の下にあった競輪場に勤めとったよね」

自分や真実子の話題から離れたくて、京香はことさら琴美のことに言及した。

「競輪場か」豊は意外なところに引っ掛かりを覚えたみたいに目を見開いた。

「あのね、あそこ、結構お給料がよかったらしいよ。で、希望者が多くて就職するのは難しかったんやけど、町内にいた誰かの口利きで――」

「原口《はらぐち》？」

豊が吐き出すように呼び捨てにした名前に、また心のどこかが震える。そうだ。原口だ。湧き水がこんこんと溢れ、一つの流れを生み出すように記憶が戻ってきた。いや、忘れていたわけじゃない。もう戻れない月日を思うのは、あまりに辛かったのだ。京香は胸に手をやって、深呼吸をした。でも一度扉を開いたら、それは鮮やかな色彩をまとって蘇ってくる。京香は夢中になって、記憶の断片をつなぎ合わせ、急いで口にした。そうしないと、泡のように消えてしまうんじゃないかと思えた。

「そうそう。競輪の開催日には、もの凄《すご》い現金が動くでしょう？　だから身元のしっかりした人でないと就職できんかったんやって。でも、原口さんが保証人になって琴美さんを入れてあげたって聞いた。子供の頃の話でうろ覚えだけどね」

「でも原口って――」

「そうよね。あの人、結局競輪場のお金を使い込んだ挙句、行方をくらませてしもうたのよね。そんな人が他人の保証人になるやなんて笑ってしまうよね」

京香は苦笑した。土手下の住人ではなかったが、替出町内に住んでいた原口達夫《たつお》は、たまに見かけていた。くたびれた中年男だった。そんな大それたことをするような人間には見えなかった。これは、ことが公になってから、町内の人々が口々に言っていたことだ。

おとなしい小心者にしか見えなかった。結婚もせず、両親と暮らしていて、その両親が亡くなった後は一人で地味に生活していた。替出町では人畜無害で印象の薄い男という位置づけだった。何にそんなお金を使ったのか、近隣の人々は、首を傾げたものだ。

どうやら株だの先物取引だのに手を出して、大きな損失を出していたらしいということが、しばらくしてからわかった。誰かにうまいこと騙されたようだった。あいう人付き合いが苦手で、世事に疎い人間は、ついそういう陥穽《かんせい》に落ちてしまうのだと、人々は噂し合った。とうとう人生のけりもつけられなくなり、すべてを放り出して逃げてしまったのだと。

「でも、あの人のおかげで琴美さんは随分助かったんよ」

別に原口の肩を持つわけではなかったが、琴美の印象まで傷つけられる気がして、急いで付け加えた。真実子と共に、琴美と親しくしていた京香には、彼女の家の事情がなんとなくわかった。

父親を子供の頃に亡くした琴美の家は、経済的に苦しかったようだ。母親も病弱で働けなかったから、高校卒業後は、琴美が働いて家計を支えていた。いつも臥《ふ》せっていた母親がどんな病状だったのかは知らなかったが、治療にかかる費用はばかにならないようだった。

「もう今さら隠さんでもいいやろうけん言うけど、借金もあったみたい」

豊は顔を上げて見返してきたが、何も言わなかった。

「親戚にも融通してもらって、何とかやってたみたいよ。崎山さんて憶えとる？　川に流されて死んでしまった人。あの人にも少し借りてたみたい。親戚なのに細かいこと言って、利子を取り立てに来るんで、おばちゃん、気の毒やったわ」

おばちゃんというのは、琴美の母親のことだ。

琴美もそこのところがよくわかっていたから、お金の算段に四苦八苦していた。だからいくつか職を転々とした後、原口の世話で競輪場に就職できた時は、嬉しそうだった。たぶん、それまでは不安定な職場だったのだろう。当時原口には、とても感謝していたと思う。

「そうか。そういうこと、俺はちっとも気にかけとらんかったな」

「子供の豊君が気にかけてどうすんの？」

またからかい気味に言うと、彼はいくぶん怒ったみたいに眉根を寄せた。

「結局あいつだけが逃げてしもうて、琴美さんに罪をなすりつけたんや」

豊は強い口調で原口を詰《なじ》った。

「琴美さん、原口さんに利用されとったんよね。お金の使い込みの手助けみたいなことやらされて。あの時、競輪場不正事件で何人かの職員が辞めさせられたでしょう。琴美さんもその中の一人やった」

「琴美さんは嫌々そういうことに手を貸したんやろ。原口に頼まれて」

そう断定する理由を聞くのは、なぜか憚《はばか》られた。

「うん、そうかもしれない。人がよすぎるんよ、琴美さん。原口さんに就職の世話してもろうたもんじゃけん、よう断らんかったんよ。あの時はかわいそうやった」

せっかく競輪場に就職できて喜んでいたのに、琴美は、すぐに元気がなくなった。暗く寂しそうな顔をしていた。琴美が不正に手を貸しているなんて夢にも思わない周囲は気を揉《も》んだものだ。事情を知らない徳田夫婦が気にして、どうしたのかと問うても首を振るばかりだった。琴美は、法を犯していることを告白する勇気はなく、悶々と悩んでいたに違いない。

徳田夫婦は、琴美の家が困窮しているのを知っていて、それとなく援助の手を差し伸べていたようだった。しかし彼らだって、そんなに裕福というわけではなかったのだ。ただ放っておけなかったのだろう、薄幸な境遇でも健気に生きていた琴美のことを。

「そういうことは、民生委員やった豊君のお父さんも知っとったはずよ」

そう言うと、豊は明らかに傷ついた様子で表情を曇らせた。ばかなことを口にしたと思った。真面目な教師だった豊の父親が地区の民生委員も任されて、他人の家の相談事にも乗るようになった。あれでは、いくら体があっても足りないだろうと京香の父が言っていたのを思い出す。そういう気質は、息子である豊にも引き継がれているような気がした。本人はそれに気づいていないだろうが。

「いかにも公務員て感じの正直そうな原口さんが不正行為をしでかして失踪した時は結構大騒ぎになったのに、こんな細かいこと、私、忘れとった」

ぽつりと呟く。

替出町がなくなって、真実子が死んで、もう終わったと思っていた。幸福な時代は。でもそうじゃなかった。あの時、確かに心が動き、刻み付けられたことは、決してなくならないのだ。大人になった今、あの時蓄えたものをそっと取り出して、生きる力に変えることもできるはずだ。

「あれ、私たちが五年生の時やった。原口さんが競輪場へ出勤して来んので職場の人が家を見に来て、留守らしいけどどこへ行ったか知りませんかって、近所周りに訊《き》いて回って。そういえば、春の遠足の日よ。ほら、五年生の乗ったバスが対向車とすれ違う時、脱輪して、その衝撃でシカクが頭にたんこぶ作った日」

湧き上がってくる記憶をもどかしい気持ちで口にした。豊も遠くを見るような目をしている。

「そうやったな。でっかいたんこぶやった。バスを降りても、あいつの顔見てずっと笑っとった気がする。土手下に帰り着くまで」

「きっと真実ちゃんがいたら、あのたんこぶ見て、シカクをからかっただろうに、あの日、真実ちゃんは遠足に来なかったんよね」

「そうやっけ？」

「間違いないよ。遠足の朝、真実ちゃんのお母さんから、学校への伝言頼まれたもん。どうも具合が悪そうだから、今日は休ませますって」

「で、結局原口はどこへ行ったかわからずじまいやった。誰も本腰入れて探さんかったんやな、金を持っていかれた競輪場と警察以外は。あんな奴《やつ》のこと、誰も探すもんか。きっと今もどこかでのらりくらりと生きとるよ」

豊は、原口によっぽど悪い印象を持っているようだ。

「前の日には、午後から仕事を早退して帰って、遠足の日職場の人が来た時には家は空っぽやった。警察の人が調べたら財布や免許証はなくなっとったらしいけん、自分の意思で姿を消したんよね。あの人、一人暮らしやったから、どこへ行ったかも心当たりのある人おらんかったね」

四月に競輪場の事務所長が別の人に代わって、引き継ぎをする過程で、過少に記録され、消えた売り上げ金がかなりの額に上ることが判明した。新しい所長の下、厳しく精査を始めた矢先だったらしい。原口は、早晩自分の罪が露呈すると察した。着服金を埋める算段もできず、逃走したのだと、新聞やニュースで報じられていた。

原口をどこかで見かけたという不確実な情報を受けて、警察はいちいち出向いて捜査をしたようだ。だが原口の行方は杳《よう》として知れなかった。

「目立たん奴やから、都会でひっそりと身を隠しとんやろ」

「気が小さいけん、どこぞで首をくくったんかもしれん」

初めのうち、人々はそんなことを囁き合ったが、そのうちに忘れ去られた。

「ああ……」

「何？」

京香が口を押さえて小さく呻いたので、豊は身を乗り出してきた。

「豊君、誰かが死んで、その骨を真実ちゃんが処分したんじゃないかって言うたよね。誰が死んだんかはわからんけど、殺した人には心当たりがある。原口さんよ。あの人の言うたこと、思い出した。盗み聞きしたこと。ううん。そういうつもりじゃなかったんやけど、つい」

「何？」

豊は先を促すようにせっかちに尋ねた。今さらごまかすわけにはいかない。軽はずみな言動は厳に慎んできたはずなのに、思いついたままを口にしていた子供に返った気がした。いったい何を怖がっていたのか、自分でもわからなくなった。理由もなく上気し、目が眩《くら》んだような気分に襲われた。

突然開いた扉。その向こうにあった閉じ込めた記憶。

「いつだったか、あの人がおらんようになる少し前やと思うけど、あの人、お酒を飲んどって、誰かに絡まれて――」

替出町には、一軒だけ酒屋があった。そこでは酒だけではなくて、おつまみ類や菓子類、ちょっとした日用品まで売っていた。だから子供もたまにお使いに行ったりしていた。酒を売るコーナーの奥には、不揃いな椅子が置いてあって、客が一杯いくらでコップ酒を飲めるようになっていた。原口は酒だけは好きなようで、たまにそこへふらりと来ては、飲んでいた。

その日、京香が買い物に行った時、すでに出来上がった風情の男がひどく、原口に絡んでいた。原口は酒が強いらしく、いくら飲んでも表情を変えることはなかった。店主は席をはずしていた。たぶん、くっついている自宅の方で用事をしていたか、酔っぱらった客に嫌気が差したのか、とにかく、お勘定をしてもらおうにも誰もいないので困ってしまった。レジの横のペラペラのベニヤ板で仕切られた場所で酔った男がだみ声で原口をからかっていた。

「腰抜けのつまらん男」とか、「近所付き合いが悪い」とか、「嫁ももらわず一人前の男じゃない」とか、そういう類の言葉で罵倒《ばとう》していた。ろれつが回っていなかった。原口は、相手の挑発には乗らず、淡々と飲んでいた気がする。やがて相手は酔いつぶれて、テーブルに突っ伏してしまった。

その時、原口は顔色ひとつ変えることなく、男に言ったのだ。

「私は腰抜けじゃないですよ」

酔いつぶれた相手は、もう大いびきをかいていたから、誰の耳にも届かないと思ったのだろう。原口は体を折って、男の耳元に口を近づけた。そうして、こう囁《ささや》きかけたのだ。

「私はね、人を殺したんですよね。やってみたら、どうってことない」

それから、妙に赤い唇を歪めてにやりと笑った。爬虫類《はちゅうるい》のような冷たい目をしていた。相手の男が「うーん」と唸って体をねじると、すっと身を起こし、何事もなかったようにコップ酒を口に持っていってあおった。さっきまで露出していたおぞましい感情が畳み込まれるように消え、いつもの目立たない男に戻った。

京香は震え上がった。そのまま、何も買わずに店を飛び出した。いつの間にか、外は大雨になっていた。濡《ぬ》れながら走ったことを憶えている。早くあの場所から離れたくて。

原口から聞いたことを誰かに告げただろうか？　たぶん母か祖母にはしゃべっただろう。あんなこと、一人の胸にしまっておけるはずがない。だけど今まで忘れていたくらいだから、きっと母も祖母も取り合わなかったに違いない。

「どうせ悔し紛れのはったりじゃろ。あのこんまい肝の男がそんな大それたことをするはずがない」

おそらくそんなことを口にしたのではなかったか。特に男勝りの祖母の言いそうなことだ。

「それでもね、私は気になってしょうがなかった。忘れられんよね、そんなこと」

だから、真実子と琴美が一緒にいる時にそのことを口にしてみた。軽い気持ちだった。きっと大人の琴美も、母や祖母と同じことを言うだろうと思った。しかし、琴美はそれを聞くと、ガタガタ震え始めた。予期していなかった反応に、真実子と京香の方が驚き、顔を見合わせた。青白い顔をした琴美は、よろよろと歩き出し、心配した真実子が後を追った。

「あの時は、琴美さんが原口さんの意のままに不正に手を貸しとるって知らんかった。琴美さん、あの男が怖かったんよ。ほんとに原口は人を殺したんじゃないかって震え上がったんよ、たぶん。それを見て私、こんな忌まわしいことは、もう絶対に口にしたらいかんて思った。なんでこんな重大なこと、忘れとったんかな」

豊は、じっと物思いにふけっていた。原口が誰を殺したのか検討しているのだろうか。金を使い込んだことより、殺人の罪がばれるのを恐れて姿を消したのだと？

だが京香はまったく別のことを考えていた。恐怖というごく人間的な感情のことを。記憶とともに露わになった素直な情動だ。子供の心に真っすぐに突き刺さってきた鋭い矢。酒屋から駆けだした時、叩《たた》きつけるように降っていた雨に打たれた感覚も思い出していた。降りしきる雨が、自分に迫る禍々しいものを遮断してくれる気がした。

大粒の雨の冷たさ、細い雨の優しさ、虫の音のかそけさ、夕風の涼しさ、咲き乱れる野の花のかぐわしさ。ああいうものにすっかり背を向けて生きてきた人生の長さに気がつき、愕然とする。

間違っている。こんな生き方間違っている。

「どうした？」

すがるような眼差しをしていたのか、豊が尋ねた。

「豊君——私——」

何を言おうとしているんだろう、私。急に涙がこぼれそうになった。急いでその先の言葉を探す。

「また行きたい」

「え？」

「骨を捨てに。皆で山の中へ」

豊は何と答えたらいいのか、戸惑っている。

骨を捨てるんじゃない。今、ここにいる自分を捨てたい。軟弱で受け身で、無気力な自分を捨て去りたい。深い穴の奥に埋めてしまいたい。

「真実子はさ——」豊は、からからになった喉の奥から引っ張り出すように言葉を継いだ。「何であの時、俺らを連れて山に行ったんやろう」

「そんなこと——」言葉が自然に溢れ出してきた。「そんなこと、どうだっていいじゃない。真実ちゃんのすることは誰にも予測がつかんのやもん」

言っているうちに、子供のように心が熱を帯びるのがわかった。もう一回、真実子の型破りな行動に巻き込まれたいと心の底から思う。かなわぬことだとわかっているけれど。

「だからその真相を、俺は知りたいんよ」

急に熱っぽくなった京香に合わせるように、豊は言った。

「知ったら、どうなるの？」

「さあ、それはわからん。でも、とても重要なことだと思う」

「そうね、私たちにとって」

生きている私たちにとって。

「さっきも言うたけど俺、あの骨は本物やったんじゃないかと思う。それでこうして皆に訊いて回っとる」

その言葉は、天啓のように頭の中に落ちてきた。

「そうよね。真実ちゃんが、ただの骨格標本なんか、わざわざ遠くへ埋めに行ったりせんよね。絶対理由があるに決まっとる。もし、原口が殺した相手の骨やったとしても、真実ちゃんがそれを始末してやるちゃんとした理由があったはず」

豊の方が驚愕の表情を浮かべている。彼もそこまでは考えてなかったのだろう。

自分でもおかしいと思うほど、興奮していた。豊は、ごくりと唾を呑み込んだ。

「骨を山の中に持っていって、俺たちに深い穴を掘らせて、それぞれがリュックに入れていた骨を穴の中にそっと並べたよな。そして、呪文みたいなものを唱えとった。真実子は前もってその呪文をこしらえてきとったんや。ただの骨格標本なら、そんな儀式めいたことせん、と俺は思う」

「『骨を弔う詩《うた》』よ」

「はあ？」

「だからね、真実ちゃんがあの時唱えた文言は、『骨を弔う詩』なんよ！」

豊は黙り込んだ。まじまじと京香の顔を見つめたきりだ。

「あの詩、私、まだ持っとる」

豊は完全に気を殺《そ》がれた格好だ。

「書き留めたもの、私。あれ、凄くかっこよくて、意味深な詩やったろ？　だから後から真実ちゃんに聞いて、ノートに書き取ったの。あのノート、まだどこかにあると思う。私の実家のどこかに」

「それ、探してみてくれる？」

「もちろんよ。見つけたら、豊君に知らせればいいんよね」

「うん、頼むよ。何かの手がかりになるかもしれんけん」

「わかった」

密約でも結ぶようにして、京香は小さく頷いた。

駐車場で、丈則の秘書の大倉《おおくら》が車を洗っていた。小柄な体軀《たいく》で、伸びあがるようにして、クラウンを洗っている。京香がそばを通ると、慌てて水を止めた。

「奥さん、今度、ホームページの更新をする時に、県議と一緒に写った写真を載せたいと思うのでお願いします」

気が重くなった。

「今、撮るの？」

「いえ。県議は今、常任委員会に出席されているので、帰って来られたらお知らせします」

「わかりました」

丈則の議会活動や政治活動を報告するためのホームページがある。そこにたまに、夫婦で写った写真を載せる。仲のよい夫婦が和やかな家庭を営んでいるということをアピールするのも大事なことなのだ。当選してから何度か、二人が寄り添って微笑んでいる写真が載った。

実態と大きくかけ離れたポートレートだ。ホームページにアップされた写真の京香の笑みが不自然だと、丈則に難癖をつけられて、いきなり手にしていた熱いコーヒーをかけられたこともある。結局のところ、丈則にとって理由は何でもいいのだ。

決して抗わない惰弱な妻を痛めつけることが、目的なのだから。

丈則は自分の思い通りにいかないことがあると、暴力に訴える。母親の前で地団太を踏む聞き分けのない子供のように逆上する。そういう傾向があるということは、結婚直後に気づいてはいた。しかしこれが常態化したのは、丈則が県会議員に立候補した時からだった。父親の跡を継いで、激しい選挙戦を戦い抜くという重圧とストレスに耐えられなくなって、そういうことをするのだと京香は理解した。当選した晩、ようやくこの異常な関係から脱却できると安堵した京香を突き倒し、思うさま殴打した。晴れ晴れと笑いながら。

その後も、議会や役所や支援者との関係で嫌なことがあったりすると、京香をいたぶることで気持ちを落ち着かせるようになった。逆にそうでなければ、気が済まなくなってしまったようだ。

丈則にとって妻は憂さ晴らしの対象であって、愛情を注ぐ相手ではなかった。だからこの二年間というもの、夫婦の間に夜の生活はない。丈則は京香を抱くことには興味を失っていた。澄江を初めとして、周囲が男児の誕生を望むのは、お門違いとしか言いようがなかった。

「あ、それから今月末に地元のフリーペーパーが取材に来るそうです。奥さんも一緒にということで、県議の普段の生活を中心に質問されると思いますよ」

大倉に気づかれないように、そっと肩を落とした。こういうことはもともと苦手なうえに、明らかに演技をしなければならないからだ。家庭を大事にする県議の夫と、夫を支える妻という役割で。

どうして丈則は、私と別れないのだろう。あんな陰湿な嬲《なぶ》り方をするくらいなら、気に入った女性をそばにおけばいいのに。今までに何度もそう思った。その度、恐ろしい理由に思い至って身がすくむ思いがする。つまり丈則には、身近に痛めつける存在が必要なのだ。弱いものを虐め、傷つけることによって自分の偉大さを認識できる相手が。そしてその役目に京香は最適なのだ。

「奥さん――」

水栓を開けて放水を始めながら、大倉が声を掛けてきた。

「はい」

振り向くと、大倉の細い目とまともに目が合った。

「今度はもう少し、気の利いたことを言ってくださいよ。はきはきとね。奥さんの笑顔は、どうも泣き顔に見えていけない」

言葉に詰まった。大倉は京香の返事を待つことなく、背を向けて洗車を再開した。

この男は知っているのではないか。私たち夫婦の関係性を。私がどんな目に遭わされているか。丈則から人間以下の扱いを受けていることを。夫に抱かれることのなくなった妻を蔑んで見ているのではないか。

大倉は、昭太郎にも仕えた秘書で、富永の家の遠縁に当たる男だという。そういう意味で、気心の知れた秘書だと昭太郎も丈則も心を許している。時折、丈則と二人で飲むこともあるようだ。

丈則が、京香にひどく当たる様を、酔いにまかせて秘書にしゃべっている図を思い浮かべ、背筋が凍った。卑しい笑いを浮かべながら、話に興じる二人の男。

「もうあんな女、抱く気にならないよ」

「そんな。奥さん、かわいそうじゃないですか」

「あいつの顔を見ているとムカつくんだ。おとなしく見えるけど、何を考えているのかわからないだろ」

「だからって、ひどいですよ。抱いて可愛がってあげるかわりに殴って泣かせるなんて」

「いいんだ。それが合ってるんだよ。あいつには」

「案外、そっちの気があったりして。奥さん。でないと、耐えられないですよ。そんな仕打ち」

そんな猥雑《わいざつ》な会話を想像して、口笛を吹きながら洗車を続ける男の背中を凝視した。

大倉の仕事は、丈則の政治活動に必要な資料収集や書類の作成、データの管理から後援会や地域との橋渡しに加え、車の運転や彼のスケジュール管理まで多岐にわたる。

県会議員の秘書には、国が人件費を負担する公設秘書制度は適用されない。自治体から県議に支給される政務活動費では、秘書の人件費の半分しか補てんできない。よって、残りの人件費は、県議が私費で払うことになる。富永家は、そこそこの資産家で市内に複数の不動産を所有しているので、政治活動費はゆとりがある方だ。それでも大倉に支払われる給与はそう多くはないはずだ。三十代半ばになっても所帯を持たない大倉の生活ぶりがそれを表している。それに万一、県議が選挙で落選すれば、秘書も当然失職することになる。

それでも政治家になるという野望も気概もなさそうな大倉が、秘書の仕事を続けているのは、ぬるま湯につかっているような気楽さがあるからではあるまいか。ルーティーンの仕事を緩くこなし、遠縁の富永家に入り込んで、面白おかしく過ごしていることが性に合っているのか。丈則の妻に対する愚痴を聞くことも、この悪ずれした秘書の仕事なのか。

考えすぎだと自分をたしなめた。随分卑屈になってしまった。

けれど、大倉が京香のことを軽く見ていることは確かだ。富永家の他の人々と接する時との違いは明らかだった。

すなわち、それがこの家での自分の地位だということだ。もう一回、ため息をついて、京香は家に向かった。


それを徹底的に再認識させられることが起こったのは、五月の連休明けのことだった。

丈則に愛人がいることが露見したのだ。夫とセックスレスになってから、そういうことになっているのではないかという危惧は常に持っていた。しかし、それを事実として突き付けられるのは怖かった。だから、丈則に理不尽なことをされながらも、夫の行状を質《ただ》そうとはしなかった。

実際、その状況に立たされると、怒りよりも怖さの方が先に立った。これからどうなるのだろうという心細さと、萌々香だけは守らなければという悲壮さとが入り混じった気持ちになる。

相手の女性は、市中心部の歓楽街でクラブを営むママだという。丈則がよく利用するクラブだとは、初めて知った。夫の外での行動などには無頓着だったし、また丈則もそういうことをいちいち家ではしゃべらなかった。

丈則がクラブに入り浸っているだけではなく、ママと深い関係にあるということは県議会への匿名メールで発覚した。丈則が最も嫌う例の議長は、鬼の首でも取ったように、丈則を呼びつけて問い質したそうだ。もちろん、丈則はしらを切り通した。だが、そういう顚末は、昭太郎の耳にもすぐに届いた。

カーテンを閉め切ったリビングルームに、昭太郎、澄江、丈則、京香が顔を突き合わせて座った。昭太郎は苦り切った表情で、澄江は頭を抱えていた。張本人の丈則は、腹の虫が治まらないというふうだった。自分がしたことは棚に上げて、不遜なメールを送り付けてきた相手に怒りをぶつけたくてたまらないようだ。

「誰があんなメールを送ったのか、だいたいはわかっているんだ」

丈則は上気した顔で言った。

「そんなことはどうでもええ」

昭太郎は、低い声で息子を黙らせた。引退したとはいえ、家の中ではそれ相当の威厳を保っていた。

「なんで水商売の女なんかと。よりにもよって……」

ぐだぐだと言い募る澄江も、一瞥《いちべつ》で黙らせた。

「別れるんだな、すぐに。今ならまだこの情報は握り潰せる」

県議会にも県庁にもまだ顔が利くということか。他人事のように京香はそういうやり取りを聞いていた。

「今晩にでも話をつけてこい。金でカタがつくなら、そうせい」

「丈則に話をさせるんですか。女と会ったりして大丈夫なの？　女と揉めているところをまた誰かに見られたりしたら大事になるんじゃないの？」

どこまでも息子に甘い母親だ。

「女遊びの尻ぬぐいもできんで、どうする」

澄江はこめかみを指で揉んだ。そして視線をさまよわせた挙句、京香さん、と声を掛けた。今初めて嫁がそこにいるのに気づいたとでもいうように。

「あなたも、こんなことで動揺したらいかんよ。丈則も何も家庭を捨てようなんて料簡《りょうけん》じゃないんやけんね。男ってたまにこういうことをするのよ。女は何もかも黙って呑み込むことが肝心よ。私だってね――」

「もういい」

ぴしゃりと昭太郎が撥《は》ねつけた。

「まだ当選一回目のひよっこじゃというのに、気が緩んでいるとしか言いようがないな。こんなことで足元をすくわれてどうする？」

苦言を呈する父親に、丈則は唇を歪めてそっぽを向いた。

「おい、聞いとんのか⁉」

さすがに昭太郎は気色ばんだ。丈則はゆっくりと父親の方を向いた。さっきまで浮かべていた子供っぽい怒りの感情がすっと消え、青白く冷淡な表情だ。その顔を見て、京香は怖気立《おぞけだ》った。彼女を痛めつける前に浮かべる表情と同じだ。残忍で昏《くら》い愉《よろこ》びをたたえた表情。しかしその根底には、やはり稚拙な独善性があるのだ。周囲の甘さが育てた根拠のないプライドが、それを常に支えている。

夫の中の、狂気でコーティングされた自己中心性。その前に自分もひれ伏し、隷属させられている。外から見たのではわからない、異常な家族の在り方だ。まともな家族なら、裏切られた形の妻の気持ちを慮《おもんぱか》って、詫《わ》びのひとつも言葉にするだろう。だが、義父母も夫も、京香に謝ろうともしない。丈則にそれを強いることもない。そんなことは端《はな》から頭にないのだ。

「だけど、ひとつ問題がある」

冷たい喜びを押し隠したような丈則の言葉が、薄暗いリビングルームに響き渡った。

その先は聞きたくない、と京香は切実に思った。

「相手の女は妊娠してる」

誰も口をきかなかった。重苦しい沈黙が部屋を覆った。京香は、夫の言っている意味がわからず、ぼんやりと座り続けていた。

「なら、堕《お》ろせばええ」

昭太郎が唸り声とともにひねり出した声に、澄江がはっと顔を上げた。

「でも――」

「今はこいつにとって大事な時だ。そんなスキャンダルを起こすわけにはいかん」

「それでいいのか？　本当に」

駄々っ子が親を困らせてやろうと知恵を働かせるみたいに、丈則はふっと目を細めた。

「当たり前だ」昭太郎は苦々しい口調で言った。「金は口留め料も含めて多目に渡すようにしろ。絶対に公にならんように」

「待って、あなた」ソファから身を乗り出すようにして、澄江が早口で言い募った。「生まれる子をうちに引き取るということはできんの？」

昭太郎は目を剝《む》いた。

「ばかも休み休み言え」

「だって、男の子かもしれないじゃない。しかも確かに丈則の血を引いた子よ」

何でこんな重要なことが、私抜きで話し合われているのだろう。子供のことは、夫婦の意思がまず尊重されるべきなのに。京香は思わず笑いそうになった。それほど自分が、この家ではないがしろにされているということだ。

たいして憤りも感じずに、そんなことを思った。夫からの暴力に耐えることによって、ひとつだけいいことがあった。それは感情を鈍磨させる術を身に着けたことだ。

「もしもだけど、将来、丈則の跡継ぎとして、男の子を養子に迎えることがあった場合、親戚の子だとか、全く縁のない子をもらうより、その子を引き取れたら――」

丈則がそっと頬を引きつらせるのが、目の隅に映った。それが夫のしてやったりの笑みだということは、よくわかっていた。自分の思い通りにことが運んだ時のいやらしいほくそ笑みだ。

昭太郎は沈黙した。老獪《ろうかい》な元県議は、目まぐるしく頭を働かせているのだろう。愚かな息子に傷をつけず、富永家の跡継ぎを得るためにはどうしたらいいか。

「相手の女はどう言ってる？」

たっぷり三分間は考え込んだ後、昭太郎はおもむろに口を開いた。

「産みたいと言ってるよ。店も畳んで、俺には決して迷惑はかけないと言ってる」

「よそで産んでもらうしかないな」

「そうね。絶対に丈則の子だと知れないように」

澄江が勢い込んで口を挟んだ。

「生活費や育児にかかる費用は援助してもええが、いいか、丈則」昭太郎は、本革張りのソファの肘掛けをぐっと握りしめ、体を反らせた。「その女とは切れろ。もし、婚外子がいることが後援会に、いや、県民の誰かに漏れたりしたら、お前の命取りになる」

それだけは肝に銘じておけ、と父親に吐き捨てるように言われると、丈則は、「わかったよ」と素直に答えた。

そこまで見届けてから、澄江はようやく京香の方を向いた。

「京香さん、あなたもええね。これは、もしもの時の保険みたいなものなんよ。萌々香が跡を継いだっていいし、あなたが男の子を産めば、その子にすべてを託すことになるんだからね」

「京香はもう子は産まないよ」

澄江の言葉に被せるように、丈則が言った。

「え？」

「京香は、もう子を産むことはないと思うよ。男の子だろうが、女の子だろうが」

体が震えるのを抑えることができなかった。

「俺たちは、もうそういう関係じゃないんだ」

澄江は視線を泳がせて曖昧な笑みを浮かべ、昭太郎は天井を睨みつけた。

押入れの一番奥から段ボール箱を引っ張り出した。変色した箱の横っ腹には、「京香　小、中」とマジックで書いてある。その字ももう消えかけている。京香は、自分の幼い字をじっと見つめた。

実家の部屋の一室が、まるまる納戸として使われていた。この家に越して来た時、たくさんの家財道具を処分した。それでも捨てられないものは、ここにしまい込んだ。あっさりした性格の妹は、自分のものを大方捨ててしまったが、京香には、取っておきたいものがかなりあった。

京香の背後には、口の開いた段ボール箱がいくつか置いてある。最後に引っ張り出した箱の、べとべとになったガムテープを剝がす。中身がよく見えるように、体の位置を変えて中を覗き込んだ。表紙の擦り切れた本や辞書、ノート類、丸めた表彰状などが雑然と詰め込まれていた。

いちいちを開いて見てみたい気はするが、そんなことをしていると時間が足りなくなる。さっさと中身を取り出して、床の上に重ねていった。探しているものは、はっきりしている。小学校の高学年の頃、使っていたノートだ。学習用のノートとは違って、自由に使っていたものだ。少女向けコミックのお気に入りの装画やアイドルの写真を切り抜いて貼ったり、日記風に出来事や思ったことを書いたり、読んだ本の一文、あるいは流行歌の歌詞などを書き写したりしていた。

毎日手にしていたし、大事にしていたので、表紙のデザインも憶えている。夕焼けに染まる海を白い客船が航行している遠景と、手前の砂浜にハート形が描かれているイラストだった。あれほど熱心に書き込んでいたのに、段ボール箱に入れてからは、見返すということもなかった。

でも時折、過去を振り返るということは大切だ。過ぎ去ったものの重さを量るということは。そういうきっかけを失くすと、無情な時の流れにどんどん流されてしまう。

箱の一番下から探していたノートを見つけた時、京香は切実にそう思った。もっと優しい色だったと記憶にある海の夕焼けは、意外にくっきりと赤く、京香の手のひらで映えた。パラパラとめくってみる。確か、最後の方のページに書きつけたはずだ。

子供だった自分の文字が、朗らかに躍るページを繰る。

そして、それを見つけた。静かな気持ちで、京香はそれを読んだ。ごくごく短い文章だ。これを書き留めた時のことが、まざまざと思い出される。自分の勉強机に座って、ぴんと背筋を伸ばして書いたのだった。そばには真実子が立っていて、何かを見ることもなく、この詩をすらすらと口にしていた。

真実子が練りに練って生み出した詩なのだと知れた、その瞬間、窓の外で、青桐《あおぎり》の葉がさやかに擦れ合い、午後の柔らかな日差しが部屋に差し込んでいた。

骨を弔う詩

私たちは、今、お前をこの地に埋める。
お前もお前の魂も、もう決して目覚めてはならない。
お前は未来永劫《えいごう》、ここに留まらなければならない。
お前には、もう肉体がない。精神も失われた。
己の罪を認めよ。
そしてこの罪に適《かな》う罰を受けよ。

口を閉じ、目をつぶれ。耳に土くれを詰め込め。
もうお前には、声高に自己を主張する権利もない。
他者を損なう力もない。
冷たい土の下、沈黙だけがお前の友だ。
ただ最後に、我々がお前を弔う。

悲しく貧しいお前の人生を弔う。
我々はお前の末路を心に留める。
お前は何人《なんぴと》も恨むことはできない。
我々は、崇高な精神の持ち主。
誰にも汚されることのないプライドを誇り、
誰にも貶められることのない尊厳を掲げる。
この力をもて、今、お前を葬る。

京香の頬を、つっと涙が一筋伝った。

三、正一の章

強い風に目を細める。伸び放題になった髪の毛が、頭の周囲で踊り狂った。正一は高台から下の風景に目を凝らした。真っ平らな地面の上、遠くに無粋なソーラーパネルが並んでいる。その他は、ただの荒れ地にしか見えない。低い土地は震災で地盤沈下が起こり、長く海水に浸っていた。ようやく水が引いても、もうそこは殺伐とした剝き出しの地面でしかない。人が営んでいた生活からはほど遠い。近くに目を転じると、再建された建物がまばらに建っているのが、かえって寂しい気がする。それでも不老山《ふろう》から続く海岸端に少しずつ緑は増えてきていて、時間の経過を正一に伝えてくる。

今は震災遺構となった旧野蒜《のびる》駅が平地の真ん中にぽつんと建っている。ホームも駅舎もそのまま残っていて、二階は資料館になっているという。津波の恐ろしさを後世に伝えるための重要な施設ということだが、正一は一度も足を踏み入れたことがない。駅の正面には、先ごろできた復興祈念公園がある。高々とそびえる慰霊碑の背面が見える。慰霊碑は、野蒜を襲った津波の高さと同じだという。前面には「鎮魂・復興・感謝」と刻まれているはずだ。慰霊碑をじっと見ていることができなくて、正一は目を逸《そ》らした。

緑の向こうに、茫洋《ぼうよう》たる海が見える。明るく穏やかな海だ。野蒜海岸近くの民宿兼自宅があった場所を目で探すが、目印がなく、ここからではよくわからない。

「べったらこい土地になってしまったな」

小さな声に振り向くと、重松栄子《しげまつえいこ》が杖《つえ》をついて立っていた。もう八十歳に手が届く年だが、足腰が弱らないようにと毎日散歩をしているのだ。震災前までは正一たち一家が経営していた民宿「まんいち荘」の隣に住んでいて、忙しい時には手伝いを頼んでいた。

「あんだもええ加減仮設から出て、ちゃんとしたところに住んだらどうだべ」

「こんなとこに住む気はしないよ」

いつも同じ答えをするから、栄子は特に気を悪くしたようではない。

「正ちゃん、あんだ、これからなじょすっけな？　いつまでもふたいでるわけにはいかねえべ？」

栄子は家族ごと、新たに造成されたこの野蒜ケ丘の災害公営住宅に移ってきた。山林を伐《き》り開いて造成した土地は、九十一・五ヘクタールという東日本大震災の被災地の中でも最大級のもので、浸水被害を受けた東松島市野蒜地区の住民の高台移転は、おおむね完了した。長大なベルトコンベアーで大量の土砂を運搬し、巨大重機を入れての大事業は全国ニュースでも報じられた。

東日本大震災の被災地の中でも最大級の高台移転だった。ここには住宅はもとより、小学校や保育所、駐在所、消防署もある。JR仙石《せんせき》線の野蒜駅と東名《とうな》駅も地区内に移設された。野蒜市民センターだとか、東松島市奥松島観光物産交流センターなどという施設もできた。

「まちごと高台へ」という住民の願いをかなえる事業は、急ピッチで進められた。背後の住宅地は、きちんと区割りがなされ、真新しい家が立ち並んでいる。

「こんなに海から離れてしまっては、な」

ぽつりと呟くと、栄子は、諦め顔で首を振った。

「だって、おっかねえもん。海のそばは」

途端に、ゴォォォーッという津波が押し寄せる音が耳の奥で響いた。思わず目を固くつぶる。同時に海の咆《ほ》える音を聞いたみたいに、栄子も首をすくめた。あれを経験した者は、時折不意打ちみたいにこういう瞬間に見舞われる。何年経っても。

二人で辛いフラッシュバックを迎え入れ、それが通り過ぎるのを待った。

「おんちゃん、どうしてる？」

カラカラになった喉から、言葉を引っ張り出した。感情が溢れ出すのを、抑えつける術は身に着けた。

「喜一郎《きいちろう》さんがカキの養殖始めたからって、手伝いさいってる。じっとしてるのは性に合わねんだ、あの人は」

「そっか」

「初めはうまくいがなかったけんど、今は震災前と同じくらいまで採れるようになったのっしゃ。どうだい、あんだ、手伝う気があるなら――」

「いい。俺はいいよ」

栄子の声に被せるように言うと、とたんに顔をしかめた。

「うちのじいさまほどの年のもんが、働いでるのさ。正ちゃんはまだ力もあっぺ。ぶらぶらすんのもてぇげにしろ。やっしゃねえのはわかるども、美紀《みき》さんも悲しむっちゃ」

「じゃあ、また」

正一はそそくさと栄子に背を向けた。

「けえるのわ」

背中にかけられた声を無視して、ゆっくりと坂道の方へ向かった。旧野蒜駅の近くにバス停があり、そこから地域の無料循環バスが出ている。いつもなら、自宅があった海岸の方にも足を延ばしてみるのだが、今日はその気が失《う》せた。高台の新駅舎から直接下りる階段がないため、道路を使って旧野蒜駅まで行こうとすると、坂道を下って約一キロほど歩かねばならない。つくづく不便な場所だと思うが、さっきの栄子の言葉通り、住民は海から離れることを選択したのだ。

バス停に立って、ようやく柔らかくなった春の風に吹かれた。海の匂いがした。目を上げる。松林がなくなって、立ち並んでいた建物もなくなった。しかし、高さ七メートルの防潮堤が建設されたせいで、低い場所に来ると海は見えない。人々は、本当に海と切り離されてしまった。のったりとうねっていた春の石巻《いしのまき》湾を、妻は愛していたのに。

ポケットの中で携帯電話が鳴った。取り出してみると、豊からだった。二週間くらい前から何度かかかってきている。最初だけ出たら、「会いたいからそっちへ行っていいか」と言われた。

「いや、俺は会いたくない」

と答えて切った。以来、何度かかかってくる電話には出ていない。

いったい今頃何の用があるというのか。震災直後には、心配して何度か連絡をくれた。四国に今も住んでいる正一の親から電話番号を聞いたのだと言った。その時も、何か手伝えることとないか？　と問われて、無下に、ないよと答えた。それ以上しつこくするのはどうかと遠慮したのか、電話は鳴らなくなった。

バスが来た。開いたドアから乗り込む時、肩越しにまた海の方を見た。

何で俺はここにいるのだろうな、と他人事みたいに思って、ちょっと笑った。豊が連絡をしてきたせいで、遠くの故郷のことを思い出したのか。震災の後、三か月ほど向こうに帰っていた。その時に豊にも会った。

身の上話をするのはうんざりだったし、豊も聞かなかった。もう豊の耳には、入っていたのだろう。痛々しげな顔で向き合ったきり、黙ってうつむいていた。そんなふうにされるのは、いたたまれなかった。豊だけじゃない。高校時代の友だちや知り合いも訪ねて来た。口々にお悔やみを言い、励まされる。あの三か月で心は決まった。ここは自分のいる場所じゃないと。平和な四国にいる自分が許せなかった。

「もう宮城に帰ろうかと思うんだ」

はっきり決めていなかったのに、ついそんな言葉が口をついて出た。

「そうか」とだけ、豊は言った。

東名運河に沿って、バスは走った。春の風が、剝き出しになった土地の土埃《つちぼこり》を巻き上げた。

ここに戻って何をしようと思ったのか。あの時は、ただ宮城に戻ることだけが目的だった。戻ってみても何もないとわかっていたが、ただひたすら、ばかみたいにそれにこだわった。四国の家族は引き留めたが、意固地になって戻ってきた。

仮設住宅の引き戸の鍵を開けようとして、入り口の郵便受けに自治会報が入っているのに気がついた。それを引き抜いて、片手で引き戸を開けた。狭い玄関口で靴を脱ぎ散らかしながら、自治会報を破ってゴミ箱に捨てた。

野蒜にあった仮設住宅は、三年前に閉鎖になった。その後たいていの家庭は、災害公営住宅へ移っていった。だが正一は、東松島市内にある別の仮設住宅へ入居した。きれいな家に住んで新しい生活を始める気力は、どこをどう探してもなかった。

この仮設住宅の別の家で、冬の間に一人暮らしの老人が死亡した。誰も気づかなかった。死後数日経って発見されたという。被災者を支えるサポートセンターの巡回を断っていて、発見が遅れたらしい。その話を聞いた時、老人が羨ましいと思った。いつか自分もそんなふうにひっそりとこの世から消えることができたら――。

東松島市内のコンビニや建設現場でアルバイトをしているし、まだ若いから、正一のところには巡回の申し出はない。食べるためにそういう半端な仕事をしている自分と、常に死を希求している自分とが同居している。なんとも不思議な感覚だ。死の側にひらりと飛び移るのは、そう難しいことではないと思えるのに、毎日起きて顔を洗い、食べ物を口にし、排泄《はいせつ》をしている。生きるための営みを、よく考えもせず惰性で続ける自分は滑稽だ。

　仮設住宅の間取りはそう広いものではない。バス、トイレに流し台の付いた台所。その他に六畳間がひとつ、四畳半がふたつ。一人暮らしにはこれでも広いくらいだ。家財道具も必要最小限のものしか置いてない。

　一番奥の四畳半に、小さな仏壇が置いてある。大事な家財道具といえばこれだけだ。仏壇も買う気がしなくて、長い間白絹で覆った祭壇に家族四人の写真と位牌《いはい》を並べていたのだが、市より派遣されてきた心理カウンセラーから、決まりをつけるために仏壇を買うように勧められた。

「ご家族を思う気持ちはわかりますが、このままではお父さんの気持ちは引っ張られたままでしょう。それは亡くなられた方々も望んでおられないと思いますよ」

　家族が誰もいなくなったのに、正一のことを「お父さん」と呼ぶカウンセラーがおかしかった。

　彼女の意見に同調したわけではないが、ひとつの仏壇に納めてやれば、彼らの霊を慰められると思った。そういうことに思い至らなかった自分の心の荒廃も同時に知った。墓と同じに、ここへいずれ自分も合流するのだと思うと、気持ちも和んだ。

　縮小した写真を小さな額に入れなおして、位牌と一緒に飾ってある。仏壇の前に座ってじっとそれを見つめた。妻の美紀、長男の悠馬《ゆうま》、次男の彰吾《しょうご》、それから義父の萬一《まんいち》。何年経っても同じ微笑みを返してくる。こっちは老けてしまって、そっちへ行く頃には、誰だかわからないようになっているよ、と心の中で呟いた。

帰りに買ってきた饅頭《まんじゅう》を袋から出した。東松島市では名のある和菓子屋のもので、美紀も萬一も大好物だった。津波でやられ、店を閉じていたのが震災後半年経って再開した。仏壇に供えようと、皿を取りに立つ。台所の戸棚の少ない食器の中から適当な皿を出した。流しの前の窓から、向かい合った仮設住宅が見える。たぶん、もう空き家になっている。震災から七年も経って、人々は生活を再建し、それぞれ家を構えるか、よそへ移っていった。ここに残っている者は、年々少なくなっている。

手を止めて、ぼうっと向かいの家や道路を見た。ここに来た時、海が見えなくてよかったと思ったことを思い出す。野蒜の仮設住宅では、常に海が身近にあった。それなのに仕事がない時は、野蒜ヶ丘に行って海を眺めていた。

「早く戻って来い！　津波がくっど！」

耳の奥で、萬一の声が響き渡る。そっと仏壇を見やるが、赤銅色に日焼けした萬一は、白い歯を見せて笑っているだけだ。

あの日――。

凄《すさ》まじい揺れを感じたのは、まんいち荘で客のために夕ごはんの仕込みをしている時だった。食器棚が倒れ、夥《おびただ》しい数の食器が割れて床に散らばった。海岸で作業をしていた萬一が駆け戻ってきた。すぐに近くの保育園から悠馬と彰吾を連れて帰ってきてくれた。

「じっちゃ、こいつらを連れて小学校へ避難してくれ。俺は美紀を連れに行ってくる」

美紀は市役所の近く、矢本《やもと》にある産婦人科を受診しにいっていた。三人目が出来たかもしれないと言って、仕事の合間をみて出かけていたのだった。緊急避難場所に指定された野蒜小学校までは歩いてもすぐだ。萬一は、しっかりと二人の子の手を握りしめて頷いた。

四人で民宿の前庭に出たが、周囲に緊迫感はなかった。道にまで出た住民は、「どうしたらいいかね」などとのんびり話し合っていた。激しい揺れだったけれど、まだ倒壊してしまうほどの家は見受けられなかった。軽自動車のドアを開けて乗り込もうとした時、萬一が庭を出ていきながら、振り返って叫んだ。

「早く戻って来い！　津波がくっど！」

若い時にチリ地震による津波を経験している萬一の頭の中では、地震と津波は常につながっていた。

何人かがその声に反応して大急ぎで家に取って返した。

正一も車に乗り込んで、思い切りアクセルを踏んだ。産婦人科の前に車をつけると、ちょうど美紀が飛び出してきたところだった。急いでドアを開いて妻を乗せた。青ざめた美紀は、一番に子供たちの安否を訊いた。萬一が二人を連れて小学校に避難したと言うと、安堵の息をついた。行きはすいていたのに、帰りの道は渋滞していた。誰もが避難をし始めていた。

じりじりしながら車を進ませた。鳴瀬《なるせ》川の橋をようやく越えた。海を見る余裕がなかった。

「どうだろ？　もう近いから歩く？」

美紀が振り返って渋滞の様子を見た途端、悲鳴を上げた。驚いて後ろを向いた。リアウインドー越しに、信じられない光景を見た。東名運河に鳴瀬川の方から真っ黒い津波が迫っていた。波の高さは十メートルはあっただろう。波に押されて船が流れてくる。見事にひっくり返って青い船底が見えていた。

連なった車が、ぷかりと浮かび、ぐるぐる回りながら流されていく。すぐに黒い水は正一の車にも押し寄せてきた。もの凄い勢いで流されていく他の車を見て、このままではだめだと思った。

「外に出ろ！」

窓を開けると、海岸の松林が津波に倒されるバリバリという音が響いてきた。先に窓から出て、腰まで水に浸かりながら、美紀を引っ張り出そうとした。真っ白い顔をした美紀は、硬直してしまい、動こうとしない。

「ばか!!　子供たちが待ってるぞ！」

そう言って強く手を引くと、ようやく窓から出てきた。すぐに足がつかないほどの水嵩《みずかさ》になった。道端に建っていた住宅までが連なって押し流されていく。

「こっちだ！」

美紀の手をつかんで引き寄せた。がれきを大量に含んだ濁流の中、一度頭まで沈むが、美紀の手だけは放さなかった。なんとか水面に顔を出す。ガスボンベが破裂する音や、車のクラクションが鳴り響いていた。

「お父ちゃん！」

叫んだ美紀は、がぶっと水を呑んだようだ。為《な》す術もなく、渦に巻かれ、流された。水を掻いている方の手が何かに当たった。家からはずれて漂流してきた梁《はり》のような丸太だった。後ろの部分に屋根の一部がくっついている。梁を腕で抱えた。飛び出した釘《くぎ》が手のひらに突き刺さる。呻きながらも、美紀の手を放すまいとがっちりつかみ直した。

その時だった。強い引き波がきた。あっという間に美紀とつないでいた手が離れた。

「お父ちゃん！」

もう一回美紀が叫んだ。

「美紀！」

丸太を放して、妻の方に泳ごうとするが、渦巻く水がそれを阻んだ。まるで滝つぼの中にいるようだった。黒い水に押し流されていく妻を、どうすることもできずに眺めた。もの凄い速さで、妻の姿は流れ去った。波の上に出ていた頭が、ぼこんと沈んだ様子まで見えた。なのに、何もできなかった。もはや、声さえ出なかった。流されてきた灯油缶にすがって漂流した。バキバキという轟音《ごうおん》とともに、土台からはずれて浮いた家の残骸に押しつぶされないよう、祈ることしかできなかった。

「おーい！　おーい！」

呼ぶ声に上を見上げると、鉄筋コンクリート製の建物の三階から、男性数人が身を乗り出していた。どこまで流されたのか、皆目見当がつかなかった。下のテラスの屋根まで一人が下りてきてくれた。中からカーテンを引きちぎったものを差し出してくる人もいた。投げられたカーテンの先をかろうじてつかんだ。

「頑張れ！　今引き上げてやるべ！」

そう言われても、嬉しいとも何とも思わなかった。ただ為されるままに建物の中にひっぱり上げられた。そこはどこかの会社の事務所らしかった。スチール製の事務机やロッカーが散乱していた。ロッカーの中から出してきてくれた事務服をもらい、濡れた服を着替えた。それでも体の震えは止まらなかった。ガタガタと震え続けた。町を満たした真っ黒な海水の上にぼたん雪が降っていた。

四人でそこに取り残されていた男たちは、その後も流されてくる男女三人を助け上げた。

どこからも助けが来ず、一晩をそこで過ごした。火の気がなく真っ暗で寒かった。こんなふうに美紀もどこかで助けられているかもしれないと思った。野蒜小学校へ避難した義父と息子たちのことも気がかりだった。野蒜小学校は、避難所に指定されているとはいえ、高台ではない。海から一キロは離れているけれど、あの大きな津波なら容易に到達したのではないか。しかし、漁師の萬一なら、うまく二人を守ってくれているだろうと自分に言い聞かせた。

翌朝、水が引いた地面に下りた。とてもこの世の風景とは思えなかった。満足に礼を言うこともなく、事務所の男性らと別れた。彼らも家のことが気になっているのだろう。言葉少なに去っていった。

道だったところには、がれきが溢れていて、野蒜小学校へ着くまでに時間がかかった。校門のところで小学校の惨状に目を見張った。校庭はドロドロで、百台近い車がおもちゃの車のように重なり合って、これも泥だらけになっていた。

茫然《ぼうぜん》とそれらを見た後、校舎に向かった。多くの人が校舎の中にいたので、そこに義父らも避難しているのだと思った。しかし、校舎の中を歩き回っても、萬一や息子たちに会うことはできなかった。別のところに避難したのかと途方に暮れている時、栄子が駆け寄ってきた。彼女の泣き顔を見た途端、何が起こったのか予測がついた。

地震直後、避難してきた人々は、体育館にいたのだった。津波は体育館まで押し寄せた。パニックになった人々は、ステージに上がったが、それでも水に追いつかれ、流された。階段で二階のギャラリーに上れた人だけが助かった。体育館の二階をぐるりと囲むギャラリーから、下にいる人たちが助けを求めながら溺れていくのを、為す術もなく見ていたという。

萬一と息子たちの遺体には、そこで対面した。まだ手が足りず、体育館にそのまま寝かされていた。栄子もここで津波に襲われたのだと言った。体育館に入る前で、プールの前にいたところを流された。校庭の木につかまって助かったのだとまだびしょ濡れの格好で説明した。体育館の中では、渦を巻いた黒い水に多くの人が命を奪われた。

水が引いて、栄子が体育館に入った時、萬一を見つけた。彼は二人の孫を抱きかかえるようにして死んでいたという。悠馬と彰吾の顔は傷もなく、まるで眠っているようだった。

「じっちゃがいるから、怖くなかったんだっちゃ」

知り合いが口々に慰めてくれるのを、言葉もなく聞いていた。涙は出なかった。

体育館は、そのまま遺体安置所になった。

三人に付き添いながら、これをどう美紀に伝えたらいいか、と正一はそればっかり考えていた。でもその心配は無用のものになった。引き波にさらわれた美紀は、海上に浮かんでいるのが見つかった。震災の後、六日が経っていた。こちらの方は、波にもまれ、がれきに当たって、ひどく傷ついていた。

野蒜地区では、約五百人の住人が命を落とした。正一は走り回って、四人の遺体を焼いてもらうことに心血を注いだ。それらが済むまでは、悲しいという感情も湧いてこなかった。いや、無理に押し込めていたのかもしれない。

菩提寺《ぼだいじ》も津波被害に遭っていた。墓地もひどい有様だったので、四人のお骨はしばらく行き場がなかった。正一が仮設住宅に入って、ようやく四つの位牌とお骨とを安置することができた。

葬式も出せなかったので、そこに手を合わせに来てくれる人もあった。そのうちの一人が、あの日、美紀が診察を受けていた産婦人科の看護師だった。美紀とも顔見知りだという。産婦人科の医者も地震後、海の近くの自宅の様子を見に帰り、犠牲になってしまったと聞いた。

「美紀さんは、お目出度《めでた》だったのよ」

何のことか、理解するのに時間がかかった。

「先生にそう言われて、大喜びしてたのに――」

看護師が涙を拭った。それでようやく、美紀が妊娠していた事実を知った。彼女が見つかってから、そのことに今まで思いが至らなかったことに愕然とした。

地震直後、美紀を病院まで迎えにいったのに、避難することだけに気をとられて、診察の結果を訊くのを忘れていた。息子や父親のことが気になるあまり、美紀もそれを口にすることはなかった。後でいくらでも話せると思っていたのだろう。津波に呑まれて死んでしまうなんて、あの時点では思いもしなかったはずだ。でも無情にもそれは起こった。新しい命を宿したまま。

美紀の腹の中にいた子は、男だったのだろうか。女だったのだろうか。この世に生まれ落ちる前に姿を消したわが子のことを思って、正一は泣いた。ようやく泣けた。体育館で息子たちと義父を見つけた時も、美紀を発見したとの報を聞いた時も泣けなかったのに。

一度堰を切ると、様々な思いが溢れ返り、正一を苦しめた。

なぜ疑いもなく野蒜小学校に避難させたのか。なぜ人々は校舎ではなく体育館に入ったのか。なぜ美紀を最後に「ばか‼」と怒鳴りつけたりしたのだろう。なぜ彼女の手を放してしまったのか。夜中に目覚めると、さっきまでつかんでいた冷たい妻の手の感触がまざまざと感じられることがあった。

多くの「なぜ」はあの頃、生き残った人々が自問していた事柄だろう。そうしなければ、そうやって自分を責めなければ、残りの月日をやり過ごせなかった。残りの月日――そうだ。正一にとって、今生きていることは、消化すべき無駄な日々でしかない。死に一歩でも近づくための。

一時避難していた四国から戻って、お骨をようやく共同墓地に納め、仏壇も買ったけれど、残りの日々は遅々として進まなかった。ただ味もしない食物を口にし、最小限の生活費を稼ぐために働き、野蒜ケ丘から海を眺め続けた。あの日、怒り狂ったことなんか、素知らぬ顔の青い穏やかな海を。

――うちの前は海なんだ。広々としてすごくきれいなの。一度見においでよ。

そう美紀に言われたことが、この地に来ることになったきっかけだった。正一は高校を卒業すると、大阪の調理師学校へ入学した。そこで二年間学んだ後、故郷に戻って仕出し屋に勤めた。数年後、埼玉《さいたま》県の割烹《かっぽう》料理店で修業していた先輩がのれん分けしてもらって店を出すというので、その誘いに乗った。それが宮城県仙台《せんだい》市だった。その店で働いていた美紀と出会った。

彼女も料理の修業をしていると言った。実家が民宿を経営しているので、そこを継ぐつもりなのだと。美紀に連れられて、東松島市まで行った。彼女の実家のまんいち荘は、漁師である父親の萬一が始めた民宿で、彼が獲ってきた新鮮な魚を食べさせるというので繁盛していた。野蒜海岸は、美しく湾曲した白砂の風光明媚《ふうこうめいび》な海岸だった。夏には海水浴客で賑わい、別荘もいくつも建っていた。

その時は、まだ義母の英恵《はなえ》も生きていて、元気に切り盛りしていた。正一はすっかり萬一に気に入られてしまい、美紀と結婚してまんいち荘を継ぐことになった。その時、人生何があるかわからないものだと思ったものだ。遠く故郷を離れて東北の地に縁ができ、そこで家庭を持つことになるとは——。

でもそれで終わりじゃなかった。

美紀と結婚する時に、婿養子に入った。四国の実家は弟が継ぐことになった。だから、正一の名字は、下村《しもむら》に変わった。元の姓は田口で、直線だけでできた名前からシカクというあだ名がついていた。そんなことも遠い記憶になってしまっている。

震災の後、しばらく四国に帰っていた時、両親や弟夫婦から、実家に帰ってくるよう、強く勧められた。

「あんなひどいことになったとこに戻ってもしょうがないじゃろ」

年老いた母に、そう言われた。

家族は、替出町からほど近い町に二世帯住宅を建てて暮らしていたが、その家で一緒に暮らそうと言った。弟夫婦は、気づまりなら、そのうち別のところに家を構えてもいいじゃないかと提案してくれ、両親も、そうだ、そうだと同調した。

「そうおし。な、正一」

両手を包み込むようにして、母親に言われた時は、正直心が揺れた。若い頃から夫婦共働きで、苦労した母の荒れた手を見て、思わず、うん、と言いそうになった。でもやっぱりここに戻って来てしまった。家族が眠るこの地を捨てられなかった。完膚なきまでに叩き潰された土地が復興していく様子を黙って見ていた。「がんばろう東北」「希望」「絆《きずな》」「夢」「たすけあい」――そんな言葉をまぶしい思いで聞いた。自分と同じか、もっと悲惨な境遇の人たちが、立ち上がり、生活を再建していく様子を目の当たりにした。そうだ。すべては正しい方向に動いている。きっと何十年もしたら、ここも見違えるように変わっているだろう。

でも――変わらないものがあったっていいじゃないか。

変われない自分を情けないとは思わなかった。美紀と出会い、この地を選んで移り住んだのは、自分の意志だ。選び取ったものがなくなったからといって、ここを去るのは卑怯《ひきょう》な気がした。立ち上がった人々には、この地しかない。逃げ場がある自分だからこそ、それに背を向けて、ここで朽ち果てるのを待つという選択をした。

たぶん、よそものだから、石にしがみついてでもここでやっていくという気迫に欠けているんだろうなと、それも自覚している。何もかもわかっていて、死者に寄り添って、ただここにいるということだけに固執しているのだ。

菩提寺は再建されたが、そこにあった墓は高台にある共同墓地に移した。九年前に心臓疾患で死んだ英恵は、いきなり多くの家族が入ってきて、どう思っているだろう。幼い孫まで含まれていることに、きっと心を痛めているだろう。

共同墓地からも遠くに海が望めた。下村家の墓の前で、正一は手を合わせた。もう語りかける言葉すらない。言いたいことはすべてここで吐き出したから。きっと美紀や萬一は怒っているだろう。まんいち荘は、津波で破壊されて流された。跡地は今も海岸端で寂しい風に吹きさらされている。住民は野蒜ヶ丘へ集団移転をし、元の野蒜地区に住むことはかなわないが、それでも事業所や店舗はぽつりぽつりと建ち始めた。

野蒜にはよそから来た人が滞在するところがないから、地元の若い者が資金を出し合って宿泊施設を作ろうという計画が持ち上がったこともある。民宿を経営していた正一にも話が持ち込まれたが、断った。商工会の方からも、調理部門だけでも手伝ってもらえないか、と何度も説得されたが頑《かたく》なに首を横に振った。

「萬一さんが泣いてるべ」

帰りしなに年配者が言った言葉にも、心は動かなかった。結局その計画は頓挫した。

正一は、墓石に手をやった。冷たさがじんと伝わってくる。するとなぜか安寧な気分になった。冷たいままでいることによって、喪《うしな》われた家族とここでつながっている気がする。

「シカク」

幻聴を聞いたと思った。それか、風の震えか。

「シカク」

ゆっくりと振り返った。逆光の中に豊が立っていた。

「仮設住宅の人に、ここじゃないかと言われた」

「なんで……」

その問いには、豊は曖昧に微笑んだ。

「ええとこやなあ」

視線を海の方に移して、豊はそんなことを言った。数年前なら腹も立っただろうが、今はそんな気持ちも湧いてこない。

「何しに来た？」

しかし口をついて出た言葉には棘《とげ》があった。

「うん、ちょっとふらっと来てみた」

「ふらっと……」

ここはふらっと来るようなとこじゃない。そう思った。が、相手の腹を探るようなことを言いたくなかった。もうどうでもいい。

「俺もお参りさせてもらっていいか？」

答える代わりに墓の前を譲った。豊は、黙って長い間手を合わせていた。

「すまんかったな」

「え？」

「こんなに遅くなって。シカクがこっちに戻ってから、一度来ようとは思っとった」

「そんなん――ええよ」

豊に釣られて、故郷の言葉が出た。共同墓地の脇に置かれた擬似木のベンチに二人並んで腰を下ろした。

「まだこっちは春が始まったとこやな。四国はもう暑いくらいやのに。遠いんやなあ、宮城は」

そうだ。遠い東北に来てここに根を下ろしたつもりだった。今はもうどうしてここにいるのかよくわからない。

正一が尋ねもしないのに、豊は自分の近況をしゃべった。母親の死後、父親と二人で暮らしていたが、少し前に、父は千葉の姉夫婦のところに行ったこと。自分は一人になって、しばらく仕事を休もうと考えていること。

「仕事って、お前、家具を作る仕事してたよな」

「うん。でもちょっと休もうと思って」

「なんかあったんか」

「あったと言えばあったんやけど」

もどかしい会話だ。だが、正一も特に急ぐことはない。黙って幼馴染の男の言葉に耳を傾けた。豊が哲平と京香を訪ねていったことを話した。

「え？　なんで？」

「ふらっとな」

とうとう笑ってしまった。

「お前、そんなに気まぐれに行動する奴やったっけ？」

笑う正一を、豊が嬉しそうに見つめる。こんなふうに笑ったのは久しぶりだ。いや、震災からこっち、微笑むことさえなかった気がする。不思議な気持ちで、豊を見返した。

「電話、出んですまんかった」今度は素直にそう言えた。「ほんとは何か用事があったんやろ？」

「うん」

豊は足下に置いた小さなボストンバッグから、新聞の切り抜きを取り出した。黙って差し出すその紙切れを受け取って読んだ。

「何？　これ」

「骨、埋めたやろ」

「あれ？　真実子が盗んだやつ？」

小学生の時、真実子が理科室から骨格標本を勝手に持ち出し、後でその始末を幼馴染の四人に手伝わせたのだった。その時の骨格標本が今頃出てきたのだ、と豊は言った。そして、あの時、みんなで埋めにいったものは、本物の人間の骨だったのではないかと。

「そんなことで――」

言葉が続かない。彰吾の小さな骨の最初の一片を、小さな骨壺《こつつぼ》に入れたときの、あまりに軽かった音を思い出した。両手をジャンパーのポケットに押し込んだまま、不機嫌な声で言った。

「気になるなら、真実子に聞けばええやろ」

「真実子は死んだんや」

「え？」

「真実子は死んだ」

死は誰にも平等に訪れる。静かな気持ちで、正一は思った。


仮設住宅に豊を招き入れた。通りかかった自治会長が、驚いたようにこっちを見た。正一に訪問者があり、それを家に上げているのが珍しいとでも思ったのだろう。

豊は、ここでも律儀に仏壇に手を合わせた。写真にじっと見入っている。

とうとう結婚せずに独り身のままの豊の横顔からは、何の感情も読み取れなかった。結局同じ身の上ってことか。家族を持ち得なかった豊と、それを喪ってしまった自分と。一度手にしたものを失くすのは辛いが、幸せな時期があっただけ、俺の方がいい人生だったのだろうか。いや、こんな思いをするぐらいなら、初めからなかった方がよかった。

そんなことを考える自分がおかしかった。まるで人生の総決算をしているみたいじゃないか。まだ四十だっていうのに。そこまで考えて、豊がなぜあの骨にこだわるのか、ちょっとわかった気がした。豊は、何かを取り戻そうとしているのだろう。これからの人生に必要な何かを。自分の人生にとって大事なものが、あの時に戻れば手に入るとでも思っているのか。

真実子が、関節がはずれてしまった骨格標本を持ってきて、皆の前にガラガラと転がして見せた時のことを思い出した。

「何で盗んだりしたんぞ」

哲平が文句を言った。

「でも面白かったやろ？　木下がぱかんと口を開けて木箱の中を何度も見直した時」

すぐさま京香がやりこめた。

「さあ、つべこべ言わずに――」真実子は、自分のリュックサックに頭蓋骨を収めた。

「あ、それ、俺が持って行きたい」

多分、そう言ったのは、正一だったと思う。真実子はそれを無視して丸く膨らんだリュックを背負った。他の者は、それぞれが大腿骨《だいたいこつ》だの骨盤だのを手当たり次第にリュックサックに詰めた。事前にその日の行動の趣旨は伝えられており、みんな、リュックサックを持って来るように言われていたのだ。

さらに正一には、前もって骨を埋める場所の相談も持ち掛けられていた。正一は、列車やバスの路線に詳しかった。乗るのはもちろん、路線図や時刻表を見るのも好きで、しょっちゅうその話題を持ち出していたから。真実子は、他人の的確な利用法をいつも思いつく。

「バス代、持ってきた?」

自分の尻ぬぐいをさせているくせに、居丈高に真実子は言った。全員が思わず、うん、と答える。ものごころついた頃からの悲しい習いだ。替出町と隣町の間にあるバス停まで歩いた。京香だけが上機嫌で、真実子にしゃべりかけていた。男子三人は、後ろからついていきながら、その話を聞くともなく聞いていた。

骨格標本は盗み出した後、見つからないように庭の隅に埋めておいたのだと真実子は言った。でもそのうち、この土地は造成されてスポーツ公園になるのだから、このままではまずいと考え直した。

「骨が掘り出される頃には、もう俺たち、ここにはおらんのやけん、別に問題ないよ」

哲平がぼそりと呟くと、京香が振り向いて、責めるように言った。

「真実ちゃんの家の跡から掘り出されたら、理科室からこれを持って来たのは、真実ちゃんだってばれるじゃない」

何年も後にそんなこと問題になるかな、とは思ったけれど、それを口にする男子はいなかった。とにかく、京香は真実子のすることにすぐに同調する。いつだってあの幼馴染のグループを率いていたのは、女子二人だった。

それに少なくとも正一は、小さなバス旅行を楽しんでいた。いつも時刻表の数字を追い、地図で確かめて夢想している乗り物の旅が現実になることが嬉しかった。他の二人も男の子らしい高揚感を持っていたと思う。すなわち、にせものだとしても、骨を担いで、それを山の奥に捨てにいくという行為そのものに。哲平などは、自宅から折り畳み式のシャベルを二本持ってきた。二人の兄のうちのどちらかのものを黙って持ち出したのだと言っていた。

バスで一度、市内中心部にあるバスターミナルまで出た。そこからまたバスを乗り換えて山深い場所に向かう。事前に相談された正一は、慎重に場所を選定していた。その過程も楽しかった。インターネットも普及していない時代のことだ。市内地図や各市町村が発行しているパンフレットを見て、あれこれ思考を巡らせた。その点に関しては、真実子は全面的に正一にまかせてくれた。

「あ、次のバス停で降りるんや」

正一の掛け声で、みんながリュックを背負い、バス代を勘定して手に握りしめる。ぞろぞろと小学生五人が降り立ったのは、まさに山裾という場所だった。少しだけ幹線道路を歩くと、すぐに細い山道に入れた。

俄然《がぜん》張り切ってきたのは、哲平と豊だった。男の子の冒険心をくすぐるシチュエーションに突入したのだ。山道はかなりきつかったと思う。京香の口数は減り、遅れ気味になった。彼女に付き添うように、真実子もゆっくり登ってきた。この山行を計画した当初から、真実子はどこか虚心で、でも決然としたものをうちに秘めているような感じだった。向こう見ずなことをして、その後始末に友人を駆り出すという、自儘《じまま》なことをしているくせに、なぜか神妙だった。

そういう感触を持っていたことは確かだが、正一は誰にも言わなかった。うまい表現を見つけられなかった。まあ、真実子の言う通りにしていたら、ことは間違いなく進むだろう。いつものようにそう考えた。

秋の入り口の晴れた日。正一たちは森に足を踏み入れた。

初めは舗装されない林道のような道だったのが、踏み分け道のようなものに変わっている。それは真実子のリクエストでもあった。車が入って来られない道、というのが。道の端に腰を下ろして休憩した。真実子が五つのおにぎりを取り出して、みんなに回す。アルミ箔《はく》に包まれた、不細工な塩にぎりだった。昼までまだ間があったが、腹に沁《し》みた。バスターミナルで買った缶ジュースもそれぞれが口にする。

「静かだね」

京香がちょっと気味悪そうに言ったのを憶えている。

人の手の入った人工林ではなく、天然の広葉樹林の森だった。

濃密な緑の匂いがした。湿った空気が流れ下り、火照った頬を撫でていく。足下には、平地では見かけない大きなヤマアリが這いまわっていて、豊がそれを爪先で突いた。林冠には生い茂った枝葉が重なり合い、風に吹かれて揺れていた。葉が擦れ合う音が、優しく空から降ってくる。

山はまだ紅葉には早い時期だったから、おそらく十月の中旬くらいだったのではないか。路傍にアキノキリンソウは咲いていたけれど、秋に燃え上がるように紅葉するナナカマドは、まだ緑の色を保っていた。

ふいに姿の見えない鳥が鋭く鳴いた。はっとしたように真実子が顔を上げた。

正一は立ち上がった。黙って道をはずれて斜面を下りた。誰も何も言わず、正一の行動を見つめていた。じっとりと湿気を帯びた膨軟な地面を慎重に踏んで、正一は斜面を下っていった。穴を掘るなら、足場のしっかりした場所がいい。それに木々が立ち並んでいるところは、根っこが入り組んでいるから深い穴は掘れないだろう。

傾斜が緩やかになって、斜面の底に着いた。半分埋まった岩があちこちにあるが、足先で軽く掘った地面は柔らかだった。斜面と違って、大木が間隔をあけて生えていた。高く伸びて光を取り込むことのできた木が、他の木を負かして生き残ったのだろう。高木の樹冠が空を覆っていて、林床にまで日が届いていない。下生えの低木もなくて、すっきりした地面だ。

「おーい！」

斜面の下から呼ぶと、皆が下りて来る気配がした。誰もがもうそろそろ目的を果たしてしまいたいと考えていた。哲平が急な斜面を駆け下りようとして、重なり合った朽ち葉に足を取られ、派手に転んだ。

「ここにしよう」

正一が言うと、真実子も素直に頷いた。

穴を掘ったのは、主に哲平と豊で、後の三人は黙って作業を見つめていた。一番近いところに大きなトチノキの木が立っているのを、正一はぼんやりと見た。相当の樹齢らしく、幹には、ぼこぼこと風格のあるコブがいくつもあった。その一つが、人の顔に見えた。急に、今為している行為が、子供の遊びの範疇《はんちゅう》を越えて、罪深いものに思えてくる。それを森の主に見られているような気がした。

割と短い時間で、深い穴が掘れた。誰が言うともなく、それぞれがリュックサックから骨を取り出した。真実子が頭蓋骨を取り出すと、穴の中にひとりまだいた豊がそれを受け取った。土の上に置く前に、豊はそれをじっくり観察するように眺めまわしたが、真実子は何も言わなかった。

真っ白い頭蓋骨と対峙《たいじ》する豊は、暗い森の中でぽっと浮かび上がって見えた。何を思っているのか。ほんの数十秒だったが、周囲に溢れていた音が、ぱたりとやんだ気がした。それから豊は、うやうやしく頭蓋骨を底土の上に置いた。

豊が穴から出てきて、みんなは残りの骨を穴の中に投げ入れた。カランと乾いた音がした。京香は骨を触るのが嫌だったのか、ビニール袋に入れたまま投げ入れようとして、真実子に止められた。

「ちゃんと土に返してやらんといかんから」

真実子は、小さな声でそう言った。プラスチックか何か、化学素材でできているはずの骨格標本がこのまま土に返るとは思えなかった。すでに一度埋められて土にまみれている骨は重みがあり、その素材まではよくわからなかった。誰もそのことに関して反論しなかった。

五人は、暗い穴の底で重なり合った骨格標本を見下ろした。真実子は射るような目つきで、バラバラになった骨を見ていた。豊がシャベルを持ち上げ、土を掛けようとしたのを、彼女は止めた。

「まだダメ。今からこの骨を弔ってやらんといけん」

「何やて?」

「ここに埋めただけではいかん。ちゃんと弔いをせんと」

「また真実子のおおげさな儀式かよ」

哲平がわざと調子よく言ったが、誰も笑わなかった。幼少の頃から真実子は、ものごとの演出をするのが好きだった。ただ通り一遍のことをするのではなく、題を決めたり、やり方に凝ったり、即興の歌を作ったりして皆を巻き込んだ。うんと小さい時はそれが結構面白かった。お寺の境内の飛び石を伝って行く時、下は荒れ狂う海だと想定するとか、言葉のない国に生まれたことにして、しゃべらずに何時間か過ごしたり、ひまわりは人を食う植物だから、下を通る時は大急ぎで通ると決めたりした。

くだらないことにも夢中にならせる何かを真実子は持っていた。小学生になっても、京香はひまわりが怖いと言っていたし、正一も当分の間お寺に行くと、境内の飛び石を律儀に一個ずつ伝う癖がついていた。

だから、真実子がポケットからもったいぶった仕草で紙切れを取り出した時も、誰もが神妙な面持ちで見つめていた。

「あの時、仰々しく真実子は呪文を唱えて、それから土を掛けさせたよな。念が入ってたよな。いつだって、あいつのすることは」

こんなに早く死ぬとは思っていなかった。あんなに何もかもを考え出し、人を引き込む天性の才能を持った少女が。そんなことをふと思った。

「『骨を弔う詩』だ」

「え？」

「あの時、真実子が唱えたのは、『骨を弔う詩』なんやって。そう京ちゃんが言うとった」

——ちゃんと土に返してやらんといかんから。

真実子は確かにそう言ったのだ。それだけは憶えている。骨格標本を、本物の人骨に見立てて葬式をするつもりだ。あの時はそう思って、彼女が紙切れに書いてきた文を読み上げるのを黙って聞いた。

でも——そうじゃなかったら？　あれが本当の骨だったら？

その疑問が正一の中に生まれ、しっかり根付くのを確かめたように、豊が口を開いた。哲平と京香に会って話した内容を聞く。訥々《とつとつ》としゃべる豊の言葉に黙って耳を傾けた。そうしながら、どうしてこんな話に付き合っているんだろうとも思う。あれが本物の人骨かどうかなんてどうでもよかった。ここでは人の死なんて、ありふれている。

でも京香が語ったという真実子の死の詳細には、心が動いた。震災からこっち、ずっと考えていたことがまた頭に浮かんできた。人が束の間《つかま》この世に生きて、誰かと時間を共有したとして、それは意味があることとなんだろうか。死は絶対的なものだし、それによって分かたれる運命だと知っていても、「出会う」ことは、何かをもたらすのか。逝ってしまった者にとって。残った者にとって。

　確かなものがこの世にあるのか。いっそそんなものはないとはっきり誰かに言ってもらいたかった。過去の亡霊にとらわれて、人骨の謎を解こうとしている豊にも、そして、俺にも。そう言ってくれたら。誰かが――。

　ああ、真実子が生きていてくれたら。あいつしかいないだろう。こんな情けない中年男二人を叱りとばしてくれる人物は。

「京ちゃんが聞いた通り、原口が誰かを殺したとしたら――」

　豊が頭の中で何かと何かをつなげようとしている。もう二十九年も前の真実を掘り出すことに没頭していた。そこに何があるというのか。どうしてそんなに夢中になる？　真実子は死んで、真実は闇の中だ。

「原口が誰かを殺したとして、どうしてそれを真実子が隠そうとするんだ？　あんなめんどくさい事後工作までして」

　つい口を挟んでしまった。豊ははっとしたように顔を上げた。それきり口をつぐむ。傾いた太陽の光が仮設住宅の窓から差し込み、豊の顔に深い陰影を刻んだ。

「そんなこと、一番しそうにないのが真実子だ」

　豊は小さく頷いた。真実子なら、そういう奴の悪事を暴くことはあっても、加担することは決してない。それを強く思った。あいつの性格を知っている者なら誰でもそう考えるだろう。

「でも、何か理由があったのかもしれん」

「理由?」

何もかもに理由があるとしたら、あの日この町を津波が襲い、美紀や子供たちがその犠牲になったことにも理由があるのだろうか。こんな理不尽なことにさえ、そうなるべき道筋や背景があったというのか? もう決して戻れない地点があるとして、でもそこが大きな分岐点だったと後から気づいた時、そこで起こったことを検証するのは、意味のあることなのだろうか。少なくとも、豊は意味があると考えている気がした。

今、骨格標本が露出し、衆目を集めたのは、ひとつの合図なのかもしれない。真実子からの。死んだすべての人々からの。俺にとっての人生の分岐点は、震災が起こった日だと思っていた。でも違ったのかもしれない。もっともっと前に、ここに至る軌跡はつけられていたのかもしれない。幼馴染がバラバラになってしまう直前のあの時期に。大事なことを見落として、俺も豊も人生に迷ってしまった。もしかしたら哲平や京香も。

真実子は——あの目ざとく、不撓不屈《ふとうふくつ》の精神の持ち主は、あの世から生き残った幼馴染の行くべき道まで照らし指し示しているのか。痩せぎすで色黒の十一歳の女の子のままで。

力を失った陽《ひ》の光がオレンジ色にわだかまり、豊の背中に射《さ》していた。

「理由があるなら——」

正一は、遠くからやって来た幼馴染を見返した。目尻に深い皺が刻まれている。

「その理由を考えようや」

もういないのに、なぜか真実子の思惑に引きずり込まれる感覚を覚えた。どんなに過去を読み解いても、現在は変えられないとわかっているけれど、でも——。分岐点へ戻りたかった。せめて今を受け入れるために。

「真実子がそんなことをした理由よ。あいつは理にかなったことしかせんやろ。な？」

正一は、床に散らばっていた新聞の折り込みチラシを拾い上げて座卓の上に置いた。ひっくり返して白紙の方を表にする。ボールペンで、骨を捨てにいった当時の出来事を時系列に並べていく。真実子を取り巻く人々の行動。彼女自身の行動。

徳田恒夫が癌を患ったこと。原口の口利きで競輪場で働いていた琴美の元気がなくなっていったこと。京香が原口の殺人の告白を聞いた時期は、原口が消える少し前。京香もはっきりとは憶えていなかった。殺しと琴美の消沈とは関係があるのか？　原口の犯罪に琴美も巻き込まれて、真実子に助けを求めたとか？

それから徳田夫婦の家で起こった異臭騒ぎ。きちんとしていたあの夫婦にしては、らしくない行為だった。たとえ夫が不治の病に冒されていたとしても。あの時、真実子はどんな反応をしただろう。あいつなら、さっさと親しい徳田夫婦に忠告するだろうに、そんな様子も見受けられなかった。いつものように平静に、でも暗い何かを抱えるように過ごしていた。まるで、もう起こるべきことがわかっていて、その兆しが現れるのを待ち構えているみたいな風情だった。

風の吹いた方向。波の寄せ方。空の色。海鳥の旋回。漁に出ていた萬一の言動――。震災の後、何度も思い返してみた。自分が見逃した兆候がなかったか。

「そんでこの春に、原口の奴が金を使い込んで逃げたんや」

豊が正一からボールペンを取り上げて、書き加えた。異臭騒ぎが起こる少し前だ。

「えっと……。都会ネズミのおいさんが川に落ちたんも書いた方がええかな？　あれもこの年やろ？　でもまだ寒い頃やった。親父が葬式に行ったことを憶えとる。いや、あれは関係ないか」

ぶつぶつと独り言を言いながらペンを走らせる。書き連ねてみると、一連の出来事は一年ほどの間に起こっていることがわかる。

「琴美さんとこは、その親戚の都会ネズミに借金しとったんやろ？　そんなこと、子供にはわからんかったよな。あの当時」

子供だった頃に、ただ目の前を流れていった出来事が、深い意味を持って目の前に立ち現れてくる気がした。替出町で過ごした日々が、大いなる謎を含んでいるように思えた。すべてはつながっているように。夢中になっている豊がまぶしかった。正一は、豊の手元を覗き込んだ。夕闇が窓から入り込み沈殿してくる部屋の中、当分覚えたことのない、心の昂りを感じた。そして、そんな自分に戸惑った。俺はまだ、生きる意味を持っているのか。

正一は立ち上がって、電灯を点《つ》けた。

「そうや。はっきりしとるんはな、原口が失踪した日や。お前が遠足で大きなたんこぶをこしらえた日や。京ちゃんがそれ、憶えとった」

「ああ、そうやった」

遠足の時に乗ったバスが起こした脱輪事故のことを思い出した。あの後、バス会社の人が、菓子折りを持って謝りに来た。

「京ちゃんはその日、真実子が遠足に来なかったってことも憶えとった」

「へ？　珍しいな、真実子が欠席やなんて」

学校では、面白くもなさそうに授業を聞いていたけど、真実子は学校を休むということはほとんどなかった。何かがちらりと頭の中をかすめて通った。その尻尾をつかもうと、正一は眉間に手をやった。

「なあ、豊――」

「ええ？」

難しい顔をしてチラシの裏を眺めている豊は、上の空で返事をした。

「真実子が遠足に来なかったんはな、体の具合が悪かったんじゃない。たぶん」

豊はゆっくりと視線を正一に移した。

「じゃあ、なんで――？」

「遠足の前の日な、俺、真実子と徳田さんの家の前を通りかかったんや。夕方、宮《み》田《た》商店に遠足のお菓子を買いにいって、そこで真実子と会ったもんやけん」

宮田商店は、原口が誰かに罵《ののし》られた後、「人を殺した」と呟いた酒屋のことだ。あの時の相手はひどく酔っぱらって寝込んでしまい、その物騒な文言を聞き逃した。原口もそれを承知でぽろりと口にしたのだ。あの公務員然とした男には、到底似つかわしくない言葉だ。京香だけが震え上がり、ごく身近な人にしゃべっただけで大事にならなかったことからそれがわかる。原口が失踪しなければ、京香だって忘れてしまった些細な事柄かもしれない。

「徳田さんの家、玄関の格子戸が開いとった。そこから転がり出るように邦枝さんが飛び出してくるとこやった」

正一は新建材でできた天井を見上げて言葉を探した。過去から今やってきたものをじっくり検分する。あの日、運動靴の底についていた黒い土の重さ、田に張られた水が陽を照り返す様子、道端の石の上でじっとしていたトカゲの背中の瑠璃色《るりいろ》の輝き、コデマリの白い小花がほろほろと落ちる様。

大きく目を見開いた豊が、黙って正一を見詰めていた。

コデマリの花が散ったのは、邦枝さんがそこを通ったせいだ。花の好きな邦枝さんは、玄関前にいろんな花を植えていた。あの可憐《かれん》な花を蹴散らすように、大股で、でも何かに憑《つ》かれたみたいに玄関を出てきた邦枝さんは、真実子を認めると、泣きそうに顔を歪めていた。

明らかに様子がおかしかった。正一が感じるより先に、真実子が動いた。邦枝さんにさっと寄っていって、どうしたん？　と尋ねた。

邦枝さんは、子供がいやいやをするみたいにかぶりを振って、その場にしゃがんでしまった。真実子は、開けっ放しになった玄関を見た。そして、そのまま家の中に入っていった。その一連の出来事を、正一は硬直したまま、道から見ていた。邦枝さんは、両手で顔を覆ったまま、黙ってしゃがんでいた。泣きそうな顔はしたけれど、泣いてはいなかったと思う。

やがて真実子が中から出てきた。

「おばちゃん……」

邦枝の肩を抱いて、立ち上がらせた。邦枝は素直に痩せっぽちの小学生の言う通りにした。

「行こう。大丈夫。あたしが何とか考えるけん、大丈夫」

真実子はそう言い、まだそこに立ったままの正一を見返した。あの時、真実子は何と言ったのだったか。そうだ。つっけんどんに菓子の入った袋を差し出したのだ。

「これ、あんたにあげるわ」

反射的に手が出て、それを受け取った。それ以上のことを訊くのは憚られた。真実子の目がそれを敢然と拒否していたから。邦枝さんと真実子が家の中に入っていくのを、正一は黙って見送った。

思えば、真実子はあの時からもう翌日遠足には行かないと決めていたのだ。お菓子をもらえて嬉しいなどとは到底思えなかった。ふたつになった白い袋を提げて、その場を離れるしかなかった。そしてその日のことを真実子が語ることはなかった。

「きっと恒夫さんの具合が悪くなって――」

「いや――」口の中でねちゃりと粘った唾に顔をしかめる。「そうじゃないよ。そんなんじゃない」

もっと重大なことが起こった気がした。

翌日真実子が遠足に来なかったということを再認識し、その思いは深くなった。

遠足のバスが脱輪さえしなかったら、正一は後で真実子を問い質していたかもしれない。たぶん、彼女は何もしゃべらなかっただろうが。

正一の額のたんこぶを見た母親が大騒ぎをして、病院に連れていき、レントゲンやらCTやらを撮らせた。異常はなかった。だが、医者は頭を打った患者に言う常套《じょうとう》句《く》を口にした。すなわち「安静にして様子を見てください。吐いたり、意識が朦《もう》朧《ろう》となるようだったら、また連れてきてください」と。それを聞いた心配性の母親は、家に連れて帰ると正一を布団に寝かせ、絶対に動くなと命じた。学校も三、四日は休まされた気がする。どうってことないのは、自分ではよくわかっていたが、学校をずる休みできるのは嬉しかった。腹の虫が治まらない母親は、学校に抗議し、バス会社にも文句を言った。それでバス会社の担当者が平身低頭して謝りに来た。

そんな騒動があったせいで、なぜ真実子が遠足に来なかったのか、聞きそびれた。聞きそびれたというよりは、すっかり忘れてしまっていた。次に学校へ行った時には、真実子はいつも通り、飄々としていた。

学校を休んで家にいた間に原口が失踪したということも知った。

「それ、確かに遠足の前の日か？」

「間違いないよ。なんせ、真実子のお菓子の袋、まるごともらったんやけん」

豊はまたペンを取って、何事かを書き加えた。

「徳田さんのところで異変があった。その直後に、競輪場の金を着服した原口が行方をくらました」

自分に言い聞かせるように、豊は呟いた。

「そして、原口は誰かを殺していたかもしれない」

正一が付け加えた。

「それが原因か？　原口は逃げる必要があったんや。人殺しの証拠を誰かに握られたとか——。競輪場の金は、逃走資金にしたんや」

「真実子が骨格標本を盗み出したんは、夏休みの前で、骨を捨てに山へ行ったのは、その年の秋のことや」

「原口が殺した人の骨とすり替えて——？」

「徳田さんとこで何があったと思う？」

そう問うと、豊は首をすくめた。

「たいして重要なことじゃないかもしれんよ。あの後、恒夫さんは癌が進行して、おかしな言動をとるようになるんやし」

大量に買ったイノシシ肉を裏の草地に捨てるという奇行。夫婦二人きりが支え合ってきた徳田さんの癌闘病は、奥さんの邦枝さんの精神も蝕《むしば》んだ。

「もう始まっとったんかもしれん。恒夫さんの異常行動。恒夫さんが家の中をむちゃくちゃにしてしもうたんかも」

　豊は何も答えず、じっと正一の言うことを聞いていた。

「恒夫さんは、自分がもう長く生きられんこと、知っとったんやな。悔しかったんやろ」

　いや、恒夫さんのおかしな行動は、もっと前から始まっていた。少年野球チームに入っていた正一は、よく土手で素振りをしていた。土手の向こう側には、クスノキの大木が何本か生えていた。周囲にはススキやセイタカアワダチソウが繁茂していた。冬場には、誰もそんなところには来なかった。そうだ。あれはまだ寒い時期のことだった。川から冷たい風が吹いていた。正一が五年生に上がる前の冬。

　少し離れた一本のクスノキの下から、カツン、カツンと音がしていた。素振りを始めたが、気になってしょうがなかった。河原の方に下りてみた。枝をぐっと張ったクスノキの下に、恒夫さんがいた。工作用の小刀で木の幹を切りつけていた。

　元気で働いていた時は、製材所でもらってきた木っ端を削って、近所の男の子たちに船やピストルなどの工作物を作ってくれていた。だから、彼が愛用の小刀を持っているのは、見慣れたものだった。だがその時の恒夫さんは、尋常ではない様子だった。一心に切りつける手元には、必要以上の力がこもっていた。目は血走り、何かをぶつぶつと呟いていた。それが風に乗って正一の耳に届いた。

「ちきしょう！　ちきしょう！　ちきしょう！」

　確かにそう聞こえた。自分の運命を呪っているのか。あまりに急激に痩せて弱った風体から、彼が深刻な病に冒されているのではないかということは、子供心にもわかっていた。やがて手から小刀がぽろりと落ちると、彼はクスノキにすがりついて泣いた。大人が泣くところをまともに見たのは、初めてだった。

　きっと、あの時には、すでに死の宣告をされていたのだろう。

　自分の命が尽きることを事前に知るのと、いきなり死に襲われるのと、どちらがいいんだろう。

　正一の話を聞くと、豊も辛そうに目を瞬かせた。

「クスノキに抑えきれん感情をぶつけとるって感じやったな。ああいうことを、家の中でもやり始めたんと違うか？」

「そうやろか。そんなことで、真実子は遠足へ来んかったんか？」

　そんなことで？　人が死に直面することがどんなことか、こいつにはわからないのか。

　あの時、恒夫さんが去った後、クスノキの幹には、無数の切り傷が残されていた。黒ずんだ古い傷もあった。何度もそこに来て、恒夫さんは悔しさや憤怒の情をクスノキにぶつけていたのだ。あの傷を撫でた感触が指の先に戻ってきた。

釣られて自分の傷口もぱかりと開く気がした。過去の記憶が蘇り、今の感情を煽《あお》る。そうだ。今は真実子が骨を持ってきた理由を考えていたのだった。気持ちをそちらに向け、正一は努めて淡々と口にした。

「人を殺した原口は、どうせ死んでしまう運命の恒夫さんに罪を押し付けたんかも。恒夫さんは、原口に何か弱味を握られていて……」

「殺人犯の原口はさっさと逃げてしもうたから、代わりにどこかに隠してあった死体を始末したってことか？」

どれもこれも推測の域を出ない。多くの事実が明らかになったが、決め手はひとつもなかった。第一、原口が本当に殺人なんか犯したのかも疑わしい。あの人は、特に目立たない面白味のない人物で通っていた。あんな男が誰を殺したいほど恨むというのか。小心者が暴言を吐かれた腹いせに、はったりを呟いただけかもしれない。それに恒夫さんと原口には、たいした接点もなかった。病気で弱った恒夫さんが、原口の犯罪に手を貸すなんて、考えられなかった。

二人とも黙り込んだ。完全なる行き詰まりだ。真実子本人が死んでしまった後では、どんなに追いかけても真実には手が届かない。

正一は、チラシの紙を豊から奪って目を走らせた。哲平から聞いたこと。京香から聞いたこと。それから正一が思い出したこと。断片はつながるようでつながらない。チラシから豊に目を転じた。

「おい、お前が知っていることはないんか。何も思い出さんのか」

豊は、ふっと視線を泳がせた。

「いや、ないよ。思い当たることはなんにも。だから、こうやって皆を訪ね歩いてるんや」

嘘《うそ》をついているな、と正一は思った。きっとこいつには骨の由来を突き止める以外に、知りたいことがあるんだろう。そういうところをうまく隠せないのが、豊の生来の持ち味でもあり、弱点でもある。

豊は正一が戻したチラシを丁寧に折り畳んで、鞄にしまった。

「じゃあ、俺はこれで。シカクと話してだいぶ整理できたよ。ありがとう」

「ちょっと待てよ。お前、これからどうするんだ?」

「まだJRの便があるやろ。行けるところまで行って宿を探すよ」

言うなり、立ち上がってボストンバッグを持ち上げようとする豊を引き留めた。

「待てって」

いったい自分は何をしたいんだろう。さっき共同墓地で会った時は、鬱陶しいとしか思わなかったのに。

「何か急ぐ用事があるんか」

「いや——」

豊は言い淀《よど》む。

「そんなら——」豊より先に玄関で靴に足を突っ込んだ。「そんなら今晩はここに泊まっていけ。布団は借りてくる。自治会で貸してくれる布団があるんや」

豊の返事も待たず、外に飛び出した。自治会長の仮設住宅はすぐだ。引き戸を叩くと、すぐに自治会長が出てきた。事情を話すと、集会所の鍵を持って来てくれた。そこから布団一組を担ぎ出した。自治会長が手伝ってくれた。

豊は仮設住宅の入り口で所在なげに立っていた。

「いやあ、あんだが下村さんのお友だちかい？　この人はろぐすっぽしゃべらんから、様子がわからねえのっしゃ。いんびんなお人でねえがって、うちのばっぱは言うのさ。別においたちがあっぱしょにしてるわけではねえけど」

深尾《ふかお》と名乗った自治会長は、布団を持ったまま、どんどん家の中まで入ってきた。部屋の隅に布団を重ねて置くと、その前にどっかりと腰を下ろした。豊に、どういう知り合いなのか、どこから来たのか、と問う。四国からだというと、「ほう！」と目を丸くした。それから四国八十八か所参りの話を始めた。詳しく語るから、自分が札所巡りをしたのかと思っていると、義兄が何十年も前に巡った時の聞きかじりだとわかった。すっかり尻を落ち着けてしまったので、仕方なく正一は茶を出した。

「あおら、お茶っこまで——」

そう言いながら、深尾は湯呑を口に持っていく。そういえば、自治会長の名前も知らなかったな、と正一は思った。

「そんでもあんだ、友だちがあって、いがったなや」

自分のことのようにほっとする深尾を、不思議な気持ちで眺めた。仮設の中で親しい者を作ろうとも思わなかった。向こうもきっとよその仮設住宅から移ってきた独り身の男なんかに興味がないと思っていた。

その後も、深尾は食べるものはあるのか、酒はあるかと尋ね、ようよう腰を上げた。

自治会長が出て行くと、豊はいかにもおかしそうに笑った。

「あの人も『ぬらりひょん』やな」

正一が首を傾げると、「ほら、替出町の、吉野さんや」と言う。そういえば、真実子がそんなあだ名をつけた老人がいたな、と思い出した。どこの家にでも遠慮せずに上がり込む爺さんだった。鬱陶しがられつつも愛されていた人懐っこい老人。

「真実子の発想には脱帽やったよな。どうしてそんな突飛なことを思いつくんやって訊いたら——」

「ああ、思い出した」正一は膝を叩いた。「あいつは澄ましてこう答えたんやった。『あんたらの発想が貧弱なんよ。固定観念に縛られとる。鶴がみんな恩返しをするとは限らん。コガネムシがみんな金持ちやとは限らん』てな」

「十一歳かそこらの時やろ。俺、まず固定観念て言葉の意味がわからんかったわ」

「ほんと、人を食ったようなことしか言わん奴やったよな」

二人は腹を抱えて笑った。また笑っている——不思議な感覚だ。こんな自然な情動も、どこかへ置き忘れていた。

正一は笑いつつ、立っていって冷蔵庫の扉を開けた。中を覗いて舌打ちをする。

「晩飯、たいしたもんは作れんよ。お前が来るのがわかってたら、食材、もっと買っといたんやけどな」

それでも元料理人だ。手早く数品をこしらえた。焼いた魚の干物をほぐした混ぜご飯、チーズとハムとコーンのサラダ、それにサバ缶とトマト缶とありあわせの野菜を煮込む。作っている最中にどんどんと玄関扉が叩かれた。豊が出ていくと、深尾の奥さんが、鍋ごとおでんを持ってきてくれたのだった。

「うめぐねかもしれねえ」

押し付けるように鍋を豊に持たせて帰ってしまった。

「いい人ばっかりだなあ。ここの人は」

暢気にそんなことを言う豊を睨みつけた。深く人と関わりたくなかった。こんなことで、なし崩しに個人の領域に立ち入られるのは嫌だった。

「こんなことしてもらっても、お返しができんから」

豊から鍋を受け取りながら、正一は言った。

「お前はどうしてそんな四角四面な考え方しかできんのや」豊は座卓の前に座りながら首を振る。「あの人たちがお返しなんか期待してこんなことをしてくれとると思うか？」

そんなことはわかっている。だが負担なのだ。重いのだ。人の好意も人情も。もうそういうものから遠ざかった生き方をしたかった。つながらなければ、離れる辛さを味わわずに済む。だからきっと豊の来訪も拒否したかったのだろう。

でも――。

二人は向き合って夕食をとった。家族を亡くしてから、一切アルコール類を口にしなくなった正一と、元から下戸の豊は、口数も少なく、ひたすら食べ物を口に運んだ。豊は、混ぜご飯を二度もおかわりした。

「俺、あっちこっちでご馳走《ちそう》になっとるわ」

哲平のところでも一緒に住んでいる女性に美味《おい》しい朝ごはんを作ってもらったのだと話した。食事が終わって居住まいを正し、ごちそうさん、と箸を置くと、豊は言った。

「シカク、お前、もうええよ」

意味がわからずぽかんとした正一に畳みかける。

「もう帰って来い」

言葉が出てこなかった。その代わりに凪いでいた心にまたさざ波が立った。

「お前、ここにおる理由なんかないやろ。それがようわかったわ。ここで、こうして仮設で暮らしてただ年月が過ぎるのを待っとる。そんな生き方は自分を痛めつけるだけじゃ」

むくむくと怒りの感情が湧いてきた。

「お前に何がわかる」

「そうや。わからん。でも、そういうもんやないんか。別々の人間なんやけん。真にわかりあえることなんかないよ、絶対。そんでも――」豊はすうっと息を吸い込んだ。「そんでも生きていかないかん。他人の力も借りて。迷惑かけたりかけられたりしもって、な。ここではお前、それができんのやろ。それは生きとるとは言わん。そんならこの土地にしがみついとることないよ。帰ってきたら――」

嚙み締めた奥歯がぎりっと不気味な音をたてた。

「帰ってきたら――？　帰るのはここやろ。ここが俺のおるとこや」

豊は黙らなかった。

「おるだけで何をしとる？　シカク、お前、ここでだんだんちびていくだけやぞ」

その瞬間、はっきりとわかった。もう誰も家族がいなくなった虚《うつ》ろな土地にいる訳が。

「それが理由なんや」絞り出すように正一は言い募った。「ここでくたばるのが、俺がここに居座る理由なんじゃ」

「そうか」

とうとう諦めたように豊は首を振った。ここで無為に生きていくことが、友人にとって重要なことだと理解しただろうか。きっと納得はしていない。でももうそれ以上、何も言わなかった。

その晩、ふたつの布団を並べて敷いて寝た。

避難所を出て仮設住宅で暮らし始めてから、初めてだった。こんなに人の気配を身近に感じる夜は。軽い寝息を立てる豊の隣で、正一は目を開けていた。

豊が口にした一言、一言が心に沁みた。そして、それに反感を感じた自分の心のあり様もわかっていた。もう何度も自分に問いかけたことだったから。よくここでは、「前を向く」と言う。過去に囚われて人生を無駄にするのはつまらない。亡くなった人たちもそれを望んでいないはず、と。一歩を踏み出そう、と言う。

実際に悲惨な目に遭った人々がそうやって自分を奮い立たせ、気持ちを切り替えて生活再建をしている。塩害に襲われた土地を黙々と耕し、失った船を作り直して海に漕《こ》ぎだし、倒壊した事業所を借金をして再建した。流された店を別の場所で再開した人もいる。

正一のように家族全員を亡くしたのに、再婚して子供を得た人もいる。そんな例は嫌というほど目にしてきた。でも正一には、それができなかった。今日、豊と話してわかった。俺は本当にここに根を下ろした人間じゃなかった。美紀と出会って、婿養子に入り、子供もできて幸せな家庭を手に入れた。きっとあのままだったら、ここで死んで下村の墓に入ることに何の疑念も持たなかっただろう。

でも震災が起こった。この土地に血でつながっていた人々をすべて亡くした。よそ者の俺だけが生き残った。それに何か意味があるのか、ずっと考えていた。まだ答えは出ていない。ただひとつだけはっきりしていることがある。それは、自分には別に「帰る場所」があるということ。ここでしか生きられない、と覚悟が決められないこと。

そうだ。震災の後、多くの人に言われた。「帰ってこい」と。野蒜の人にさえ「もう生まれ故郷に帰ったら？」と優しく諭された。だからこそ、意地になった。

家族が眠る場所から離れられなかった。でも死んでしまった家族を思ってのことだけではないと、今日、気がついた。ここを離れるということは、自分の人生を否定されるのと同じことだった。それは、東北へ来て築いた生活が無に帰したと認めることに他ならない。

豊の「帰ってこい」には、今までと違った響きがあった。

震災に見舞われた同じ場所で朽ち果てることには何の意味もない。無為に生きるのなら、どこででもできる。

首を回して、隣で眠る豊の横顔を見た。何かに衝《つ》き動かされるように、過去の謎を解明しようとしている。こいつの抱えているものは何なんだ？

あの出来事が人生の分岐点だったのでは、と考えたことを思い出した。

「骨を弔う詩」

小さな声で呟いてみる。京香はあの詩を見つけただろうか。真実子はそこに人生の謎を解くヒントを残しただろうか。俺たちは、し残した宿題に向き合っているのか。

翌朝まだ早いうちに、地元の朝市に出かけた。駅前広場にテントを張っただけの店が並んでいる。魚介類、野菜、乾物、漬物、花、パンや菓子などを売っていた。

魚介類は、近場の漁港で上がった新鮮なものだ。ここで朝市が開かれるということは知っていたが、来たこともなかった。

自転車の荷台に買ったものをくくり付けて、急いで家に帰った。豊が仮設住宅の前で深尾夫婦と立ち話をしていた。借りた布団は、集会所に返しておいたという。

仮設の小さな流し台に立って、買ってきた食材で調理を始めた。ろくに使っていなかった包丁はよく切れなかった。砥石《といし》を買わねば、と思った。出来上がった朝食を座卓に並べて豊を呼び入れた。

「二人では食べきれないから」

と深尾に差し出した。スチロール皿に載せた刺身と昨日借りた鍋にいっぱいの団子汁だった。自治会長は相好を崩し、妻はあんぐりと口を開けていた。

「やっぱりお返しをせんと気が済まんのやな」

豊が座卓の前に座りながら言ったが、責めるような口調ではなかった。

「豪華な朝飯やなあ！」

「時間のかからんもんばっかりや」

「シカクが手早いんじゃろ」

すぐに箸を取って舌鼓を打ちながら、豊は微笑んだ。

「なんで料理人になろうと思った？」

「うち、母ちゃんも働いとったやろ。帰りが遅くなる時もあったけん、俺が食事の準備をしとった」

「そういやあ、調理実習の時は、お前、大活躍やったな」

「いっつもやっとることをなぞっただけや」

「キャベツの千切りも早いし、出汁《だし》の取り方もうまかった」

豊が団子汁をずずっと啜った。

「あん時、真実子が言うたやろ。『あんたは将来美味しいもん食べさせる店を出したらええわ』て」

正一の箸が止まった。

「そうやったかな」

「そうや。真実子が人を褒めることなんか滅多になかったけん、憶えとる」

「そんなら、お前もや」

「なんが？」

「『豊は手先が器用やけん、何かの職人になったらええ』て言うとったな」

「そうやったかな」

今度は豊が首を傾げた。

「そうや。ほれ、学校の鳥小屋が台風で壊れた時、校務員さんとお前とが二日かそこらで直してしもたやろ、あの時。お前が銀行員になったって聞いた時には、真実子の予想は当たらんかったな、て思ったんやけど」

豊は炊き立てのご飯を掻き込んでむせた。それきり、二人は黙って朝ごはんを腹に入れることに集中した。

「俺らは結局、真実子の予言した通りの職に就いたってことか」

食器を片付けながら、豊は笑った。一人暮らしが板について、片付けだけは慣れているという豊が洗い役を引き受けた。座ってその後ろ姿を見ながら、正一は思った。

でも今は二人ともそれを生かしてない。豊は家具工房を休んでいるし、俺は包丁を何年も握っていない。几帳面《きちょうめん》な豊は、流しの内側やステンレス調理台の上まで磨いた。

仮設住宅の入り口まで送った。

「いつでも帰って来い」

「うん」

今度は素直に答えられた。まだ心は揺れていたが、もうこの東北の地に対する執着のようなものは消えていた。

遠ざかっていく友人の背中を見ながら、こんな遠くまで来て遠い昔のことを掘り返そうとする豊の心持ちを思いやった。きっとうまく人生を渡ってこられた人物なら、そんなことに拘泥しないだろう。ひとのことをシカク、シカクと言うけれど、あいつも不器用で妙な正義感の持ち主で、そのせいで割に合わない人生を送ってきたのだ。

正一の父親は警察官をしていた。十数年前、二十代の頃に、豊の父親が正一の家を訪ねてきた。教師で地区の民生委員の豊の父親は、困り切った顔をしていた。豊が結婚したいと言うのだという。相手の女性は離婚歴があり、前夫の子を連れているという話だった。

「まあ、近頃はそういう結婚も珍しくはないいんじゃないかね」

正一の父はそんな言葉を返した。豊の親にしてみれば、気に入らないのが当たり前だと、それは理解していたと思うが。

「それはええんです」

豊の父はきっぱりと言った。相手の女がどうも胡散臭《うさんくさ》い。ただの離婚経験者ではない気がすると言うのだ。今度は正一の父親の方が困った。要するに、その女性の周辺を当たってもらえないかということだった。警察なら、それが可能だろうと。別に捜査みたいに根掘り葉掘り聞き込みをしてくれというのではないと頭を下げられ、結局は女性が住む地区を担当する地域課の警官にそれとなく尋ねたようだ。

結果は、警察を通さなくてもすぐにわかることだった。豊が結婚したいと熱望している女性は、地域ではすこぶる評判が悪かった。身持ちが悪く、男出入りが激しかった。ひとりっきりの息子は自分の母親に預けたままで、養育はおろか、ろくに顔を見に行こうともしていなかった。一度は結婚したことがあるようだったが、その子の父親も、自分でも誰だか見当がつかないような有様だった。スナックで働いているという女性は、どうやら金に困っているようで、店の客として出会った豊から相当の額の金を引き出していたらしい。

それを聞いた豊の父親は結婚を許さなかった。当然といえば当然だ。

生活に倦み疲れた初恵という名の女性は、主婦という安泰な地位につきたがっていた。きっとそうなっても、身持ちの悪さは治らないだろうと推察できた。計画通りに事が運ばないと知ると、初恵は今度は豊の子を身ごもったと言いだした。しかし、産婦人科にかかっている様子もなく、どうやらそれは豊と結婚したいがための嘘だと思われた。

そういう一連の事情を、正一は父と母との会話の断片から知った。興味を持った彼は時折訪れて相談する豊の父と自分の父との会話を盗み聞きした。そういうことが進行しながらも、初恵は豊以外の男とも関係を持っているようだった。とうとう義憤に駆られた正一の父親がひと肌脱いだ。初恵のところへ出向いて直談判したのだ。初恵のバックには、暴力団系の男がついていると知ったことも理由のひとつだった。

警察官に乗り込まれて、初恵はとうとう豊から離れていった。子供は流産したとあっさり豊に告げたという。豊の父親は、礼を言いに来た時、正一の父に、「詳しい事情は豊には内緒にしてくれ」と言ったらしい。「あいつはただ女に捨てられたと思っているだけだから、それでいい。裏で父親が動いたことがわかったらいい気はしないだろうし、第一、初恵のことを恨んで、どんな行動に出るかわからない。一徹な奴だから」というのが理由だった。

「じゃけん、お前もこのことは、自分の胸の内だけに納めておけ」

そう父親に言われた。父は、正一が盗み聞きしていたことをとうに知っていたのだ。

それがもとで、豊は結婚に対する意欲を失い、父親ともうまくいかなくなったのではないか。母親が死んで父親と二人暮らしになり、ぎくしゃくした関係のまま分かれて住むことになってしまった。

そう思ったが、今さら口にする気はなかった。

親子とは、不思議で切ないものだ。お互いを思いやっているのに、寄り添うことができない。憎み合うことすらある。血脈というものの重さと残酷さを思った。

あの一連の出来事の後、正一の母が言ったものだ。

「智明さんもあそこまでせんでええのに。もしかしたら、豊君は、あの女の人とうまくいっとったかもわからんよ。あの人は、どうも自分の考えで突っ走って、押し付けるとこがあらい」

それからぽつりと付け加えた。

「あの親子はそっくり。気がついてないのは本人らだけ」と。

豊の性格は父親譲りなのだ。妙な正義感も、一途《いちず》に思い込み、妥協しないところも。自分なりのルールで自分も他者も縛り付けてしまうところも。

そんな不器用な友の後ろ姿が小さくなり、やがて消えた。

帰っていく友が引いている糸に導かれ、自分も生まれ育った場所に帰るのだろうか。豊がここまで来るに至った思惟《しい》、真実子が死んでもなお投げかけてくる謎、すべてのものに運命を感じた。

「まあ、一回帰ってみるかな」

言葉がこぼれた。

急ぐことはない。自分は前を向いたのか、それとも後退したのか、それもよくわからなかった。

四、琴美の章

藤棚の下に、紫色の花びらが散り敷いていた。

「もう藤も終わりですね」

花びらを一心に掃き寄せていた職員に声をかけた。振り向いたのは、鶴田《つるた》という中年の介護士だった。

「ご苦労様です」

琴美とわかって向こうも笑いかけてきた。

「あら、徳田さんのところへ来られたんですか？　喜ぶと思いますよ、邦枝さん。最近は足が弱ってあんまり部屋から出たがらないんよね」

それには小さく頷き返して、施設の玄関に向かう。自動ドアの透明ガラスには、「サンフラワー和久田《わくだ》」という老人ホームの名前が浮き出ていた。ドアを通り抜けると、警備室の小窓から警備員が顔を出した。琴美は、小窓の前のカウンターに置かれたノートに名前と訪問先を書いた。もう何度も踏んだ手順だ。顔見知りになった警備員にも軽く会釈して、施設の中に足を踏み入れた。

車椅子を押されて廊下を行く人、リハビリの最中なのか作業療法士に付き添われてゆっくり歩く人。ホールの方からは、レクリエーションをしているような音楽と掛け声が聞こえてくる。エレベーターホールに置かれた花瓶に、赤やピンクのカーネーションが活《い》けられていた。もう母の日は終わったが、その行事の名残なのかもしれない。

琴美は、さっき参ってきた墓に眠る母親のことを思った。そして、山口の家で介護をしている義母のことを思った。

エレベーターが下りてきた。ここにも母と呼んでいい人がいる。本当の母親は死んでしまったが、義母の世話をし、邦枝を見舞える自分は幸せだと思えた。

四階に上がり、長い廊下を歩いた。邦枝の部屋のドアを控えめに叩いた。

「はい」

小さな返事が聞こえる。ドアを開けると、窓のそばの椅子に邦枝が座っているのが見えた。

「琴美ちゃん！」

ぱあっと邦枝の顔に笑みが広がる。この様を見るのも毎回同じだ。こちらまで満面の笑みになる。邦枝は、早く、早く、というふうに両手を広げて琴美が近づくのを待っている。思わず駆け足になる。

「おばちゃん、元気だった？」体ごと、座った邦枝に身を預けた。

「ええ、ええ。元気だよ」

言葉とは裏腹に、邦枝が立つことはなかった。足が弱っているという鶴田の言葉は本当なのだろう。年寄りが弱っていくのは自然の摂理にかなったことだとはわかっているが、それでも心が揺れた。母親を亡くした時の悲しみを、もう一回体験しなければならないのかとふと思い、そういう不吉なことを思い浮かべた自分をたしなめた。

「さあ、ここに座って」

琴美の心情など知る由もない邦枝は、もうひとつの椅子を指さした。言われた通り、腰を下ろす。

「これ、風月堂《ふうげつどう》のみそ松風よ」

「あれえ、ありがとう。いつも申し訳ない。あんたが来てくれるだけで、おばちゃん、嬉しいのに」

邦枝の好物の蒸し菓子を差し出すと、皺の寄った手でそれを受け取った。

「お母ちゃんのお墓参りに行ってきたんかね」

「うん」

「そりゃあ、よかった。スガさんも喜んどるわ」

母が亡くなってもう二十五年が経った。三年前に二十三回忌も終えた。父親が早くに死んだので、働きづめの母だった。早く楽にさせてあげたかったが、琴美が働きだした時には、もう体調を崩していた。入退院を繰り返すようになっていた。

琴美が子供の頃から陰になり日向《ひなた》になり、力を貸してくれたのは、近所に住んでいた徳田夫婦だった。母の医療費も援助してもらった。遠慮する琴美を、「困った時はお互い様よ」と叱って、あれこれ気配りしてくれた。お金だけではなくて、精神的な支えでもあった。あの困難な時期を乗り切れたのは、徳田夫婦のおかげだ。

夫の恒夫も随分前に亡くなって、年をとって自立生活ができなくなった邦枝は、さっさと老人ホームに入居した。近くにいれば世話をしてあげられるのに、と琴美は悔しい思いに駆られたものだ。あの時に受けた恩を思えば、それくらいして当然だと思えた。

「なあに。もう何年も前からこうしようって決めとったのよ。私らには子供がおらんのやけん、こういうことは早ようから考えとかんと」

邦枝はそう言って、静かに笑みを浮かべた。

この部屋に持ち込まれた小さなサイズの仏壇には、恒夫の位牌と幼い時に死んだ娘の位牌が並んでいる。しっかりものの邦枝は、自分の死後は、永代供養にしてもらうよう、手続きを済ませてあるという。

「ああ、琴美ちゃんの顔を見たらなんか、しゃんとしてきた」

もう五十も半ばの自分をつかまえて、「琴美ちゃん」と呼んでくれるのは、この人だけだ。

「ごめんね。ちょくちょく来られるといいんやけど」

そう言うと、邦枝は慌てて顔の前で手を振った。

「そういうつもりで言うたんやないよ。こんな私のことを忘れずに、いつまでも訪ねてきてくれて有難いって思うとる」

「当たり前じゃない」

「それでも山口から来るのは、大変やろう。お義母《かあ》さんの具合も悪いんやろ？」

「最近はヘルパーさんをお願いしてるの。楽さしてもろうとるよ」

義母の江美子《えみこ》は去年、転倒して大腿骨を骨折した。入院中にリハビリを嫌がって、どんどん筋肉が落ちていった。家に戻ったものの、再度転倒するのが怖いのと、疲れるのとで、ほとんどベッドの上で過ごしている。時折様子を見に来てもらうようにしている看護師やケアマネージャーがどんなに運動の必要性を説いても、頑として首を縦に振らない。家での介護は、琴美の肩にかかっている。

娘二人は結婚して家を出たし、育ち盛りの子の育児で忙しい。夫の隆一《りゅういち》は、勤めていた住宅設備会社を定年退職し、数年前に工務店に再就職した。できるだけ琴美を手伝ってくれようとはするが、なかなか時間がとれないのが現状だ。でもそんなことをここで言っても仕方がない。邦枝に心配をかけるだけだ。

邦枝は琴美のこととなると、親身になって気を揉むのだ。気難しい義母に手を焼いていることは伏せておこう。

それでも若い頃の習いで、ついつい邦枝に甘えそうになる。母親を亡くしてからはなおさらだ。昔はどうしてこんなによくしてくれるのだろうと疑問を持ったこともあるが、恒夫が生きていた時からだから、夫婦そろってきっとそういう性分なのだろう、と思うことにした。いい人たちに巡り合ったというふうに。もともと昔出町には縁がなかった夫婦が越してきて、土手下に住まうようになった偶然に感謝すべきだろう。

だからこうして少しの暇をみて四国にやって来る。それでも思うようにはいかず、年に二回ほどに留《とど》まっている。

邦枝は琴美の近況を聞きたがった。スマホに保存している写真を見せながら、琴美は自分のこと、家族のことを話した。邦枝はいちいち頷きながら、微笑みを浮かべる。隆一と夫婦で始めたウォーキングのこと。ただ歩くだけではつまらないと、夫が相談もなくコーギー犬を買ってきたこと。初めは戸惑ったけれど、今ではなくてはならないパートナーになったこと。デパートに勤めていた時の友人が遊びに来てくれたこと。

下の娘のところにこの春生まれた男の子の写真を見せると、邦枝は目を細めた。

「まあ、鼻筋がすっと通っとるやないの。男前やわあ」

「ええ？　まだそんなことわからんよ」

邦枝はもっと孫たちの写真を見せてとせがんだ。この施設に入って世界が狭くなってしまった邦枝は話題に飢えているのだと思った。おそらく訪ねて来る人もいないに違いない。

「沙也加《さやか》はもう幼稚園の年少さんなんよ」

長女のところの女の子の写真を見せた。

「へえ、もうそんなに大きくなったん？　まあまあ。あれ！　琴美ちゃんの子供の頃にそっくり」

スマホに顔を近づける。

笑み崩れる邦枝を見ていると、身寄りのなくなった老女がいたわしく思えてくる。

確か出身は、夫婦ともに四国山地の奥深い場所だったと聞いた。産業も何もない山間《やまあい》の村を後にして、食べるために平野部まで下りてきたのだ。村はいわゆる限界集落で、廃屋だらけの寂れたところになってしまったと、いつか邦枝が言っていた。

貧しいながらも必死に働いて一人娘を得たのに、その子を交通事故で亡くしたという。あまりそのことを話したがらない邦枝に配慮して、詳しいいきさつは聞いていない。が、どれだけ辛く悲しい思いをしたことだろうと思う。

徳田夫婦が替出町の土手下と言い慣らわされている地区に家を買って移り住んできた時、琴美は小学校の三年か四年くらいだった。沙也加にそっくりと言われて、あの頃の自分を思い浮かべてみるが、はっきりしない。夫の隆一も、娘たちよりこの子の方が琴美に似ていると言う。

「琴美ちゃんっていうん？　おいちゃんもおばちゃんも子供が大好きなんよ。遊びに来てね」

徳田夫婦に初めて会った時にそう言われた。優しい人たちだった。父も母も彼らとすぐに打ち解け、琴美も徳田夫婦に懐いた。父は自称自営業で、家にいることが多かった。母のスガが、働きに出ていた。だから父が琴美の面倒をみていて、学校の参観日も父が来た。琴美は父親べったりの子だった。貧しいけれど、そんなことは気にならなかった。

そうだ。あの頃から琴美の家は借金に苦しんでいた。父親は気のいい人だったが、祖父、父と二代続けて酒好きで、おまけに気まぐれにおかしな商売に手を出しては失敗した。二代にわたって父祖伝来の土地を次々に手放して何とか食べてはいたが、それにも限界がある。父は肝臓をやられていた。そのせいであまり働けなかった。資産は減るどころかマイナスに転じた。父が亡くなったあと、母は苦労したと思う。いくら働いても借金が返せなかった。そのうち母も体を壊してしまった。

死んだ父の従弟という人が、時折面倒をみてくれていて、母は卑屈なほど彼に感謝していた。崎山という小男だった。父はその人にもお金を借りていたのだった。借用書があるのだと崎山は見せてくれた。結構な額だった。よそからも借りているので返済できないという母に、利息だけ払ってくれればいいなどと口ではうまいことを言い、琴美の家にちょくちょく出入りしていた。

琴美は崎山が嫌いだった。恩を売るように見せかけて、落ちぶれた従兄《いとこ》の家を蔑み、残った家族を弄んで喜んでいた。母がこっそり語ったところによると、昔は本家である父の家の方が羽振りがよく、崎山の家など洟《はな》も引っかけないほどの家格の差があったのだという。それが零落して立場が逆転したのが嬉しくて仕方がないらしい。奸悪《かんあく》で浅ましい性根の持ち主なのだ。それでも本当に困ったら、また小金を融通してくれたりしたから、母も頼らざるを得なかったようだ。

「まあ、あの人は身内じゃけんね」

悪いようにはしないだろうというのが、母の見解だった。琴美はそれには賛同できなかった。でも子供だった琴美には、口を挟む隙はなかった。

父が死んだ後、徳田さん夫婦が近くにいてくれるのが心強かった。母が働きに出ている間や崎山が来て居座る時、琴美は徳田さんの家に入り浸るようになった。徳田さんは、薄々琴美の家の事情には気づいた様子だった。琴美がしゃべったわけではないが、彼女の家が貧しくて生活に困っていること、借金を抱えていて崎山に頼っていることに。たぶん、土手下の住人は皆、同じように勘づいていたと思う。当時、替出町のはずれには七、八軒の家がぱらぱらと建っているだけだった。田舎ではそういうことは、いずれ知れわたるようになるのだ。そのうえで、知らん顔をしておくというのが一種の流儀だったのかもしれない。

「この年頃の子っていろんなことに興味が出て、世界が広がるんよねえ」

スマホを琴美に返しながら、邦枝は言った。

「土手下の子らはみんなそうやったわい。楽しかったあ」

遠い目をしている。彼女が何を見ているのかわかる気がした。

大きな川のそば、清らかな水と豊穣な土に恵まれ、四季の営みと歩調を合わせて生活していた暮らしを思い起こしているのだ。せっかくあの土地を買って移住してきたのに、替出町がスポーツ公園になってしまうとは、恒夫も邦枝も思いもしなかっただろう。

あそこにいる限り、飢えるということだけはなかった。いつも誰かが採れた野菜や米を差し入れてくれたし、その中でも徳田夫婦は特に気にかけてくれた。働いて貯《た》めたお金で家付きの土地を購入したから、彼らも蓄えらしきものはなかったと思う。それでも琴美を不憫《ふびん》がって、小遣いをくれたり、こっそり母の医療費を立て替えてくれたりした。邦枝さんはミシンで洋服を縫ってくれもした。

琴美の誕生日は必ず憶えていてくれて、高価ではないが、いつも気の利いたプレゼントをくれた。本や文房具や布の手提げバッグといったものを。どうしていつも忘れずにそんなことをしてくれるのか不思議だった。ふとしたことから、死んだ徳田夫婦の娘と琴美は、生まれた年も月日も同じなのだと知った。恒夫が口を滑らせたか、何か書類のようなものを夫婦の家で目にしたか、どちらかだったと思う。

それで腑《ふ》に落ちた。彼らは死んだ子の代わりに自分を可愛がってくれているんだな、と。

遠い目をしたまま、邦枝が言った。

「京香ちゃんの旦那さんは立派な人よ。なんせ県会議員さんやもん」

「そうね」

替出町が市に買い上げられて、住人たちは全員立ち退きを余儀なくされた。まるで大きな鉄槌《てっつい》が振り下ろされたように、世界が変わった。皆バラバラになった。

「琴美ちゃん、今度も行ってないんかね。スポーツ公園へ」

「うん、行かなかったよ」

競輪場のあるスポーツ公園なんか見たくもなかった。もうあそこは懐かしい場所ではなくなった。

「そうかね」

二人はそろりと替出町の話題から離れた。いつもそうだ。私たちは、あそこから遠ざからなければならない。あの——不吉な場所から。

真実子が病気で亡くなったことはとうの昔に告げた。あの時の邦枝さんの表情は忘れられない。一気に青ざめた彼女は唇をわななかせた。それから胸の前できつく手を握り合わせた。そうしていないと、溢れ出してくる感情の波に押し流されてしまうとでもいうように。

「真実ちゃんが……」

ただそれだけを口にした。ようようのところで感情を押さえつけ、挙句、一瞬の間に自分の中で折り合いをつけたみたいだった。

「かわいそうにね」

そう言った言葉には、逆に心がこもっていなかった。以降、邦枝さんは真実子のことには触れたがらない。私の中で葬ったもの。邦枝さんの中で葬ったもの。

琴美は透徹した思いでそれを眺める。重い小さな箱に納めて、心の中の湖に沈めたものは誰にでもある。それは時折、カタンと揺れて、水面に波紋を広げる。でも決して蓋を開けてはならない。特に他人のものは。

二人は窓辺に座って小声で話し、時に笑い、琴美が持ってきた菓子を食べた。

邦枝は次女の出産祝いだと言って、のし袋に入ったお祝いを差し出した。前に電話した時に次女のことを話したから、用意していたようだった。

「そんな。おばちゃん、気を遣わんで。そんなにしてもらうと、心苦しいよ。ここへも気軽に来れんなる」

「ええて、ええて。おばちゃんが勝手にすることやがね。たいしたもんは入ってないけん、お返しはいらんよ」

琴美自身が出産した時も、長女や次女が結婚した時も、こうしてお包みをくれた。どんなに遠慮しても押し付けるように渡され、結局はもらうことになる。申し訳ないと思いながらも、邦枝の気持ちを無下に断ることはできなかった。

「ありがとう、おばちゃん」

今度もそう言うと邦枝は嬉しそうに笑った。


四国に渡る時はたいてい日帰りだ。夜遅くに乗るフェリーはすいていた。フェリーが岸壁を離れる時にデッキに立った。ひんやりとした手すりをつかんで、遠ざかる町の灯《あか》りを眺めた。

　別れ際の邦枝の様子が頭に浮かぶ。

「もう来なくていいよ。あんたも忙しんやろ」

　そう言いながらも、琴美が、また来るよ、と言うと、目尻を下げて嬉しそうにしていた。

「ああ、私は幸せもんだ」

　いつも同じことを言う。この人にとって幸せとは何なのだろう。こうして潔く人生の終わりを迎えようとしている人は、死ぬ間際に何を思うのだろう。

　そして今の自分は、本当に幸せだと改めて思う。

　夫、隆一に会ったのは、このフェリーの中だった。生まれた土地から離れたあと母と二人で暮らしていた時だった。あの当時勤めていたデパートの売り場仲間に誘われて、山陰地方へ旅行に行くことになった。デパートで配属されたのはインポートブランド売り場で、ディオールやサンローランの化粧品も扱っていた。

「あなたは地味すぎるよ。きれいな顔立ちしてるのに」

　同僚にそう言われ、化粧の仕方も一から教わった。それまでは化粧はもちろん、身を飾るということには無関心だった。輸入物のコスメを扱う会社から派遣社員で入っている同僚が、毎朝、始業前に従業員用の洗面所で丁寧に化粧を施してくれた。

初めは抵抗があったが、デパートという華やかな職場、特に洗練されたインポートブランド売り場という特殊な売り場では必要なことだと自分に言い聞かせた。実際、男性の上司からも、自分が売っているものを自信を持ってお客様にアピールするために、多少派手目なくらいきっちりと化粧をしておくようにと指示された。

あの職場にいたのは、二、三年くらいだったけれど、今も元同僚とは付き合いがある。それくらい思い入れのある職場だった。あそこで自分は変われたのだと思う。同僚の由美子《ゆみこ》は化粧をしてくれながら、「化粧は化けることよ。悪い意味じゃなくて。外側が変われば中身も変わるの。いい？　変わることに臆病になっちゃだめ。そんなのつまらないわよ。女だけに与えられた特権だもの」と言った。

その言葉は、琴美の心にすとんと落ちてきた。

変わりたかった。今までの自分を捨てたかった。替出町から出て、母を送り、人生の転機を迎えた時期でもあった。替出町から去った人々は、おおかたは市内の別の場所に住居を定めていた。馴染んだ人々と親密に交際しようと思えばできた。でも琴美はそうはしなかった。邦枝を始めとしたごく身近な人とだけ行き来はあったが、進んで誰かに会いに行こうとは思わなかった。

あの土地との縁を切りたかった。誰もが知り得ない琴美の秘密を孕《はら》んだあの土地から離れて、別の自分になりたかった。

由美子の言ったことは本当だった。きれいになりたいと思ったわけじゃない。装うということは、精神的なものだと知った。体の内側から真に変わろうとしなければ、外側をどんなに飾り立てても意味がない。

「明るくなったね」

たまに会う邦枝や京香にそう言われた。職場の同僚たちに誘われるまま、食事に行ったり、買い物をしたりした。母が亡くなった時、遺産の相続放棄をして、代々の家の借金から免れた。それも大きかったかもしれない。ささやかではあるが、本当の人生を取り戻した気がした。

インポートブランド売り場にいる女性は、デパートの中でも目立つ存在で、由美子を始め、美人揃《ぞろ》いだった。だから、男性社員からの誘いも多かった。実際、気ままに遊んでいる子もいた。でも琴美はそういう方面には疎かった。多くの男性からの申し出を断り続けた。男は怖かった。

でも隆一は違った。彼は、異性との付き合いに尻込みする琴美をうまくリードしてくれた。結果を急がなかった。彼に出会えたことは、琴美の人生の中でも第一の僥倖《ぎょうこう》だった。

車で四国に出張してきていた隆一が、営業車のキイをフェリーの中で落としたことがきっかけだった。そのキイを琴美が拾ったのだ。大げさなほど感謝され、フェリーの中では由美子たちを中心に話が弾んだ。琴美は黙って聞いているだけだった。そのうち、次の隆一の出張先が、彼女らの行先と同じだと知れた。隆一は、よかったらそこまで車で送ろうかと申し出た。営業車に関係のない人間を乗せることは禁じられているけれど、どうせわかりゃしないよ、と。

「あの時から湯川《ゆかわ》さんは、あなただけを狙ってたんだわ」

後で同僚たちにそう言われた。

実直で照れ屋の隆一は、本当に送ってくれただけで、営業先に行ってしまった。ただ山口に本社を置くという住宅設備会社の名刺だけは渡してくれた。旅行の間中、もう隆一の話題は出なかった。帰ってきて仕事に出ても、誰も隆一に連絡を取ろうとはしなかった。あの当時、同僚たちには付き合っている彼氏がいたし、彼女らが食指を動かすほど、隆一はいい男ではなかった。

フェリーの中でのことなど忘れかけた頃、デパートの売り場に隆一がやってきた。またこっちに出張で来たから、と彼は言った。急に来た隆一が食事でも、と言っても、誰も応じることができなかった。それぞれの約束で夜の予定が詰まっていたのだ。唯一フリーだったのが、琴美だった。

どうしてあの時、断らなかったのか自分でも不思議だ。

「きっと僕が人畜無害に思えたんだろうね」と後になって隆一は言ったが、そうではない。あの時の隆一は、おどおどしていた。出張先が琴美たちが勤めるデパートのある町だとわかった後も、売り場を訪ねてくるのに、相当の勇気を振り絞っただろうことが窺われた。きっとインポートブランド売り場のある階にきても、長い間躊躇していたのではあるまいか。

向かい合って食事をしながら、その思いは強くなった。

いい人だな、と思った。そういうふうに男性を見るのは初めてで、新鮮だった。デパートで働いている男性社員は、自信過剰で積極的だった。琴美の頭の中で、そんな男に押し倒され、有無を言わさず肉体を蹂躙《じゅうりん》される図がどうしても浮かんでしまう。そういう精神構造になってしまった自分を嫌悪した。だから誰とも親しくしたくなかった。漠然とだが、自分は一生結婚しないだろうと思っていた。

男性と常に一緒に生活し、性愛を共にする自分が想像できなかった。

隆一が月に一、二度四国へ出張に来るたびに誘われた。ただ会って食事をして話すだけの関係が一年ほど続いた後、隆一の出張を心待ちにしている自分に気がついた。隆一の方も、ただそれだけで満足しているようだった。

「もう！　中学生でもそういう恋愛しないわよ」

同僚たちにそんな風に言われつつ、穏やかな愛を育んだ。女性との恋愛経験もそう多くない隆一との関係は、だから心地よかった。恐れていた体の関係も、自然な形で結ぶことができた。その頃には、もうこの人しかいないと感じるようになっていた。

隆一からの結婚の申し込みに頷いた時、望んでいた自分に変われたと思った。琴美は替出町から出て、さらに海を渡って山口に来た。邦枝は寂しそうだったが、琴美の決断を後押ししてくれた。

山口で新しい生活が始まった。もうそこでは化粧で武装することもない。弱く後ろ向きだった自分を、装うことで捨てられたが、隆一のそばではそんな気遣いも不要だった。自然な自分でいられるのだ、と思うと嬉しかった。

隆一と歩む人生を選んだことは間違っていない。

どうしても夫に言えない秘密を抱えたままの自分も許した。


「ただいま」

小さな声で玄関から声をかけ、靴をそっと脱いだ。隆一が居間から顔を出した。

「おかえり」

「お義母さんは？」

「眠ったよ」

居間の掛け時計を見ると、もう十一時を過ぎている。部屋の隅に置いたケージの中で、コーギー犬のソラが丸くなっていた。琴美の気配に交差した前脚の上から頭を持ち上げる。ケージの上から手を差し伸べ、頭を軽く叩いてやると、クーと鳴いた。

「夕飯は？」

「食べた。お袋にも金子《かねこ》さんが食べさせてくれた」

「そう。よかった。遅くなってごめんなさい」

金子さんとは、義母のヘルパーさんだ。要介護1の江美子には、週に二回、ヘルパーの派遣を頼んでいる。

小ぶりのボストンバッグをダイニングの椅子の上に置いて、流しに向かう。

「いいって。着替えてこいよ。疲れとるんやろ？」

音量を落としたテレビの前で、隆一が言った。言葉通り、食器はすでに洗いカゴの中に伏せてあった。

「ありがとう。そうさせてもらうね」

琴美は急いで寝室に行って、普段着に着替えた。足音を立てないように江美子の部屋に近づいて覗いてみる。軽く口を開けて寝入っている義母の顔が、豆電球の光の中に浮かび上がっていた。朝まで眠ってくれますように、とそっと祈る。少し認知症の気が出た江美子は、昼と夜とを勘違いして、夜中に大声で家族を呼ぶことがあった。

　人生とは、よくできていると琴美は思う。子供たちが自立していったら、次には親の介護が始まる。育児と同時進行だったら、とてもやっていけなかっただろう。隆一も協力的だし、ヘルパーさんにも来てもらえる。そのおかげで、年に二回ほどはこうして四国へ行くこともできるのだ。江美子が亡くなった後、隆一は夫婦で四国八十八か所を回ろうと言ってくれた。そういう会話も自然にできる今の穏やかな生活を、琴美はいとおしく思う。

　もし過去に起こったことに意味があるとしたら、あの苦痛に満ちた凄絶《せいぜつ》な時期を乗り越えたことが、今の幸せにつながっていると思いたかった。

「邦枝さんがね、恵《めぐみ》の出産祝いをくれた」

　居間に戻ると、隆一に報告した。

「そうか。いつもすまないな」ちょっと考え込むような仕草をしたが、やがて大きなあくびをした。彼も初めは、邦枝の厚意に恐縮していたが、そのうち慣れてしまったようだ。そのまま、もう寝るよ、と二階の寝室に行ってしまった。

　簡単に片づけをした後、琴美は風呂に入った。今日は江美子の入浴は、金子さん一人がしてくれたのだろうか。手際のいい人だから、さっさと済ませてくれたに違いないが、大変だったろう。最近、江美子は風呂に入るのを億劫《おっくう》がるようになった。

なだめすかしてその気にさせなければならない。

ケアマネージャーが、デイサービスに行って大きなお風呂に介助付きで入れば楽ですよ、と何度言っても江美子はうんと言わない。だからヘルパーさんが来た時に手伝ってもらって、昼間に入浴させるようにしている。寝たきりというわけではないから、トイレや洗面所、風呂場くらいまでなら杖をついて自分で歩いていけるので、それだけは助かるが、こんな生活をしていたら、早晩足が弱ってしまうだろう。

江美子は、年をとるにつけ、内にこもるようになった。デイサービスなどに通って大勢の中にいるのは苦痛でしかない。それがよくわかっているから、琴美も無理強いはできないでいる。しかし、他者との接触を断ってしまうと、認知症も進行してしまうのではないかとそれも心配だった。

洗面所で髪をとかしていると、江美子の部屋でガチャンと大きな物音がした。洗面所から出て江美子の居室に駆け付けた。

江美子がベッドの上に体を起こしていた。ベッドに立てかけてあった杖でサイドテーブルを叩いたのだろう。置時計や小さな呼び鈴や、ペットボトルなどが床に散乱していた。見開いた瞳がらんらんと光っている。ああ、まただ、と琴美は気持ちが萎えるのを覚えた。夜に混乱状態に陥るということが、ここのところ続いている。

「お義母さん、どうしたの？」

なるべく声を荒らげず、穏やかに声をかけ、跪いて床に落ちた物を拾い集めた。

「大事《おおごと》しちょった！　お父さんが役所に行く日やけん、背広をクリーニングから取ってきとかにゃあいけんかった」

亡くなった義父は市役所に勤めていた。その頃に意識が飛んでいるようだ。

「はい、わかりました。それじゃあ、明日、取りに行きますね」

こういう時は、認知症患者の言動に合わせた方がよいということは学んでいた。間違いを無理に正したり、蔑むような態度をとってはいけない。

「明日じゃあいけん！　今とってきて！」

江美子は唇を震わせて訴える。居間でソラが不安そうな鳴き声を上げた。

「でも、もうお店が閉まってるからね。明日一番で取ってきますから」

落ち着かせようと、江美子の両腕を押さえると、「いらわんといて！」と撥ねのけられた。思いがけず強い力だ。

「お父さんが怒る！　お父さんが怒る！　また叩かれる！」

子供のように身をよじって喚《わめ》いた。そんな江美子の頭を抱え込んだ。

「大丈夫よ。お義父《とう》さんはそんなことせんよ。大丈夫」

今度は琴美の胸倉をつかんだ。

「いいや！　あの人はぶち怖い人やけん。あたしがどんだけせんない思いをしたことか！　だあれもおらんとこでひどい目に遭わしたっちゃ！」

琴美が結婚してこの家で暮らし始めた頃、まだ義父は元気で働いていた。穏やかな人で、琴美にも優しかった。しかし夫婦の関係は、そうではなかったのか。外から見たのではわからない顔を義父は持っていたのか。そしてそれを、未《いま》だに義母は忘れられずにいるのだろうか。

私もいつか——怯えきった江美子の背中をさすりながら、琴美は震え上がる。私も老いさらばえた時、こういうふうになって、人に言わずに胸の中にしまっていたことを吐き出してしまうのだろうか。

それを誰が聞くのだろう。隆一か。娘たちか。背筋が凍る思いがした。

江美子は琴美の肩越しに手を伸ばして、琴美がサイドテーブルの上に戻した金属製の呼び鈴を引っつかんだ。それを激しく振って鳴らす。

カンカンカンカン……。

競輪場で聞いた、ラスト一周を知らせる鐘の音に重なる。琴美は耳を押さえてうずくまった。二階から駆け下りてくる隆一の足音がすっと遠のいた。

買い物から帰って来ると、江美子はベッドの上でテレビに見入っていた。午後に放映されるお気に入りのドラマの再放送だった。声をかけずに、台所に買い物袋を提げて入った。冷蔵庫に買ってきた物をしまう。ふと見ると、居間にある電話の留守録ランプが点滅していた。江美子以外の家族全員が携帯電話を持つようになって、最近は固定電話にかかってくる電話は激減している。かかってくるのは、何かの勧誘か、アンケート調査くらいのものだ。留守録にメッセージを残すような人物には心当たりがなかった。

気になって手を止め、居間に入って留守録を再生してみた。

「琴美さん——」

男性の声が自分の名前を呼んだので、ぎょっとした。聞き覚えのない声だった。

「本多豊です。替出町で近所に住んでた——。この電話番号は富永京香さんに聞きました」

本多豊？　ざわりと心が揺れた。替出町の名前を出さなくても、忘れることのない名前だ。メッセージは続く。

「あの——そちらに行く用事ができたので、もしよかったら会ってもらえませんか？　大事な話があるんです。ご迷惑でなければいいんですけど。連絡いただけたら、それに合わせて行きますから」

自分の携帯電話の番号を告げる声が流れてくる。琴美はそっと後ろを振り返った。

江美子がここまで来ることはないし、江美子以外誰も家にいないと充分承知しているけれど、そうせずにはいられなかった。留守録の再生が終わっても、琴美はじっと立ったままでいた。窓から見える生垣の向こうを、学校帰りの小学生たちが通っていく。賑やかな歓声とバタバタという足音に、はっと我に返る。

替出町で近所の小学生たちと親しくしていた頃のことを思い出した。同級生だった本多豊たち三人の男の子と、京香と、そして真実子。妹のように思っていた、死んでしまった年下の友人。もう長い間自分の中で封印してきた記憶だった。邦枝のところには行っても、かつて暮らしていた場所には近寄らないという細心の注意を払ってきたのだ。甘さと苦さが同居する記憶。

もうあそこには何もない。自分を脅かすものは何も。近未来的な野球場がそびえ立ち、周囲を睥睨《へいげい》しているあの場所には。

大きく息を吸い込んで一度目を閉じ、また開いた。そして、留守録をもう一回再生した。メモ用紙に豊の電話番号を控える。書き取りながら、この番号へ電話することはないだろうと思った。しかしいったい今頃、豊は何の用事なのだろうか。「大事な話」とは何なのだろう。気になって仕方がなかった。とにかくメモをポケットにしまった。誰の目にも触れさせてはいけない。憶えている豊は、子供から少年に変わる間際の、不安定で傷つきやすく、それでいて破壊的な何かを内包している男の子の顔だった。

あれからどんな大人になったのか。想像しようとしてやめた。過去をあぶり出される気がした。あの子は何も悪くない。悪いことをしたのは自分なのだ。でも会いたくなかった。

ガラガラと玄関の引き戸が開いた。

「おばあちゃん！」

元気な声が飛び込んできた。孫の沙也加だ。そうだった。今日はあの子を預かる約束をしていたのだった。長女の泉《いずみ》が、沙也加の弟の凜太郎《りんたろう》を皮膚科に連れていくので引き受けた。凜太郎はアトピー性皮膚炎のため、定期的に病院にかかっている。

「お母さーん」

玄関で呼ぶ泉に返事をしながら廊下を走る。車で二十分ほどのところに住む泉には、しょっちゅう孫の面倒を頼まれる。それももう生活のリズムの中に組み込まれていた。沙也加は靴を脱ぎ、きちんと揃えている。まだ短いお下げが二本、頭の後ろで揺れていた。

「じゃあ、お願いね。予約の時間に遅れちゃう！」

車のチャイルドシートに座らされたままの凜太郎が大声で泣いている。

「早くいっておやり。でも運転気をつけるんだよ」

娘の背中に声をかけるが、聞こえたかどうか。返事もせずに泉は飛び出していった。

「ソラは？」

沙也加は琴美の横をすり抜けていく。その肩をつかんだ。

「ほら、まずひいおばあちゃんにご挨拶でしょ？」

「あー、そうだった」

ぺろりと舌を出して、沙也加は家の奥の江美子の部屋へ、方向転換した。よく言い聞かせてあるから、襖《ふすま》を開ける時は、音を立てないようにそおっと開ける。

「ひいばあちゃん……」

頭を襖の内側に突っ込んだまま、小声を出した。そのまま立ちすくんでいる。孫娘の背後から部屋を覗いてみた。江美子はベッドに横になって眠っていた。ドラマは終わり、ショッピング番組に変わっていた。

「あら、ひいばあちゃん、寝ちゃったんだね」

足音を忍ばせて部屋に入り、テレビを消した。江美子は夜も昼もなく、眠たくなったらこうして眠ってしまう。

「あとでご挨拶しよう。じゃあ、向こうへ行こうね」

洗面所で手洗いとうがいをさせ、沙也加を居間に連れていった。ソラがケージの中でぐるぐる回って喜んでいる。沙也加はソラを外に出してやった。茶色のコーギー犬は、沙也加に飛びついた。沙也加もキャッキャッと声を弾ませてソラの前脚をとった。

そんな孫の様子を見ながら、買い物袋の中身を取り出して、戸棚や冷蔵庫に納めていった。体を動かすたびに、ポケットの中でメモ用紙が乾いた音を立てた。メモ用紙を取り出し、調理台の下の引き出しにしまった。買い置きのラップやポリ袋の奥に。

沙也加はソラを庭に連れ出し、戯れている。今の間に夕飯の下ごしらえをしておこうと、ゴボウをささがきにし、白身魚に衣をつけた。縁側に腰かけた沙也加のそばに、ソラがじっとうずくまっている。どうやら遊び疲れたようだ。沙也加はソラの背中を軽く叩きながら、幼稚園で習った歌を歌っている。体を左右に揺すってリズムをとっているのが可愛らしい。ソラの尻尾までリズムに合わせてパタパタ動いているようで、思わず微笑んでしまった。

下ごしらえをした魚を冷蔵庫にしまった。床下収納からぬか漬けの瓶《かめ》を取り出して、きゅうりとナスの漬物を取り出し、ついでによくかき混ぜた。この瓶は江美子から受け継いだもので、何十年と同じぬか床で美味しい漬物を漬けている。

「さあ、これからはあんたにこれを譲るからね」と江美子に言われた時のことが、昨日のことのように思い出される。姑はおおらかで明るい人だった。よその土地からきた琴美に、いろいろなことを教えてくれた。その江美子が老いて衰弱していくのを見るのは辛かった。

ぬか漬けの瓶を床に置いたままぼんやりしていた琴美は、我に返って瓶を床下にしまった。漬物を洗って刻み、濡れた手を拭く。

「おばあちゃん、洗濯物を入れてくるからね」

沙也加の背中に声をかけると、こちらを振り向いてにっこり笑い、うん、と答えた。

二階のベランダに出る。一日、暑い陽にさらされた洗濯物は、気持ちよく乾いていた。それを丁寧に取り込む。まだ夕時というには早い時間だ。うっすらと汗ばんだ。洗濯ピンチをはずす手元から、視線をずらして遠くを見やる。ぐるりと山に囲まれた盆地のような地形だから、どこを見ても山並が続いている。

ここに根を張って生きていくのだ、と改めて思った。パートナーに巡り合い、子をもうけ、育んだ土地。新しいことを経験するたびに、新しい自分になれる気がした。忌むべき過去は遠ざかり、安らかな今をただ生きるだけ。姑から受け継いだぬか床を無心でかき混ぜながら。

ほっと息をひとつ吐いて、洗濯物の入ったカゴを持ち上げた。足下に注意しながら階段を下りる。

「ああー！　誰かぁ！」

江美子の声がした。階段の踊り場に洗濯カゴを投げ出すように置いて、後の階段を駆け下りた。襖を両手で引き開ける。髪を振り乱した江美子が、ベッドから下りようともがいていた。

「お義母さん！　どうしたん？」

急いで駆け寄って体を支えた。江美子はびくっと体を震わせた。

「ああ、姉ちゃん……」

琴美を真っすぐに見て、両肩をつかんでくる。今までも何度か、江美子の亡くなった姉に間違われたことがあった。安心させるように微笑んでみせた。

「どうしたん？」

優しく声をかける。

「またあの人が訪ねて来た。もう来んといてって前の時に言うたのに」

「あの人って？」

「あの人て、芳文《よしふみ》さんに決まっちょるやろ？　あたしが貞夫《さだお》さんとこに嫁に来たんが気に入らんっちゃ」

江美子は、両目を大きく見開いて、琴美の肩を揺さぶった。かける言葉を失った。江美子は戦時中に片瀬《かたせ》芳文という人と一度結婚していた。ところがすぐに召集令状が来て、夫は若い妻を置いて出征してしまう。婚家で夫の帰りを待っていたのだが、惨《むご》いことに戦死の報が届いた。終戦間際のことだった。夫の葬式を出して、江美子は実家に戻った。戦後、縁があって、隆一の父親である貞夫と再婚した。

ところが運命とは残酷なもので、ひょっこりと芳文が復員してきたのだ。南方の戦線に送られて、混乱の中、戦死したと判断されてしまったようだ。芳文は、事情を家族から聞いて、何度か江美子を訪ね、自分のところに戻ってくるよう懇願したらしい。それを江美子は断った。周囲の説得もあって、芳文も諦めたという。その後、別の女性と所帯を持ったということだった。

そういう事情を、琴美は隆一から聞いた。戦争中には、そういう不幸な話がままあったのかもしれない。もう七十年も前の話だ。江美子からは、その時のいきさつを聞いたことはない。細かいことにこだわらず、さっぱりした性格の人だという印象しかなかった。昔のことはすっかり忘れて義父と幸せに暮らしたのだとばかり思っていた。しかし、昨夜のことなどを考えあわせてみても、外から見ただけではわからないものがあったのかもしれない。

戦争のせいで、女もひどい目に遭った。

「大丈夫。もう大丈夫」

とんとんと背中を叩いて落ち着かせる。琴美の肩から、江美子の手が力なく離れた。

「貞夫さんももう忘れてしもうちょるよ、そんなこと」

姉になったつもりで、ついかけた言葉がいけなかった。

「そんなことない！　あの人はえずい人じゃけぇ」

きっぱりと言い切って、江美子は顔を上げた。

「佳苗《かなえ》のこと」

「え？」

佳苗とは、隆一の姉だった。だが、赤ん坊の時に病気で死んだと聞いている。それから第二子の隆一を授かるまで、だいぶ間があったようだ。

「佳苗は間違いのう、貞夫さんの子ォやのに、お義父さんもお義母さんも、貞夫さんまでうちを疑うて、つろうてつろうて」

言葉がなかった。前夫の芳文という人が何度か会いに来たせいで、その頃身ごもった佳苗が不義の子のように見られたというのか。あまりにも理不尽ではないか。

「あのな、姉ちゃん――」

今度はぎゅっと両手をつかまれた。江美子がそれを自分の胸に持っていくものだから、ぐっと顔が近づいた。血走った目。わなわな震える唇。もうその先は聞きたくない、と痛烈に思った。

「佳苗な、あたしが殺した」

「ころ、し、た？」

きっと自分は震え上がっていただろう。いい気になって、姉のふりをしたことを心底後悔した。

「この子さえおらんかったら、こんなこと、言われることない、て思うたら――」

「もうええよ。もう――」

だが江美子は黙らなかった。憑《つ》かれたようにしゃべり続ける。

「あのな、姉ちゃん」楽になりたいのだ。もう自分の胸の中には納まりきらないものを吐き出してしまいたいのだ。死を前にして、この人は。「じゃけぇ、佳苗が高い熱出した時、ほっちょいて、うち、ほっちょいて――」

くくくっと漏れた泣き声が、自分の口から出たものだと知って、琴美は動転した。恵のところに生まれた子を思い浮かべる。むっちりと肥えた生命力溢れる赤ん坊を。

「佳苗、吐いたもんを喉につかえさして、そんで――」

江美子は泣き喚いた。子供のように、わあわあと大声で。天を仰ぐようにして。

それはあんたのせいじゃないよ、などと安易な言葉はかけられなかった。もうそんな言葉では救えない。母親だった一人の女が為した最悪のこと。それをこの人は、墓の中に持っていけなかった。生きているうちに、どうしても言わずにおれなかった。起こったことは消えやしない。どれだけ月日が経とうとも。自分が自分を許せない。裁くのも裁かれるのも己であるという地獄――。

そんなわだかまりを抱えたまま、夫婦は夫婦であり続けた。だから義父は時に妻に手を上げずにはいられなかった。妻が不貞を為したのではないか。わが子をわざと死なせたのではないか。どこにも持っていきようのない疑念に苛《さいな》まれつつ。ここにも地獄があった。

茫然と立ちすくむ琴美の背後で、廊下を駆けてくる足音がした。

トトトトッという軽い足音。はっとして振り返る暇もなかった。白い影のように沙也加が駆け込んできた。真っすぐにベッドに向かう。琴美と江美子の間にするりと入り込んできた。

「ひいばあちゃん――」

江美子はゆっくりと顔を上げてひ孫を見た。

「ひいばあちゃん、かわいそうに。かわいそうに」爪先立って手を伸ばし、江美子の頭を撫でる。「よしよし。泣いたらいけんよ。よしよし」

小さな手で何度も何度も白髪の頭を撫でた。いつも自分がされているように。眼差しは真剣だ。理由はわからなくても、心が壊れた相手を何とかしなければという意思が感じられた。

頭を撫でられ、涙とよだれとでくしゃくしゃになった顔で江美子は泣いた。おんおんと声を上げて。知らず知らず、琴美も握った手をさすっていた。

許しと癒しとが、この老女の上に届きますように、と祈らずにいられなかった。純真な幼子にだけ、それを与える力があるような気がした。かつて死なせてしまったのと同じ幼い子に慰められ、江美子は身をよじって泣いた。

幹線道路の沿線に百日紅《さるすべり》が咲いていた。車が通り過ぎるたび枝が揺れ、赤と白の花が弾むように躍る。その様を琴美は手すり越しに眺めていた。だから豊がそばまで来たのに、気づかなかった。

「琴美さん」

声をかけられ、ふりむいて微笑む。郊外の複合型ショッピングセンター。平日の午後のテラスには、人はまばらだ。

「豊君。久しぶり」

「こちらこそ。長い間会ってなかったけど、琴美さんだってすぐにわかった」

「あなたは立派な大人になったわね」

そう言うと、豊は居心地が悪そうに下を向いた。琴美も自分の言い方がおかしくて苦笑する。

「少し歩く？」

いくつもの建物をつないで回遊するように、テラスは続いていた。くねったテラスの日陰の部分を、二人並んで歩いた。気持ちのいい風が通る。木製のデッキが優しく足音を吸収した。

やはりここからも低い山並が見えた。

「びっくりしたやろう？　突然連絡したりしたから」

でも返事をくれてありがとう、と豊は律儀に頭を下げた。

「もう四国に行くことはない？」

そう問われて、ついこの間も行って来たところなのだと答えた。両親の墓は向こうにあるし、毎回邦枝さんを見舞うのが楽しみなのだと。豊はすまなそうな顔をした。

「ほうか。僕は向こうに住んどるのに、邦枝さんのことなんか、知らんかった。ようしてもろたのに、不義理して」

「そんなこと、ええんよ。皆、それぞれの生活で忙しいんやから。邦枝さんもそのことはようわかっとる」

豊はまた縮こまった。それから、哲平、京香、正一の今の生活ぶりを語った。長い話だった。琴美は手すりに寄りかかってそれを聞いた。正一の身の上に起こったことを聞くと、胸が塞がれる思いがした。

「私の方こそ、そんなこととちっとも知らんかった。それぞれの生活なんて気楽なこと言うて、申し訳なかったわ」

「遠くへ行き過ぎたよ、シカクは。あんな遠くで家族を失って、途方に暮れとる。戻って来るという決断もできずに」

「そう――」

「それもあいつの生き方かもしれんと思うた。会いに行ってみてわかった」

「豊君は、いい人やね。正一君も、きっと感謝しとるはずよ」

その言葉に、豊は苦痛を覚えたような顔をした。

「僕なんか、真実子が死んだのも知らんかったんやから」

それには答えず、遠くへ視線を移した。

生まれ育った場所でずっと生活する人の方が少ないだろう。替出町に人が住めなくなった時、あそこに凝縮していた人々の運命もパッと散ったのだ。

真実子の消息を尋ね歩いた若い頃のことを思い浮かべた。あの時は、どうして真実子は何も言わずに遠くへ行ってしまったのだろうと思った。重い病気にかかったことも、真実子から積極的に告げることはなかった。そして手の届かない場所へ行って命をそっと閉じた。琴美はもう結婚して山口に来ていたから、そういう詳細を知ることはなかった。慌てて真実子の後を追って、悲劇的な事実を知ったのだった。

寂れた漁港の町で、唖然《あぜん》とするしかなかった。あの時は、せめて病気のことを知らせてくれていたら、こんな別れ方をしないで済んだのに、と真実子を恨みすらしていた。だが時間が経って、心を整理するとよくわかった。真実子はそんな劇的な別れをしたくなかった。そっと消えていきたかったのだ。いかにも真実子らしい死に方だと思った。真実子は、もしかしたら子供の頃から自分の死に方も決めていたのではないか。そう思えた。

真実子の死の間際にそこにいて、気が済むように声をかけたり慰めたりできたとして、それに何の意味があるというのか。残った者の自己満足にしかならない。死にゆく者の気持ちなど、誰にもわからない。一人一人の人生のきりのつけ方なんか。

江美子が今、惑っているように。

だから真実子のことをかわいそうと思ったり、自分を責めたりするのはやめようと思った。あの子は、最もあの子らしい自然な消え方を選んだのだ。それを豊に伝えたかったが、うまい言葉が見つからなかった。

豊をテラスが前庭に張り出した部分に誘った。テラスの下のピロティは、イベント広場になっているが、今日は何も催しがないようだ。テラスには、ガーデン用のテーブルとチェアがぽんぽんと配置され、人々が思い思いに休憩できる場所になっている。夏の盛りである今は、長い帆布が何本も張られて屋根の代わりにしてあった。

何か気にかかることがあるのだろう。それで山口まで来たはずだ。

椅子に座った豊は、意を決したように、鞄から新聞の切り抜きを取り出した。透明なファイルに挟まれたそれは皺が寄っていて、もう何人もの手が広げ持ったものだと知れた。琴美は、渡された切り抜きに目を通した。日付は今年の三月二十日。菜種梅雨というには激しすぎる大雨が降り、替出町の土手が抉れた。そこから人骨が出てきて大騒ぎになったが、調べてみるとそれは学校などで使われる骨格標本だったというオチの話だった。

何か重要なことを見落としたかと、もう一回読み直した。やはり特に意味を含んだ事件のようには思えなかった。不可解な顔をしていたのだろう。豊が説明をした。

「それ、たぶん、真実子が理科室から盗み出した骨格標本じゃないかと思う」

豊は、真実子がそんな行動に出たいきさつを語った。真実子らしいと思った。その処理に関して、友人たちを使ったことも。

「僕たちはあの標本を山に持っていって、誰の目にもふれない場所に深く埋めたんや。なのに、今頃になってプラスチックの骨格標本が土手から出てきた。哲平は、真実子が盗んだものとは別物やっていうけど、そんなに何体も骨格標本が替出町にあるなんて思えん」

少しだけ豊の言いたいことがわかってきた。でもそんなことが――？

「あの時は、半分遊び気分で骨を運んで埋めた。真実子の言うことを信じとったから」

琴美の表情から何かを読み取ろうとするみたいに、豊は言葉を切った。琴美は一言も発しないで、豊を見返した。

「でも、違うかもしれんと思いだした」

「この新聞記事を読んだから？」

笑われるか否定されると思ったのか、豊は急いで言葉を継いだ。

「きっかけはそうやけど、皆を訪ね歩いているうちに、いろんなことがわかってきて――」

自分の子供っぽい推理をここで披露していいものかどうか迷っているみたいに言い淀む。

「どんなこと？」

促されて、豊は別の紙切れを取り出した。チラシの裏に書かれたと思《おぼ》しきメモを見ながら、つっかえつっかえ説明を始める。真実子がそんなおかしな行動を取った前後に替出町で起こった小さな異変。つながらない不可思議な断片。

正一が真実子と一緒に目撃した混乱した態《てい》の邦枝。翌日、真実子は遠足に参加しなかったこと。その日に原口の失踪が明らかになったこと。徳田夫婦はイノシシ肉を放り捨て、異臭騒ぎを起こしたかと思うと、気を取り直したように家中を清掃したこと。腐敗臭を振りまいていたイノシシ肉は、豊の父親が手を貸して処理したこと。

京香が盗み聞いた原口の「人を殺した」という言葉。競輪場の金を着服して行方をくらました原口は、唾棄すべき人間だと、豊は主張した。人を非難する内容なのに、語気に強さはなく、何度も詰まり、詰まるたびに上目遣いに琴美を見た。

そして最後に、これらから導き出した推論を述べた。

「原口は誰かを殺したんじゃないかな。おとなしそうやけど、人は見かけによらんて言うやろ。殺した相手は誰か知らんけど。どういう事情か、真実子はそれを知って犠牲者の骨を捨てに行ったんじゃないかと思う」

言葉はだんだん尻すぼみになる。琴美は唇をぎゅっと嚙み締めた。

――原口は誰かを殺したんじゃないかな。

豊の言葉がキリのように尖《とが》って、琴美の胸を突いた。

――人は見かけによらんて言うやろ。

「真実子が何でそんなことをしたのかはわからん。徳田夫婦が関わっとるのかもしらん。あの頃の恒夫さんは、病気でおかしくなっとったから。とにかく僕らが埋めた骨は本物じゃったと思う。本当の人間の骨」

一笑に付してもかまわないような妄想だと、言い捨ててしまうこともできた。だが琴美には、それができなかった。この人が抱えている疑問と、真実子が取った不可解な行動。過去は隠そうとしても隠しきれない。琴美の知らない事実が、何かを動かそうとしている。錆《さ》びついていた大きな歯車が鈍く軋《きし》んだ音を立てた気がした。

徳田夫婦の態度が変わったことは憶えている。それは琴美の身に重大な変化があった頃と重なる。だから記憶はおぼろげだ。徳田夫婦を意識的に避けていた。恒夫も邦枝も心配してくれたが、とても本心を打ち明けることはできなかった。

でも——。

一度邦枝さんが訪ねて来たことがある。暗い顔で応対した琴美の体をつかんで揺さぶるようにして、「琴美ちゃん、あんた——」と言い、そこで絶句した。気を取り直したように「自分を大事にせんといかんよ。大丈夫やけんね。大丈夫やけんね」と泣いた。思えば、あの時にもう恒夫さんは癌で余命宣告をされていたのだろう。取り乱してしまって、親しい琴美に気持ちをぶつけたのかもしれない。自分が抱えた問題で精いっぱいで、邦枝のことに思いを致すことができなかった。恒夫さんの病気を見逃してしまった自分を責めて、琴美の体のことも心配してくれたのか。だが琴美は、ぐらぐらと揺さぶられながら、虚ろな声で適当なことを言って追い返してしまった。

いくらも経たないうちに徳田家で異臭騒ぎが起こり、真実子から恒夫さんの癌のことを聞いた。自分たちも大変だろうに、それまでにも邦枝は様子のおかしい琴美に声を掛けてくれていたのを思い出した。後悔して彼らの家を訪ねていったが、今度は向こうの方が頑なな態度で琴美を避けた。少しの間ぎくしゃくした関係は、恒夫さんが死に向かう覚悟を決め、周囲もそれを支えるという穏やかなものに変わって改善された。もう遠い過去の出来事だ。心の湖底に沈んだ箱に閉じ込めた記憶。

そんなことがあったことを、ぽつりぽつりと豊に語った。豊は、テーブルの辺りに目線を落としてじっと耳を澄ましていた。

豊の肩越しに、遠くの山を見た。しだいに気持ちが落ち着いてくる。自分の手でつかみ取った生活の場。地に足をつけて生きていける場所。大丈夫、ここが私の紛れもない新しい故郷だ。

「豊君は――」テラスの向こうを、ついっとツバメが横切った。「豊君は、それを知ってどうするの？」

豊はくしゃっと顔を歪めた。分別のつく年になった男には、似つかわしくない表情だ。まだこの人は不安と怒りとを持て余している。

「シカクは言うんだ。真実子が死んでしまった今となっては、もう知りようのないことやって。無駄なことはやめろって」

「でもやめずにここまで来たんだ」すぅっと息を吸う。「私にその隙間を埋めて欲しいから？　新しい事実を私から聞き出すため？」

もう一羽、ツバメが飛んだ。空を切り取るみたいに鋭い軌跡で。

「私が最初に競輪場に雇われたのは、競輪場従事員っていうものだった。競輪開催日にだけ行って働けばいい仕事。ちゃんとした市の職員だし、賃金もすごくよかった。そんなだから、従事員になりたいって希望者は多くてなかなか就職できないの。厚待遇なので、一回就職したら辞める人も少ないし。競輪場に勤めていた原口さんから、空きができて若干名の募集があると聞いてきたのは、うちの母だった。あの人は競輪事務所の主事さんやったから」

「琴美さんにちょうどええ働き口じゃと思うが、どうぞね」と母には言ったらしい。

母は大喜びでそういうことを娘に告げた。

豊はじっと聞き耳を立てている。琴美の口から出たことは、ひとつ残らず記憶して帰ろうと決めているようだった。

「あの当時は競輪をする人は多かったよ。今のように娯楽がそうなかったからやろうね。競輪場従事員も千人に近い数いたと思う。それが入場券売り場、車券を売る窓口係、当たり券の支払い係、両替の係、集計係、給料係なんかに分かれて仕事してた。競輪場従事員の給料も現金で一日ごと払われてたし、とにかく、すべての職員が現金を扱う職場だったの。一日の売り上げが一億円とかになった日もあったわね」

それから先は言いにくかった。でもここで躊躇するわけにはいかない。もう心を決めて来たのだから。

「初めは仕事を憶えるので必死だったけど、いろんな係を受け持つうちに、お金の流れや管理の仕組みがわかってきた。その頃、どうしても工面できない借金の利息の支払いに困って、私はつい競輪場のお金に手をつけてしまったんよ」

豊は苦痛極まりないという顔をして、琴美を見詰めた。まるで自分が抜き差しならない状況に追い込まれたというふうだった。その顔を見て、琴美は逆に落ち着いた。低い声で淡々と後を続けた。

「投票所って言われてた窓口の売り上げを集めて回って集計する係をしてた時よ。伝票を書き替えて少しだけお金を抜いた。でもね、そもそも車券の番号は電算機で管理されとるから、それと突き合わせたら、ごまかしは後でわかるの。その仕事は別の人がやっていた。上司にいつ間違いを指摘されるか、びくびくしとったけど、それが何にも言われんかったの。不思議やった。集計係の時、何度かそういうことをして、お金をごまかした」

競輪事務所の職員が車券を買うのは自転車競技法で禁じられているのに、それをしている人もいた。でも、誰も告発したりはしなかった。他人のちょっとした不正を告発するなんて、面倒くさいことはしないんだと勝手に琴美は解釈してしまった。大量の現金が飛び交う現場で、人々の中の何かが変質していたのかもしれない。職員の中で起こった少しずつの感覚のずれが、世間の常識を忘れさせたとしか言いようがない。大きな間違いさえおこらなければいい、伝票さえ合っていればいい、というふうに。それに琴美も染まってしまった。

琴美はゆっくりと首を振った。

「私はね、そのうち競輪場の臨時職員として正式採用されたの。賃金がよくても競輪場従事員は、月のうち、せいぜい六日くらいしか働けなかったから、身分が安定したわけ。身元の保証人には、原口さんがなってくれた。臨時職員といっても更新すれば何年でも働くことができるし、うまくいけば正職員への道も開けているからほっとしたものよ」

市の臨時職員は、正規の職員の補助的な仕事をするのだ。現金管理統括室主事の原口は、一人で金庫の中の現金の管理をしていた。競輪開催日の売上金は、その日その日に銀行が取りに来るけれど、金庫の中にも常時、結構な額の現金が入れてあった。

競輪選手へ払う日当、賞金、払い戻し準備金、競輪場従事員へ払う賃金。払い戻し金のうち、客が窓口を訪れなかったものも、六十日間は保管することになっていた。それに四国地区競輪施行者協議会の補助金などもあった。その管理をするのが原口の役目だった。競輪事務所の所長はぼんやりした人で、部下にまかせっきりにしていたようだ。事務所内には、堅物で真面目一徹の原口にまかせておけば、間違いないだろうという雰囲気があった。

金庫の中身は、開催準備金と呼ばれ、次の開催日まで持ち越された。

しかし、原口の補助的仕事をするようになって、金庫の中の現金を管理する会計書類が改ざんされていることに琴美は気づいた。たぶん、別の上司に言われて六十日を過ぎた払い戻し金を時効金として市の競輪事業会計へ入れる作業をした時のことだったと思う。

「まず考えたのは、原口さんがうっかり処理を間違えたんじゃないかってこと。だって――」

あの人が悪事を働くなんて思いつきもしなかったから。

「私はまともに原口さんに問い質したわ。そしたら、あの人、顔色ひとつ変えずに言ったの。あんたがいままでしたことは黙っていてあげましょうって。伝票と現金が電算機のデータと合わないのをうまく数字を打ち変えて見逃していたのは自分なんだって」

豊がテーブルの上に置いていた両の拳をぎゅっと握りしめたのが見えた。心が萎えないうちに、琴美は先を続けた。

「原口さんは、職場の皆に馬鹿にされるほど、不愛想で変人やった。周囲のことにはおかまいなしに自分の仕事だけやったら、さっと帰っていくような。とうに出世も諦めた人というふうに見られてたと思う。こんな人が大それたこと、するはずがないって誰もが軽蔑半分に思っとったみたい。ただ機械みたいに自分に与えられた仕事をこなして、日々を過ごしている人だって」

逆にそこを利用している人もいた。後で知ったのだが、代々の所長は、監査も何もない四国地区競輪施行者協議会の補助金を別名義の口座にプールして裏金を作っていた。競輪選手や職員の懇親会を派手に行うための裏金だ。その管理も原口にまかせていた。

「あの人は黙っていてあげる代わりに、自分に協力してくれって言った」

そこで、なぜかふわっと笑ってしまう。

「原口さんはそれまでにも金庫の中の結構な現金を着服しとったの。その方法を私に教え込んで実行させた。計画的に私を仲間に引き入れてからは、箍《たが》がはずれたような状況になったわ。恐ろしいほどの金額だった。もしいつか、金庫の中身が会計書類と合わないと知れたら、すべては私のせいになると思うたの。だって調べたら、うちが借金だらけで私が常にお金に困ってたことはわかってしまう。それに実際、小さな金額を私は着服してたわけだし」

　目の前に座った豊を射るように見据えた。そうしなければ、この話は続けられない。彼はここへ来たことを後悔しただろうか？　そうであっても、少なくとも最後まで聞く覚悟はできているというふうに、琴美の視線を受け止めていた。

「初めっからそれを私にやらせようとして、事務所に雇わせたのかもしれないって思ったもんよ。でもあの人に犯罪の尻尾をつかまれている私は、いいなりになるしかなかった」

　誰も原口のしていることに気づかなかった。疑いもしなかった。無能な所長は確認作業を怠り、車券を買っている同僚たちは、そういうことに手を染めない原口とは距離を置いていた。

「立派な公金横領よね。でも実際に金庫の中の現金を、伝票を書いて出し入れしていたのは私だった。抜き取った現金は、まるまる原口さんに渡してた。原口さんは、私が告発しないよう、私にもいくらかのお金を握らせたの。彼が懐に入れた金額からすれば、雀《すずめ》の涙ほどのお金を。それを私は借金返済や母の病院代に充てたけど、そういうことをしている間は生きた心地がせんかったわ」

　誰にも相談できなかった。入退院を繰り返す母親にはもちろん、親しくしていた徳田夫婦にも、真実子にも。職場の上司や同僚に打ち明けるなんて論外だ。横領の事実を隠蔽する操作をしているのは、琴美なのだから。自分も逮捕されることを覚悟しなければ、そんな恐ろしいことはできなかった。母のことを思うと、どうしてもそんなことは無理だとわかっていた。

原口は今までと変わりなく、真面目に勤務していた。車券を買って小金を稼ぐ同僚や上司を横目に、平然と大金を懐に入れていた。なぜそんなにお金が必要なのか不思議だった。生活の質が変わる様子はなかったし、地味で勤勉で柔弱で、他の職員とは親しく交わらなかった。原口の悪行を知っているのは、協力者の琴美だけだった。

琴美から明るさが消え、感情そのものを露わにすることもなくなった。何か悩みを抱えているだろうことは周囲の者にすぐに知れた。徳田夫婦や真実子に心配されて、琴美の心は揺れた。

「もうどうなってもいいって思った。罪に怯え続ける地獄から抜け出したいって」

その心の動きを、原口はすぐに勘づいた。もうその頃には、着服したお金は自腹を切って返済できるほどの額を超えていた。おそらく一千万円は優に超えていただろう。勤務態度は特に変わらなかったが、ひどく顔色が悪くなっていた。遊びに惚《ほう》けるということもなく、実直にやってきた男が何かにつまずき、途方に暮れているといった態だった。破滅が近いことを自覚しているのに、そうなることを、何とか遅らせようと心を砕いている。もうどんな策を弄しても無駄なのに、琴美が裏切ることをびくびくと恐れているように思えた。

だが、外見はうだつの上がらない中年男には、誰も注意を払わなかった。

ちょうど琴美の母親が、長期入院をしていた時だった。

「その後、何が起こったかは――」琴美はしごく落ち着いて言った。これを口にすることを、あれほど恐れていたのに、不思議なほど心はざわつかなかった。

「知っているでしょう。豊君」

「くっ」というようなかすかな声が、嚙み締めた豊の口から漏れた。

一陣の風が、テーブルの上に豊が置いたメモ用紙をさらおうとした。琴美は手を伸ばして紙を押さえた。バサバサと揺れ動くチラシの上に置いた自分の手をじっと見る。

「原口は――」とうとう呼び捨てにした。「原口は私の口を封じるのに、一番効果的な方法を思いついたってわけ」

冷たく凍りついた言葉を吐き出した。

地獄から抜け出したいと思ったのに、さらなる地獄が待ち構えていた。母親がいなくなった琴美の家に原口はやってきた。座敷に通した上司は、頭を畳に擦り付けた。

「頼んます。どうぞ黙っといてください。もうちょっと、もうちょっとしたら、くすねた金は戻せるんや。そしたら、あんたにもお礼は弾むつもりやけん。な、な、な、この通り」

琴美は言葉を失った。そういうことをされて却って心は決まった。なんでこんな男に協力したのかと自分を笑いたい気持ちだった。誰もが言うように、気の小さい貧弱な男だ。

「嫌です。もうこれ以上は――」

全部の言葉を言い終わる前に、畳の上に這いつくばった原口が顔をそろそろと上げた。なんの感情も宿していない目が気味悪い光を帯びていた。はっと体を強張らせた途端、男は蜘蛛のように這い寄ってきた。

「そんなこと言わんでや。なあ、わしを見捨てんでや」

何が起こったのか、よくわからなかった。そのまま、畳の上に押し倒されていた。

「ええじゃろ？　なあ、琴美ちゃん。わしを裏切らんといて。わしを一人にせんといて。もうここまで来たら、一緒や」

泣いていた、と思う。気味の悪い男は。泣きながら、琴美の体をまさぐった。

そこまできても、やはり何をされているのか理解できなかった。それまでに男性と関係を持ったこともない、晩熟《おくて》な琴美だったから。硬直した体の上に圧《の》しかかられて、着ているものを大方むしり取られるに至って、ようやく大声を出して抵抗した。その琴美の口に、原口の大きな手のひらが当てられた。

「黙っといて。黙っといて。静かにしてや」

　手足を振り回して暴れ回り、原口の体を押しのけようとする琴美の耳に、原口は囁きかけた。震える声で。

「こうでもせんと、あんたはわからんのじゃろ？　じゃけんな、しょうがないんよ」

　あんなことが自分の身の上に起こるとは、どうしても信じられなかった。いつも職場の片隅で縮こまっている男なのに、琴美相手に振るう力は強かった。どうにもならなかった。畳に後頭部をしたたかに打ちつけて、朦朧としてしまった。その方がよかったのかもしれないが。

　おとなしくなった琴美を、原口は思う存分貪った。

「あんた、男を知らんかったんじゃな」

　ことが終わった後、そう言った男の言葉に吐き気を催した。蛍光灯に煌々《こうこう》と照らされたままの自分の裸体。隅々まで蹂躙され、もう自分のものではなくなった気がした。どこもかしこも感覚がなかった。

「ええか。誰にも言わんとき。琴美ちゃん。わしも黙っとくけん」

　そそくさと身なりを整えると狡猾《こうかつ》な目で一瞥し、原口はぐったりした琴美を置き去りにした。

琴美を犯すことは、口留めのための方法のひとつだったはずだ。だが、女気のない生活を長年続けてきた中年男が、瑞々《みずみず》しい若い女の体を自由にできるのだ。破滅を前にして開き直ったか、狂気じみた熱意が原口を衝き動かした。真面目一辺倒だった男の欲情に火がついた。三日に上げず、原口は琴美の家にやって来た。夜更けに、人目につかないよう、それだけは注意して。

「男の人にはわからないでしょうね。体を支配されるってことがどういうことか。もう私はロボットみたいに、あいつに言われるままお金を抜いて渡し、心のない人形みたいに抱かれるしかなかった」

誰かに知られることだけが怖かった。こんなに堕落してしまった自分が惨めで恥ずかしくて、まともな思考ができなかった。その心を巧みに読んで、あの悪魔は、いつも囁きかけた。

「誰にも言わんよ。これはわしと琴美ちゃんだけの秘密やけんね。ええね。お母さんにも知られたくないんやろ？　もしお母さんや他の人がこんなこと知ったら、どう思うかね？　事務所のお金を盗んだだけやなしに、あんたがこんな淫らなことをしよるやなんて。わしはええんよ。もうどうなっても。琴美ちゃんと一緒に逮捕されるなら、本望じゃ」

逮捕――その言葉は、世間知らずの琴美を震え上がらせるのに充分だった。

心を殺すこと。それしかあの地獄を生き抜く方策を知らなかった。母親の入院は、三か月にも及んだ。抑圧されていた原口の性的嗜好《しこう》が剝き出しになった。それは女を支配することと、嫌がることをわざとすることだった。いつでも部屋の照明は明るくして、琴美を辱め、身をよじって嫌がる彼女を犯した。すすり泣く琴美を見て喜んだ。奥まった琴美の部屋ではなく、広い座敷でそういうことをしたがった。もう抗う気力も失せていた。

照明に照り輝く若く白い裸体と、「やめて」と懇願する仕草が、余計原口を昂らせるのだった。そうして、より恥ずかしい姿勢を取らせる。夏から秋にかけて、座敷の障子を開け放ったまま、原口は好きなだけ琴美を嬲った。もはや、原口は職場の金を使い込んで窮地に陥ったことなど、どうでもいいと思っているようだった。色欲に溺れてしまった男は醜かった。今までのストイックな生活を打ち消すように、琴美との情事に執着した。

「ひどい格好をさせられていたでしょう？　私」

特に何の感情も浮かべず、琴美は豊に尋ねた。豊は声もなくうつむいた。

手入れも行き届かず、荒れ果てた庭に向かい、ガラス戸も障子も大きく開けられていたのだ。元は整然と手入れされた日本庭園だった。しかし没落した後は、剪定《せんてい》されない木々は生い茂り、築山は崩れかけ、庭石は黒い影のようにたたずんでいた。鯉が泳いでいたはずの大きな池は枯れ果てていた。嗜虐《しぎゃく》的な悦びにふける男は、夏の晩に濡れ縁にまで琴美を引きずり出して、ギシギシ鳴る朽ちかけた板の上で馬乗りになってことを為すという趣向を楽しんだこともある。

虫の音がぱたりと止まる。それは自分たちの狂った性の饗宴《きょうえん》のせいだと思っていた。虫でさえ、声を失くして静まるのだと。でもそうではなかった。琴美は気づいたのだ。荒れた暗い庭に誰かが潜んでいるのを。

隣の家に住んでいる豊だった。小学生の男の子が、こんな遅い時間に忍び込んできて、男と女が絡み合う様子を、息をひそめて見つめていたのだ。それに気がついた途端、頭の中が真っ白になった。小さな悲鳴を上げたと思う。それから原口を押しのけようともがいた。こんなあられもない無様な姿態を見られたくなかった。だが、それを原口は許さなかった。あの男が子供の侵入に気がついていたとは思われない。

きっと、諦めの境地で無反応だった琴美がまた嫌がったり、恥じらったりする態度をとったことが男の情欲をかき立てたのだろう。わざと琴美の体を苛み、虐めて悦に入っていた。豊はどうしてこれに気がついたのか。家の周りに土塀はあったが、すばしっこい男の子がそれを越えるのは容易だったろう。性に目覚めようとする男子が、めくるめく男女の交接を、息を詰め、圧倒されて一心に見入っていたのだった。

何度も豊は来たと思う。気配を感じて庭を見やると、そこにうずくまった昏い欲望に目を光らせた男の子を見ることもあったし、庭のそこここでわだかまる闇しか見えないこともあった。だが豊が覗き見をしていたことは確かだ。

おそらく庭石の陰、太い庭木の根元、干上がった池の窪みで身を縮めて。どうしてあの時、それを捨て置いたのか、自分でも不思議だ。捨て鉢になっていたのか。もうどうにでもなれと。豊が誰かに告げたら、助けの手が伸びるかもしれないとかすかに思った。だが、そんなことになれば、身の破滅だとも思った。もうどちらでもよかった。ある意味、豊に自分の運命を預けた形だった。しかし何も起こらなかった。豊は誰にも告げることなく、密《ひそ》やかな快楽に浸っていた。淫靡《いんび》で蠱《こ》惑《わく》的な見ものに。

原口は、無理やり琴美を自分のものにしたにもかかわらず、自分と琴美とは愛し合っているのだという幻想に囚われていた。脅して体を自由にしているくせに、琴美の方から自分を求めているのだという勝手な妄想を作り上げていた。

一度、琴美が職場の男性職員と親し気に話し込んだことにひどく嫉妬した。ある晩、いつものように琴美を組み伏せると、右肩の後ろに自分の名前を彫りこもうとしたことがあった。拙い素人のやり方で。狂気に満ちた目が恐ろしく、琴美は身をすくませた。太い木綿針を突き立てられ、琴美は悲鳴を上げた。すると原口は、はっと我に返り、「ごめんな、ごめんな。もうせんけんな」と言って、その傷跡に唇を這わすのだった。

あの場面も、この人は見ていただろうか。あのおぞましい男が女に思うさま、好きなことをしている様子は、この人にどんな感情を植えつけただろう。

琴美は、肩を落としてうつむく中年男をじっと見詰めた。かつて闇に溶けていた少年を。

「知っとったんですね。あんなひどいことをされている琴美さんを、僕は助けられなかった。いや、あのまま放置したんだ、わざと。僕は――」

「そうしてくれてよかったんよ。あんなことを他人に知られるくらいなら、死んだ方がましやったんやから、私」

豊はぐっと唇を嚙んだ。

「あなたはあの時、何が起こったかを突き止めたいんやね、替出町で。真実ちゃんが何を企《たくら》んで、何をやったか。そうでしょう? 私の身に起こったことも、そういう一連の出来事のうちのひとつ。そう考えとるんよね」

豊は、そう言われても、自分の気持ちを整理できないふうだった。ただ黙って目を瞬かせた。

「どうしてあんなひどいことをされて、私が行動を起こさなかったか、不思議なんでしょう。もちろん、必死で考えを巡らせたわ。どうやったら、落ち込んだ境遇から抜け出せるか」

でも親しい人には、打ち明けられなかった。どうしても。自分が犯した犯罪のことも。原口に精神も肉体も奴隷のごとき扱いを受けていることも。知られたくなかった。母親に告げるのは論外だった。ただでさえ弱っている母にどうしてそんなことが言えるだろう。秋になって母親が退院してきた後だって、気分次第で原口はやって来て琴美を抱いていたのだ。今までのように頻繁にというわけにはいかなかったが。家の奥まった場所で寝ている母に気配を悟られまいと、琴美は必死で耐えた。その新しい趣向が、またあの悪魔のような男を喜ばせた。

睡眠導入剤を処方されている母は、同じ家の中で娘がされていることに気づかなかった。声を殺して泣いている娘がいることに。そして、年末には、また病状が悪化して入院する羽目になった。

どうにかしてうまい具合にすべてを解決する方法はないものかと、考えを巡らせた。

母親が入院しても、時折崎山が来ていた。算用高くてさもしい小男だが、頭の回転は速かった。特に人を陥れ、そこから金を生み出すことには頭抜けた才を持っていた。そういうことは、長年苦しめられてきた琴美にはよくわかっていた。彼なら、欲得ずくで動く気がした。一応親戚だし、最後は琴美に味方してくれるのではないかという甘い期待もあった。

崎山を利用することにした。一か八かの賭けだった。悪い方に転がっても、今より悪くなることはないと踏んだ。

「あんたは、死ぬまでわしに奉仕してもらわんといかん」

原口にそう囁かれたことが、琴美に行動を起こす決心をさせた。

崎山に、原口が競輪場のお金を着服していることを教えた。あの男なら、真っ正直に本人に忠告したり、市に告発したりはしないだろうと思った。案の定、崎山は浅ましく目を輝かせた。

「あの人が原口にどんな働きかけをしたのか、詳しくは知らない。でも推測はできる。たぶん、原口を脅したのよ。私の名前は出さない約束だったし、小賢《こざか》しい人だから、何とでも取り繕えたはず。どこからその情報を得たのか、うまい嘘をでっち上げたと思うわ」

凡庸な原口は、ある意味操りやすい人間だった。真面目一本でやってきて、このまま定年まで何の変化もなく勤め上げるはずだった。だが突然、ピンが一本弾《はじ》け飛んだみたいに道を踏みはずしてしまったのだ。何とかばれない形で公金の横領はしていたが、応用はきかなかった。第三者が介入してくることなど、思いもつかなかったろう。

だから、崎山の脅しには動揺したはずだ。崎山はどんなことを交換条件にしたのか。手に入れた情報を握り潰す見返りに。そういう詳細は聞きたくもなかった。ただ粛々とことが進行していくのを待った。

「原口は、崎山さんにすごく腹を立てた。苛立ちを募らせて、私が告げ口したんじゃないかと疑った。当然よね。私はとぼけ続けたんやけど、あいつは信じなかった。そしてこう言うたんよ。『もう金を横領したことがばれてもかまわん。でも琴美ちゃんだけはわしを裏切ったりせんよな？　な？　あんたはわしのもんやけんね。誰にも渡さん。ええやろ？』って」

琴美は、豊から目を逸らして唇を震わせた。

「もうまっとうな考え方ができんようになっとったんやね。ああいう類の人間は、一回箍が外れたらどこまででも堕《お》ちていってしまうんやと思い知った」

だから――と琴美は、今度は真っすぐに豊を見詰めた。豊は身を固くした。これから琴美が口にすることを感じ取ったみたいに。

「私との関係を続けるために、邪魔になるものは必死で排除しようとした。すごくシンプルで簡単な方法よ。あいつは――」

これを誰かに告げる日がくるとは思わなかった。琴美はそっと目を閉じ、それから開いた。そこで世界が変わってしまうのじゃないかと思ったが、空は晴れ、燃え立つ緑に包まれた山々の風景は平和そのものだった。

「あいつはね、崎山さんを殺したの」

「殺した？」

意外だったのか、予期していたのか、豊はその言葉をなぞった。

「そう。私の目の前で。冬から春に移る前、大水が出た時、川に突き落として」

周囲の音がふいに途絶したみたいにしんと静まり返った。その静謐《せいひつ》さを身に帯びたまま、琴美は言葉を継いだ。

「うちに崎山さんが来ていた時、いきなり原口がやって来て口論になったの。私はおろおろするだけで何もできなかった。ひどい吹き降りの日やった。それはよう憶えとる」

言い争う二人の会話から、崎山の口車に乗せられた原口が、詐欺まがいの商法やいかがわしい先物取引に手を出して、大きな損失を出したのだと知れた。それで逆に合点がいった。結婚もせず、人付き合いも悪く、誰にも相談しない原口を騙して人生を狂わせたのは、崎山だったのだ。自暴自棄になった原口は、琴美を凌辱《りょうじょく》することで、別の愉しみを見つけたわけだ。

そんな事情も知らず、崎山を利用しようとした自分の浅はかさを呪った。

「崎山さんは、『誰が競輪場の金に手をつけてまで資金を用意せいと言うた?』って原口を詰《なじ》ったんよ。『お前はほんとにアホやな』って薄笑いを浮かべて。そう言われた瞬間の原口の顔はよう忘れん」

原口の中にあった最後の良識のようなものが、ポキンと折れた音を聞いた気がした。陰惨な影がすっと彼の顔を横切った。それはほんの一瞬のことで、崎山は見落としたのだと思う。

崎山は、「この前言うた通りの額を融通してや。競輪場の金庫からいくらでも抜けるんやろ。また連絡するわ」と言うなり、横殴りの雨をものともせず、外に出ていった。

「原口は後を追いかけて、つかまえて、また言い争いになったわ。ほら、うちのすぐ裏に用水路が流れとったでしょう?　あそこの縁で」

ずぶ濡れでつかみ合う二人の男を、琴美は掃き出し窓の内側から見ていた。原口は、崎山のせいで人生が台無しになったと思い込んでいるのだ。崎山のやり口を知っている琴美には、その気持ちはよくわかった。

単純で世間ずれしていない原口にうまい話を持ち掛け、そこから金を引き出すことなど、崎山には簡単なことだったろう。原口がどんどん深みにはまって、職場の金に手をつけたとしても、崎山には痛くも痒《かゆ》くもない話だ。それをネタにまた金を引き出そうとするほど、あざとい男なのだ。

興奮した崎山が原口の胸を突き飛ばし、原口はたたらを踏んだ。遠目に見る原口の表情は窺い知れない。だが、すっと腰をかがめて田んぼの畔《あぜ》に転がっていた杭《くい》を拾い上げた彼の顔に冷たく猛々《たけだけ》しい悦《よろこ》びが一瞬浮かんだような気がした。琴美には、馴染みのものだ。

杭を振りかぶる原口を見て、琴美が上げた悲鳴は、風雨の音にかき消された。原口は特に昂る様子もなく、冷静に狙いを定めたように見えた。振り下ろした杭は、まともに崎山の頭部に当たった。よろめいた崎山を見極め、二発目を打ち下ろす。実際には聞こえるはずもないのに、鈍い音を聞いた気がした。崎山はバランスを崩し、あっという間に用水路に転落した。溢れるほどの水位になっていた濁流は、いとも簡単に小男を呑み込んだ。

それでも一度は、這い上がろうとしたのだ。用水路の縁のコンクリートに、崎山の手が見えた。それを原口は靴で蹴った。虚しく空をつかもうとした手のひらは、すぐに水に没した。

瞼の裏に、うねる水に流されていく崎山の姿が浮かび、琴美は呻いた。殴りつけるように降る雨と、唸る風。低気圧が冬の名残を全部さらっていった日。

「そのことだったのか。原口が『人を殺した』と言ったのは」

「つい杭を手にして振り回したなんてものじゃなかった。原口には明確に殺意があったんだと思う」

怒りにまかせてそんな恐ろしい行為をしたのに、原口はしばらく放心したみたいにその場に腰を落としてじっとしていた。激しい雨に打たれながら。

琴美が一部始終を見ていたことに気づいた原口は、よろよろと立ち上がって戻って来た。逃げ出したかったが、体がいうことをきかなかった。外から掃き出し窓をガラリと開けた原口は、肩で大きな息をしていた。吹き込んでくる雨が床を濡らし、風がガラス戸を揺らした。

それでも彼の言うことは聞き取れた。

「琴美ちゃん、これで邪魔もんはおらんなったな。あんたのためにとうとう人まで殺してしもうた。どうや？　一緒にどっかで暮らすっちゅうのは？　もうあんたとは、一心同体なんやけんな」

今度は、見ようによっては優し気にも見える笑みを浮かべる。身を引いた琴美を残して、狂気に支配された男は雨の中、去っていった。

でも琴美はじっと家にいることはできなかった。我に返ると外に飛び出した。まだ崎山を助けることができるかもしれないと思ったのだ。ちょうどそこに、田んぼの様子を見にきた真実子の祖父に出くわした。合羽を着込んだ老人は、崎山が足を滑らせて用水路に落ちたと訴える琴美の言葉を信じて、用水路沿いの道を走った。速い流れは、崎山の体を遠くにまで運んでしまっていた。

真実子の祖父の知らせで、近隣の人々、消防団の団員が集まってきて捜索したが、崎山は見つからなかった。琴美にできるのは、そこまでだった。すっかり怯え切って、原口が為したことは言えなかった。人は本当に恐ろしいことに出くわすと、思考停止状態に陥る。それがよくわかった。あの時の琴美は、保身とか母親の心配とか、そういう次元を越えて、生を営む力がなくなっていた。まさに抜け殻と化してしまった。

食べ物の味もわからないし、病院に行って母と会っても、何を話したかすら思い出せない。医者の説明も理解できない。ただ時間の経過を追うように、朝起きて仕事に出かけ、原口に命じられるまま金を抜く操作をし、家に帰った。夜、原口がこっそり訪ねてくれば、言われた通りに体を開いた。もう豊が庭に忍び込んでいるかどうかも気にならなかった。

十日後だったか二週間後だったか、もうよく憶えていないが、崎山の遺体が赤根川の下流で発見された。それには心が動いた。誰もがただの水難事故だと思って疑いもしなかった。

「原口が、『あんたのためにとうとう人まで殺してしもうた』と言った言葉が、いつまでも頭の中で響いてた。ほんとにそうだと思った。だってそうでしょ？　私が崎山さんに助けを求めなかったら、あの人は命を落とさずに済んだんやから」

その思いだけが人間的な感情と言えば言えた。日に日に大きくなる罪悪感に、押し潰されそうだった。あの頃の自分は、ひどい顔をしていただろうと思う。

「とうとう耐えられなくなった時、京香ちゃんのあの言葉を聞いた」

もう徳田家に足が向くこともなかったし、仲の良かった真実子とも辛くて話すことを避けていた。どういう具合だったのかよく憶えていないが、琴美と真実子と京香が一緒にいた時のことだ。

「原口さんが、酒屋で『人を殺した』って言うとったけど本当かなあ」

そう、京香が言った。もう生きた心地がしなかった。原口は、いとも簡単にそういうことを人に言うのだ。罪の意識も良心の呵責《かしゃく》もないのだ、そう思うと、体が震えて仕方がなかった。ようようの思いでその場を離れた琴美を、真実子が追ってきた。

「真実ちゃんは、私に追いつくなり、崎山さんが死んだことで悩んでるんでしょう、と言い当てた。『原口さんが殺したってあの人のこと？』って」

真実子らしい鋭い洞察だった。

崎山が流されたと琴美が真実子の祖父に訴えた直前、祖父は原口が去っていくところを目撃していた。そのことを孫にしゃべったのだ。土手下へ、それも大雨の日に原口が来るなんて妙だと思ったと。真実子は、崎山が落ちた場所の泥土がひどく踏み荒らされているのを見た。救出に来た人たちの足跡かもしれない。

「でも、何か変だった」と真実子は言った。二人の人間が揉み合ったように入り乱れていたと。後から様子を見にきた人なら、こんなに深く踏み込んだりしないよ、と。

そこまで言われて、とうとう琴美は耐えられなくなった。もうこの秘密を自分の胸にしまっておくことはできない。

真実子に向かって、すべてをしゃべった。ひとつ口からこぼれると、あとは堰を切ったみたいに流れ出した。

小学生相手に。

吐き出してしまいたかった。苦いもの、穢《けが》れたものをすべて。

「もう限界がきていたんやと思う。真実ちゃんに気づかれんかったら、私は完全におかしくなっていたと思う」

家の借金に追われ、出来心で競輪場の売上金をごまかして懐に入れていたこと。それを原口に知られて、彼の公金横領を手伝わされたこと。そのことを崎山に相談したら、原口が崎山を水路に突き落として殺してしまったこと。

だけど、どうしても言えなかったことがあった。原口と無理やり肉体関係を結ばされていたことだけは、真実子に言えなかった。

「でもそれで私は随分楽になったの。私の様子が変わったのを、原口は気味悪そうに見とったわ。居心地の悪い様子じゃった。そわそわして。酔った勢いで『人を殺した』なんて口走ったことを後悔しとったんじゃないかな」

ちょうどその頃に事務所の人事異動が予定されていて、原口のしたことがばれる可能性が高くなっていた。琴美が厳しく追及されて口を割れば、身の破滅だ。どこかで一緒に暮らそうなどと言ったくせに、自分の悪事が知れて糾弾されるのを恐れ、精神的に参っていた。

「仕事は今まで通り休まず来とったけど、どこか虚ろだった。事務所でもさらに孤立して、私にも話しかけてこんようになったし、もううちに来ることもなくなった。どうやら家で酒浸りになっとったみたいやわ。ああいう人はね、自分の思い通りにことが運ばんようになったら、どうしたらええんかわからんようになるんよね」

琴美は、見るともなしに豊の後方にある景色を眺めた。案外動じずにそういうことを口にする自分に驚いた。

それから間もなく原口は失踪した。四月に競輪事務所の所長が異動になり、新しい所長がきた。前の所長とは違って潔癖で厳格な人だった。所内で大きな不正があるのがわかり、彼がその追及を始めた矢先のことだった。原口が大金を着服していたことは、すぐに知れた。金庫の現金は、彼が管理していたのだから。琴美一人の裁量でそんなことができるとは、誰も思わなかった。

原口がいなくなって、彼が所有する土地建物は抵当に入れられていたことが判明した。そこまで崎山の詐欺まがいの行為につぎ込んでいたのだった。

全財産を失い、職場の金を着服してしのいでいたが、どうにもならなくなった。自分を騙した相手に脅迫されて逆上し、我を忘れたのか。開き直った原口は、とうとうその相手に復讐《ふくしゅう》したわけだ。大それたことも考えず、ちんまりと質実に生きてきた男の怨気満腹の果ての行為だった。琴美という若い女の体には未練が残っただろうが、結局は自分可愛さで逃げたのだろう。殺人の罪まで露わになることを恐れて。

新所長による調べは、徹底的に為された。ずるずると芋づる式に、不正に手を染めていた事務所の職員が挙げられた。一番ひどいのは原口だったし、それに協力していた琴美の罪も露わになった。でもようやく自由になれた喜びの方が大きかった。取り調べには正直に応じた。

架空の修繕工事をねつ造して、不正な契約を業者と結んでいた上司もいた。裏金のことも明らかにされ、前の所長の責任も追及されることになった。驚いたことに、複数の男性職員が法を犯して車券を買っていたことも調べ上げられた。ちまちました細工をして、売上金を懐に入れていた競輪場従事員も何人かいた。

それからは「競輪場不正事件」として新聞やニュースでも報じられた。逃亡した原口のことよりも、競輪事務所の腐った体質のことが取り沙汰された。結局、多くの職員が懲戒解雇となった。着服した金額を返済した者は、なんとか告訴されずに済んだ。琴美も、原口から口留め料程度に握らされていた金額をなんとか返した。またしても徳田夫婦が助けてくれたのだった。

崎山の死の真相は、どうしても言えなかった。原口に凌辱されていたことまで知られるような気がしたからだ。もう何もかも忘れたかった。真実子も素知らぬふうを装った。琴美に告白されたことなど、すっかり忘れたように。言い合わせたように、二人の間ではその話題は二度と出なかった。

その後何年かは原口がふらりと戻って来るのではないかと怯え続けた。自分の体を弄び、人を殺した男が。でも恐れていたことは起こらなかった。琴美はようやく地獄から抜け出したのだと思った。

話が終わると豊は立っていき、自動販売機から熱いカップコーヒーをふたつ買ってきた。二人は言葉を交わすことなく、それを飲んだ。カップを手で包み込むようにして、豊はほっと息を吐いた。それから顔を上げて、真っすぐに琴美を見た。

「本当のことを話してくれてありがとうございます」丁寧に頭を下げる。「それを聞いていなかったら、僕は見当違いのことを考えて、くだらない思い込みに引っ張り回されていたと思う」

くだらない思い込みとはどういうものだろうと思ったが、尋ねることはしなかった。豊もさっぱりした表情をしていたから、それで充分だった。

ゆっくりと時間をかけてコーヒーを飲んだ後、豊はテーブルの上に出していたチラシの裏を転用したメモを鞄にしまった。

「それじゃあ、また振り出しに戻ったわけやね。もし、豊君が言うように真実ちゃんが持ってきたのが骨格標本じゃないとしたら、誰のものかわからない骨を埋めに行ったことになるものね」

「そうですね。いくらなんでも、原口が二人も人を殺しているとは思えない」

「それに、骨格標本と見間違うほどきれいな骨になんてできる？ 人が死んだとしても」

こんなところで向かい合って、不穏な会話をしている自分たちが、急におかしく思えた。豊の顔をまじまじと見つめた。

そういう不確かなものに心を惹かれて、行動を起こすことのできるこの人は、純粋な少年の気質をずっと持ち続けている気がした。

「豊君の旅はまだ終わらない？」

「終わりますよ。もうすぐ。いつまでも続くものなんか、この世にひとつもないんですから」

「そうね」

　永遠に続くかと思っていたあの地獄も、あっけなく終わった。原口はどこに行ったのだろう。どうせろくな生き方はしていないだろうが、もうそんなことに興味はなかった。忌まわしい記憶は、今では心の中の湖底に沈んでいる。ずっしりと重い水に押さえつけられながら。それでも起こったことは消えはしない。時折、湖の上に広がる波紋にびくっとせずにいられない。

　でも――何か踏ん切りのようなものがついた気がした。こうして豊にすべてを語って。葬ったものに脅かされ、必要以上に神経質になることはないのだと自分に言い聞かせた。

「ねえ」

「はい」

「埋めたものはそのままにしておくのがええと思うわ。そうする理由があったんやから、真実ちゃんには」

「そうですね」

「ああ、真実ちゃんに会いたいねえ」

　琴美は空を見上げた。はためく帆布の隙間に、明るい太陽が輝いていた。

五、豊の章

「誰なんだ？　オレを殺したのは？」

頭蓋骨が口をきく。黒い土の上の白い骨。

ざわざわと葉擦れの音が降り注ぐ、森の中。湿った空気。結局ここに戻って来るんだな、と周囲を見渡すこともなく考える。

豊は穴の中で、しゃれこうべに向き合って座っていた。そしてこれが夢の中だと自覚してもいる。

「誰なんだ？　オレを殺したのは？」

カタカタと下顎骨が動く。

「知っているんだろ？　お前」

何度も繰り返された問いを、また聞いてくる。

「知っているんだろ？　お前」

「知っているんだろ？　お前」

感情のこもらない声ももうお馴染みだ。

「シッテイルンダロ？　オマエ」

「知っているよ」

豊はとうとう答えてやる。

目が覚めてから、自分がずっと疑念を抱いていた人の名前を布団の中で呟いた。

どうなんだろう。真実を知るのが怖かった。

もうこれ以上踏み込むのはやめろ、ともう一人の自分が囁いた。


作業場の丸椅子に腰を下ろした。道具箱から取り出した大小の小刀やノミは、目の前の作業台に並べてある。一本一本手に取って柄を握ってみた。使い込んだ道具をいじっていると、心が落ち着いた。これらを触らずにいたここ数か月間が嘘のようだ。

水で濡らした砥石を作業台の上に据えた。力をこめて小刀を砥《と》ぐ。両手に伝わってくる確かな感触と、シャー、シャーという心地よい音。頭の中を空っぽにして、その作業に没頭した。全部の小刀とノミを砥ぎ終わると、適当に選んだ木片を削ってみた。サクラ材だ。削ると、ぱあっと木の匂いが広がった。それを胸いっぱいに吸い込む。自然と顔がほころんだ。

自分が一番据わりのいい場所に戻ってきたという感じがした。ここで物言わぬ木と対話し、切ったり削ったり、磨いたり、組み立てたりを繰り返して、やがてそこからひとつの形を作り出す。自然の中から取り出した木に、また新たな命を吹き込む。誰かがそれを使うことによって、さらに命を永らえる。

ここにいる時は一人きりだけど、孤独じゃない。木の生かし方を考え、それを使ってくれる人のことを思いやる。だから、どこかで誰かとつながっている気がするのだ。

——もう帰って来い。

正一に掛けた自分自身の言葉が思い浮かぶ。あれは己に向かって言ったのかもしれない。人には、いるべき場所というものがあるのだ。俺はここだな、と木片をかざしながら、豊は思った。注文に応じなければというよりも、木に触っていたいと思う気持ちが強かった。ここが自分の居場所であり、木を工作することが自分の生《なり》業《わい》なのだ。

父親も姉のもとで新しい生活を始めた。自分も踏み出さねばならない。正一に意見をしている場合ではない。しっかり足固めをしないと。砥ぎ上がった刃物を丁寧に道具箱にしまった。それから窓を開け放ち、空気を入れ替えた。

窓のすぐそばには、カリンの木が立っている。替出町の家の庭にあったものを、この家に越して来る時に移植した。もともとカリンを植えたのは父だった。豊が小さい時に喘息《ぜんそく》気味で、よく咳をしていたものだから、咳止めにはカリンがいいと苗木を買ってきた。春には淡い紅色の花を咲かせ、秋になると黄色く熟した実がなった。母がこの実を砂糖漬けにして飲ませてくれた。とろりと甘いシロップの味が舌に蘇る。

成長するにつれて体は丈夫になり、いつしかカリンの出番はなくなった。実は収穫されることなく放置され、秋も深まった頃、ポトンと密やかな音を立てて地に落ちるのだった。家の裏にあったこともあり、誰も見向きもしなくなっていた。それなのに替出町を出る時に、父はカリンだけを持っていくと言った。

「そうやねえ、これは豊が三つになった誕生日に植えたもんじゃけんねえ」

まだ元気だった母も笑みを浮かべて賛成した。豊は何も思わなかった。だいぶ後になってから、八歳上の姉が、豊が二歳の時に喘息のひどい発作で死にそうになったので、三歳の誕生日は迎えられないんじゃないかと父も母も気を揉んだのだと教えてくれた。

「あんたがよくなって三歳を迎えたお祝いに、お父さんが玩具《おもちゃ》ではなくてこの苗木を買ってきたんよ」と。

裏庭でシャベルをふるって苗木を植える無口な父の姿が浮かんだ。

カリンを移植することにこだわった父の心中はどうだったろう。この家で、どういうふうに暮らそうと考えていたのだろう。息子との間に溝ができて、やがて分かれて暮らすようになるとは思ってもいなかったに違いない。

豊は首を振り、父のことから思いを引きはがした。きっと千葉で、姉の家族と楽しく暮らしているだろう。離れてよかったのだ。もうあれ以上、一緒にはいられなかった。怒りや苛立ちや疑念——あらゆる感情を押し込めて、父のそばで暮らすことはできなかった。

もう一回作業台に向かって座り、チラシを広げた。仮設住宅の座卓で、正一が書いたメモだ。それをじっくりと見返す。

原口が「殺した」と言った相手は、崎山だった。しかし、崎山の水死体はちゃんと発見されたのだ。下流まで流されたうえに長時間水の中にあったせいで損傷が激しく、原口が杭で殴りつけた跡はわからなくなっていた。もし真実子が隠し持っていた白骨が本物だとしたら、あれは誰のものだったのだろう。

真実子は、琴美から原口の悪事を聞いた。それが琴美をどれだけ苦しめているかを知っただろう。あの子なら、何か行動を起こしたかもしれない。だが、何を？

琴美からすれば真実子は子供だった。だからこそ、衝動的に原口が公金を着服したこと、崎山を殺したことを告げてしまった。

琴美は真実子が何かを為したとは思っていない。彼女が陥った苦境の一番ひどい部分は真実子の耳には入れていないからだ。原口にいいように体を弄ばれていたことは。そしてそれが将来にわたって続くのではないかと怯えていたことは。

大人びた深刻な顔をして、琴美の話に耳を傾ける真実子の顔がありありと浮かんだ。きっと頭の中で、いろんな思いがぐるぐる回っていたことだろう。潜心熟慮する幼馴染の顔は何度も見た。ちょっと下唇を突き出して、伏目がちにして。すべてを知り、熟考して自分の為すべきことを導き出したはずだ。

そうだ。真実子は知っていたのだ。琴美が必死で隠したことを。

豊が琴美の家で、何が行われていたのか知ったのは、偶然だった。普通なら、あんなに夜遅い時間によその家のことが気になったりしない。豊の家と琴美の家は、隣同士とはいえ、庭に木々が繁茂していて、家の中を窺い知ることはできない。でも理科の授業で星の運行を観察するという宿題が出た。担任の教師である木下が出したものだった。豊は家の前の見晴らしのいい場所まで出て、夜空を見上げることを、一時間ごとに繰り返した。あの晩同級生たちは、同じ行動をとっていたと思う。

都会の空とは違い、照明のない田舎では、星はよく見えた。天気のいい日は、白くぼんやり光る天の川も見つけることができた。豊は南の空の低いところにある夏の代表的な星座、さそり座を目印に、画板の上に置いた画用紙に星の位置を写し取っていた。一時間ごとにいちいち外に出なければならず、億劫だった。夜も更けると眠くて仕方がなかった。田舎の道は誰も通らず、静かだった。自分の家の前よりも琴美の家の前の道の方がよく見えた。隣の家の土塀に寄りかかって、おざなりに観察を続けた。

その時だった。土塀の中から声が聞こえたのは。初めはくぐもった声だった。小さな叫び声に聞こえないこともなかった。豊ははっとして手を止めた。それから、今度ははっきりと「やめて」と聞こえた。耳をそばだてた。すると、次に男の声が何かを言った。確かに男の声だった。この家には琴美と母親しか住んでいない。しかも母親は入院中のはずだ。豊はそっと画板を道路に置いた。

土塀を越えたのは、覗き見をしようという魂胆からではなかった。ただ何が起っているのか知りたかった。泥棒が入ってきたのなら、早く大人を呼ばなければならない。

土塀は簡単に越えられた。ぐらついた瓦を落としそうになったが、何とか密かに庭に着地できた。豊は姿勢を低くして、家の方に近づいた。起伏の多い荒れ果てた庭は、豊の小さな体を隠すには格好の場所だった。伸び放題の雑草やくねった古木や大きな庭石に身を潜めながら、ゆっくりと座敷へ近寄った。座敷の中には煌々と明かりが点《とも》っていて、畳を白く照らし出していた。ガラス戸は、全部開け放たれていた。

　そこで豊は見た。二人の男女が絡み合う姿を。女の方は、琴美だった。体が凍り付いたように動かなかった。一糸まとわぬ姿の琴美は、苦悶の表情を浮かべている。庭石の後ろでうずくまっていた。男の顔は下を向いているせいで、誰だかよくわからない。だが、そう若い男ではないようだ。男はまだ服を身に着けていて、抵抗する琴美を楽しむように、白い裸を畳に押し付けていた。初めて見る大人の女性の裸だった。ぐっと唾を呑み込んだ。何が行われようとしているかは、本能的に理解できたと思う。男女の交わりのことを、知り初めた頃だった。

「やめて」

　琴美はまた言った。苦悶とともに恐怖や嫌悪の表情も見て取れる。男と違い、琴美の方は、嫌がっていた。無理やり男に肉体を自由にされているのだとわかった。誰かに知らせるべきだろうか？　よく知った隣人がひどいことをされている。だが、体は動かなかった。その場に縫い留められたみたいに。

「ええ子にしてな、琴美ちゃん」

　密やかな笑いを含んだ声。どこかで聞いた声だった。頭に血が上って、正常な思考ができない。抵抗する琴美の激しい息遣いと、押さえつけようとする男の息遣いが入り乱れる。

「なあ、もうわし、琴美ちゃんしかおらん。じゃけん、こうせずにおれん」

琴美は短い悲鳴を発した。喉から出た細い笛のような声。白い琴美の肉体が、醜い獣に食い荒らされる。その一部始終を、豊は瞬きもせずに眺めた。ことが終わると、小刻みに体を震わせて泣く琴美の髪の毛を、男はいたわるように撫でた。

「ひどいことしてごめんな。痛かったか？　痛かったか？」

さっきまでの自分本位で破壊的な行為とはちぐはぐな物言いに、体中の産毛が逆立った。同時にその禍々しさの底にある甘い芯が、少年の心と体を思うさま突いた。

琴美は裸のまま這いずるようにして家の奥に消えた。男は身じまいをすると、庭に向かって放心したように煙草をふかした。その時になってようやく男が原口だとわかった。替出町の住人で、琴美の就職の世話をした男。今は同じ職場で働いている琴美の上司。年は琴美よりも二十は上だろう。しかし、どう考えても年の離れた男女が通じ合っている場面には見えなかった。琴美は明らかに原口を拒絶していた。無理やり体を支配されていると容易に推測できた。

あの後でも、豊は誰かに告げるべきだった。琴美が原口にひどいことをされていると。でもそうはしなかった。琴美だって自分から誰かに助けを求めることもできたはずだ。それをしないのは、何か事情があるのだろうと思った。卑怯な言い訳だ。豊は自分の密かな楽しみをその後も続けた。

背徳。罪悪感。憧憬。昂り。羞恥。

あの夏から秋にかけて、様々な感情が渦巻いた。でもやめなかった。琴美のところに原口が来ている時は、座敷に煌々と明かりが点いていた。豊の部屋から木々を通してそれが見えると、豊はこっそりと家を抜け出して隣の土塀を越えた。

目にする光景にめくるめくものを感じた。もちろん性には興味があったし、女を蹂躙する原口に自分を重ねてみたりもした。だが、うっとりと我を忘れて、ただあの行為を見ていたというのが本当のところだ。泣きたいようなせつないような気持ちだった。琴美がかわいそうだったが、すすり泣く彼女はきれいだった。ピンク色に染まった耳たぶに、二つの黒子が並んでいるのが、遠目にも見てとれた。

相反する気持ちに揺れながら、豊は暗闇に座り続けた。

あれが男と女の正常な営みなのだろうか。いたぶっておいては、はっとしたように自分の乱暴な行為を悔い、弱り果てた女に謝罪した挙句、一転愛《いと》おしむやり方が？　誰に問うこともできなかった。

ある晩、男が怒り狂っていた。琴美を罵倒し、ねじ伏せて、肩の裏に何かを突き立てた。琴美は苦痛の叫びを上げた。身を起こした琴美の白い肩からツーッと一筋の血が流れた。原口は慌てふためいて、手にした凶器を投げ捨て、その血を舌で舐《な》めとった。その光景に幻惑された。そっと暗闇の中で舌を突き出してみたほどだった。あまりの快感に体が小刻みに震えた。
そんな覗きの行為が常態化した頃だった。
秋も深まった明るい満月の晩だった。原口は、思うさま若い女の体を蹂躙してい
た。もはや相手に感情というものは存在せず、自分がやりたいことを為すという様
相だった。
替出町では誰にも相手にされず、いてもいなくても同じという風情の男が、女を
犯すことで自信に満ち満ちているように思えた。全く別の人物にさえ見えてくる。
セックスというものは、そこまで人を変えるものなのか。
息をするのも忘れ、豊はじっと見入っていた。腹の奥深い場所に熱い塊を抱えて。
その時、ぐんなりと畳の上に体を投げ出してされるがままになっていた琴美が、
くるりと顔を巡らして庭を見た。濡れた黒い瞳が、真っすぐに豊に注がれた。いや、
そんな気がした。はっと背中が凍りついた。
知っているのか。琴美は、ここで覗き見をしていることを――?
まさか、そんなはずはない。いつだって細心の注意を払ってここに潜り込んでい
た。絶対に見つからないよう、音も立てず、葉や草を揺らすこともなく。決して座
敷からの光が届く範囲には近寄らず。
琴美と目を合わせたまま、姿勢を低くして後退した。頭は冷えていた。もうここ

にいてはいけない。

そのまま、土塀を越えた。もう要領はつかんでいた。土塀の瓦がカタンと小さく揺れた。足を置く場所も決まっている。土塀が傷んで穴があいた場所がところどころにあったのだ。難なく豊は道に飛び下りた。

そして、その場でぎょっとした。土塀の向こうの端に真実子がいた。何でこんな夜中にいるのかわからない。青い月の光にさらされた真実子は、まじまじと豊を見つめていた。その時になって、彼女の手に、犬の引綱が握られているのが見えた。真実子の家で当時飼っていたジローという名の雑種犬は、度々脱走した。真実子は飼い犬を探して、夜更けに外に出たようだった。

引綱をぶらぶら揺らしながら、真実子は近づいてくる。どうにもごまかしようがなかった。泥棒みたいに他人の家から抜け出してきた様子を、目撃されてしまった。物事を鋭く見抜く真実子に。

「ジローを見んかった？」

近寄ってきた真実子はそれだけを口にした。

「いいや。見んかったよ」

そう答えるだけで汗がどっと噴き出してくる。

「ふうん」

考え込んだ様子の真実子を置いて、豊は踵《きびす》を返した。土塀に沿って、自分の家へ急ぐ。裏門から入る時、振り返らずにはいられなかった。

真実子は豊がしたのと同じように、土塀に足を掛け、よじのぼろうとしていた。ぎこちなく、何回か足を滑らせた。でも豊が見ているうちに、真実子は土塀を越えて庭に下りた。豊は急いで家に入り、布団に潜り込んだ。そんなことをしても、自分の罪が消えはしないとわかっていたけれど。

真実子はすべてを目にするだろう。琴美を救おうとするだろうか。原口がしていることを誰か大人に告げることは確かだ。そして——そしてあんなひどいことをされている琴美を救わず、ただ覗き見ていた自分も弾劾されるだろう。

だが何も起きなかった。

きっと真実子に問い詰められるだろうと思っていた。なぜ、黙って見過ごしてきたのかと。覗き見を咎《とが》められ、こてんぱんに罵られるに違いない。

だが真実子は、沈黙を守った。いったい何を考えているのか、さっぱりわからなかった。一方でほっとしている自分もいた。自分の方から真実子に働きかける勇気は、とてもじゃないがなかった。

沈鬱な表情で黙り込んだ幼馴染をそっと避けながら、豊は冬を過ごした。

「それじゃあ、いったいどういうことになるんだ？」

作業台の上に広げたメモを見ながら、豊は独りごちる。

真実子は知っていたはずだ。豊の迂闊《うかつ》な行動から、琴美がどんな境遇に陥っていたかを。原口が競輪場の金を着服する手伝いを琴美にやらせていたことは、その後彼女自身の口から聞いている。夜の残虐な行為は、口封じだとも察しただろう。原口が殺人にも手を染める人物だということも同時に語られている。すべてのカードは、あの当時、真実子の手の中にあったことになる。

真実子はどうしたろう。あの早熟で聡明《そうめい》な少女は？

丸い座面に細工した四本の脚を取り付ける。クルミ材は、使い込むほどに深い色合いが増していく。特に日本産のオニグルミは、豊が好んで使う素材だ。柔らかく軽量で、ほんわりとした温もりを感じる木肌をしている。三歳の娘にと、彼女の写真まで送ってきたその相手は、豊の作る家具を気に入り、今までに二度、注文してくれていた。ダイニングテーブルとシェルフだ。どれも時間をかけて丁寧に作り上げた。今度の注文は小さな椅子だが、同じように心を込めてこしらえる。

窓の外でカリンがさわさわと葉を揺らしている。その涼やかな音を聞きながら、豊は作業に没頭した。手のひらが、指先が、なめらかに動いて道具を操り、木肌を撫でた。削った木屑《きくず》が足下で重なり合い、芳しい香りが豊の鼻腔をくすぐった。

琴美と原口の行為をあの年で目撃したことは、その後の豊の人生にも大きな影を投げかけた。初恵を抱いた時、覗き見たあのめくるめく光景が、頭の中に蘇ってきた。色白でぽってりした肉がついた初恵の体は、どことなく琴美に似ていた。

体の中心を電気的な衝撃が走った気がした。

原口に自分を重ね合わせた。あの男がしたことは、目に焼き付いていた。そして、まだそのことに固執している自分に驚いた。遠い少年時代のせつなく苦い思い出として片付けていたはずだった。だがそうではなかった。生々しい欲情がまだ息づいていた。

手が届かなかった大人の琴美が、今自分の前で喘《あえ》ぎ声を上げている気がした。初恵に、原口がしたのと同じことをした。熟した女の体は、どんな要求にも応えた。照明を点けっぱなしで、その下で女を犯す行為に我を忘れた。

初恵は勘のいい女で、豊がどういうことを望んでいるのかすぐに理解した。そしてその通りに反応した。乱暴に女をいたぶりたいという豊の思いを汲んで、わざと抵抗する素振りをし、ひどい扱いに心が折れて打ちひしがれる。気持ちを奮い立たせて抗うものの、また力を殺がれ、いいなりになる。すすり泣く。懇願する。すべては初恵の演技だとわかっていたが、それで豊は満たされた。

初恵に惹かれたのは、今落ち着いて考えると、精神よりも肉体のつながりを求めた結果だとわかる。そしてその遠因は、子供の頃に経験した覗きだった。夢を見ているような激しい男女の交わり。男が女を損ねるように己の欲求だけを追求する傲慢さ。非情さ。

長い間、そんなものは自分には備わっていない、無縁のものだと思っていた。だがその甘い果実は手が届くところにあった。初恵を相手にすれば、窃視者ではなく、行為者になれる。その高揚感に溺れた。

一度子を産んだ初恵の体は、格好の自己実現の場だった。豊が求める通りの姿勢を取り、声を上げてむせび泣いた。初恵が妊娠したと知った時にはとまどったが、嬉しさもこみ上げた。女を体で支配したことの確証を得た気がした。

初恵と家庭を持とうとした。それが自然なことに思えた。ただ体の相性がいいだけではないのだ、と頑なに自分に言い聞かせた。子供を中心にした穏やかな暮らしを営もうと思った。初恵の前夫の子供も引き取って。

だが物事はうまく運ばないものだ。初恵は豊の子を流産した。

状況はがらりと変わった。初恵の気持ちは、潮が引くように冷めた。きっと自分が初恵の体だけを求めたせいだと思った。以来、どんなに激しく抱いても、初恵は応えなくなった。女の体の神秘さを見た思いだった。

たぶん、今も初恵は男の言いなりに体を開いているのだろう。ああいうふうにしてしまった原因は、自己中心的なセックスを繰り返した自分にあるのではないか。初恵は、豊に抱かれながらも、誰かの身代わりになっていると感じていたのではないか。

もう今さら後悔しても始まらないが、豊にとっては苦い過去だ。

シンプルな背もたれを付けた椅子を、少し離れた場所に置いて眺めた。三歳の子供の体に沿うように、優しい湾曲をつけた背もたれだ。すると、小さな女の子が、にっこり微笑んで、そこに座っているような気がしてきた。ちょっと顎を上げ、得意そうに胸を反らせて。

とうとう家庭を持つことはなかった。それが父親には不満なのだろう。ただ女性と穏やかに睦《むつ》みあい、子を生《な》すという自然な流れに乗れなかった息子に失望しているのだ。銀行員という安定した身分も捨ててしまった息子に。

それが十歳だった少年の日に起因していると知ったら、父はなんと思うだろう。

あの時——何かが動いて、皆の運命を変えたのだとしたら？

豊は立ちあがり、子供用椅子の背もたれを撫でた。すべすべした手触りに心が凪《な》いだ。自分が軸足を置いたものが、間違いではないという確かな手応えだった。

真実子にすべてを知られた後は、一度も琴美の家の庭には行かなかった。琴美の母親が退院して家にいた。もう原口も手出しはできないだろう。時折、庭木の隙間から、隣の家の座敷に明かりが点いている様子が窺えた。気にはなったが、土塀を越える気にはならなかった。

真実子はどうしたろう？　また堂々巡りの疑問に立ち返る。あの聡明な子は決して見逃したりはしないはずだ。

真実《しんじつ》という名の子はいったい何を考えて何を為したのか？　リュックサックに詰めて運んだ白骨はどこから来たのだ？　それを白日の下にさらすきっかけがなぜ今やってきたのか。

作業台の上で携帯電話が鳴った。

「豊？」

哲平だった。

「あれから俺、ずっと考えている」

「うん」

やはり哲平も大きな渦に引き込まれている。過去から来て、かつて少年少女だった人々の頭の上でゆっくり回転する大きな渦に。その底には、いったい何があるのだろう。

「この前な、あるイベントに関わったんだ」

それは博物館での企画展示だと哲平は言った。それほど大々的なものではない。

野生動物の剝製や骨格を集めて展示するものだった。企画展を主催した大学の生物学の教授と話をしたのだという。

「面白い人でさ、野生動物の死骸を拾ってきては、それで骨格標本を作るのが、仕事も兼ねた趣味なんだって」

「何？」

「骨格標本」

やや大きな声で哲平が繰り返した。

「いいか、豊。その先生が言うには、動物の死骸から肉をきれいに取り除くには、ただ地面の上に放置しておくのが一番いい方法なんだって。どうしてだかわかるか？」

「いや」

まだ回っている。運命を動かす歯車は。

熱に浮かされるように哲平は説明した。

「野ざらしにすると、虫がやってきて、勝手に分解してくれるんだ。ハエが産み落としたウジやカツオブシムシがさ。だから先生は死体を見つけたら、小さな骨の一本も失くさないために、寒冷紗《かんれいしゃ》に包んで、そっと地面の上に置いておくんだそうだ。寒冷紗だぜ、豊。寒冷紗。あれだと隙間からいくらでも虫が入り込めるからな」

有頂天で哲平は声を上げた。寒冷紗は野菜や花木を、夏は直射日光から、冬は霜から守るために使う園芸用品だ。黒いナイロンを網状に織ったものだ。

「寒冷紗に包む理由は他にもあって、日光に当たって骨が傷まないように、それから野犬とか狸《たぬき》とかの小動物に持っていかれないようにするためだってさ」

「ふうん」

反応の薄い豊に焦《じ》れたのか、哲平はもどかしげに続けた。

「それから、不気味な分解途中の死骸を人目にさらさないためだよ」声のトーンが上がる。

「それ、徳田さんちにどんだけ届けたことか！　俺の兄貴がさ」

骨。寒冷紗。裏の畑で野菜を作っていた徳田夫婦。そこに出入りしていた真実子と琴美。渦に巻かれ、寄せ集められる数々のもの。

「ものにもよるけど、数週間から数か月で肉は食べられてほとんどなくなる。でも先生によると、手っ取り早く標本を仕上げたい時や、放置した後の仕上げに取る方法があるんだと。何だと思う？」答えが返ってこなくても、興奮気味の哲平は言葉を継ぐ。「あのな、炭酸ナトリウムで骨を煮るんだ」

どこかで何かと何かがつながった音がした。かすかなその音に、豊は耳を傾ける。

「先生と別れてから、いろいろとネットで調べてみた。炭酸ナトリウムでもいいけど、重炭酸ナトリウムでもいいって書いてあった。重炭酸ナトリウムって知ってるか？　豊。重曹のことなんだ」

「重曹――」

「そうさ。饅頭《まんじゅう》を膨らませるのに使うふくらし粉だ。でも掃除にも使われるだろ？　あれ」

そこまでしゃべって哲平は声を落とした。

「ネット上でも素人が骨格標本を作る手順をいろいろと紹介してる。見てみろよ、豊」

煮ても骨には腱《けん》や靭帯《じんたい》など固い繊維質は残るから、それは煮ながら歯ブラシなどで掃除するとよい、などと注意書きがあるそうだ。

「それからこう書いてあるのもあった。骨をきれいに白く仕上げたい時は、軽くオキシドールに漬けるとうまくいくって」

勢い込んでそこまでしゃべってから、哲平は黙り込んだ。自分が提供した情報がどれだけ友人の頭に沁み込んだか、窺っているようでもあった。

豊も一言も発せず、ほとんど出来上がった子供用の椅子と対峙していた。

「何で黙っているんだ、豊」

とうとう哲平が言った。

「どう考えたらいいんだか……」

「どう考えたらいいかって？　じゃあ、俺の推理を話すよ。飛躍しすぎているってお前が思えば、それはそれでいいんだ」

電話の向こうで、哲平が大きく息を吸い込んだのがわかった。ほんのわずかだけ、躊躇したのかもしれない。

「徳田さんとこで、人の死体が処理されたんだ」

その言葉は、豊の上に真っすぐに落ちてきた。確信を持って口にした哲平と同じように、豊もそれを信じた。理由付けをしゃべる友人の声が、豊の耳に届く。身じろぎもせず、それに聞き入った。

「その死体が誰のものか、なぜ徳田さんがそうすることになったか、そのいきさつは置いておこう」

突然死体を抱え込むことになった徳田夫婦は途方に暮れた。癌に冒された恒夫さんには、どこかよそに運ぶ体力はなかった。車もない。家の中で処理するしか方法はなかった。一番手っ取り早いのは、裏の雑木林に放置することだった。万一のことを考えて、黒い寒冷紗にくるんで。

季節は五月だ。死体は腐ってひどい臭いを発するようになる。そこで思いついたのが、イノシシ肉を草地に放置することだった。あれは目くらましだった。腐臭の出所をごまかすための。死体にはたちまちハエがたかってきて、卵を産みつける。肉を分解処理してくれる夥しい数の作業屋を。

「飛び回るハエは、スズメバチにとって格好の餌なのさ。だから——」

だからあの雑木林の中には、スズメバチが引き寄せられた。豊の父親が、イノシシ肉を地中に埋める時に刺されたのはそのためだ。異臭をさらに増幅するために、徳田さんは自宅の中もゴミだらけにして偽装した。決して誰の注意も雑木林に向かないように。

「じゃあ、肉の落ちた死体をどうしたか？」

「埋めたのか？　イノシシ肉みたいに」

「そうじゃない。敷地内に埋めるという選択肢はない。わかってるだろ？　じきにあの町の地面は掘り返されるんだから。肉がなくなり、ほとんど骨になった死体は扱いやすくなったろうよ」

「煮たのか？」

恐る恐るそれを口にした。

「正解」

禍々しいことを話題にしているのを忘れるためか、哲平はわざと明るい口調で言った。

「どこでだと思う？　格好の場所があったじゃないか。徳田さんちには」

「使わなくなった外の風呂場か」

「正解。いいぞ、豊」口調はますます軽妙になってくる。

あの古いタイル張りの風呂場。焚口から薪をくべて沸かすタイプのもの。あれはまだ水漏れもしないのだと、恒夫さんが言っていた。

「小動物じゃない。人間の骨だ。それくらいの大きさがないと、いっぺんに煮ることはできないだろう？」

それから、哲平は電話の向こうで一回大きく息を吸った。

「それを間接的に手伝わされたのは、兄貴と俺なんだ。あの古い風呂を沸かすために、軽トラで恒夫さんの元の勤め先の製材所から端材を運んできたのは兄貴で、例によって、俺も一緒だったんだ。母屋の湯沸かし器が壊れたとかなんとか言ってたけど、あれしかない。その時しか。だってあれは――」

確かにあの年の夏だったと哲平は続けた。兄貴に電話して確かめたから、間違いないと。製材所を出る時に、門柱でバンパーをこすって往生したと兄は言ったらしい。どうやって親父に言い訳しようかと考えているうちに、父親が乗っていった先で駐車中トラックに衝突され、廃車になった。それでばれずに済んだ。

浴槽の中の湯で煮られる人の骨を思い浮かべる。骨にくっついて取れない腱や靱帯を取り除きながら。とてもまともな人間がする作業とは思えない。

「どうしてそこまで――」

「まあ聞け」そこでようやく哲平は声のトーンを落とした。「あの人たちは、丁寧に骨の処理をしたんだ。オキシドールに漬けて真っ白にするほど。なぜだろうな」

全身が粟立《あわだ》った。でも聞かずにはおれなかった。

「あれを理科室にある骨格標本といって騙すためさ」

「骨格標本？　それって……」

「そうさ。この一連の出来事には、真実子が関わっている」

哲平の推論は、静かに頭の芯に沁み込んだ。荒唐無稽な考えだと笑うこともできた。でもどこかで豊は納得していた。

骨格標本、化学薬品、漂白、腱や靱帯の処理――。どこかで何かが作用している。

「そうだろ？　だいたいそんなふうに死体を処理することなんか、徳田さんたちには思いもつかないよ。でも、真実子なら――」

真実子ならそれが可能だ。あらゆる分野の本を読み、知識も豊富だった。目的さえはっきりすれば、どうやってでも調べただろう。そして鉄壁の決意と揺るぎない信念。行動力。

知的には早熟だが、色黒で貧相で、目立たない女の子。不機嫌な顔をして考え込み、常に何かに衝き動かされていた十一歳の女の子。

「死体を処理する前から、俺たちの力を利用しようと考えてたわけか、あいつ」

「そういうこと。壮大な計画だ。だってまだそれを始めた時には、理科室から骨格標本を盗み出してもいなかったんだからな！」

端材を徳田さんの家に運んだ時、風呂を沸かしていたのは真実子だったことを思い出したと哲平は言った。表情を変えることもなく、じっと火を見詰めて焚口に座っていたと。

「待てよ。頭が混乱してきた」

「いいか。徳田さんが異臭騒ぎを起こしたのは、五月頃だったろ？　憶えてるんだ。イノシシ肉の塊をもらってきて、うちでシシ鍋をした日、ちょうどお袋の誕生日だったから」

「その時点で、もう真実子の計画は始まってたってこと？」

「そうさ！　いや、どうかな。死体の処理に困って家の裏の雑木林に放置した時は、まだそこまで完璧な計画はできていなかったのかもしれん。でも、真実子は頭をフルに回転させて考えたのさ」

そして思いついた。幼馴染を駆り出して、骨をうまく始末する方法を。死体をこのまま替出町の地中に埋めることはできない。いずれ土地は造成工事で掘り返される。そうしたら、すぐに発見されるに違いない。真実子が盗んだ骨格標本を山に捨てにいく理由を説明した時、同じ文言を使った。あれは、本物の骨を始末するための理由を口にしていたのか。

人間の骨を、骨格標本と見紛《みまが》うばかりにきれいに処理した上で、真実子はすり替える骨格標本を盗み出したのだ。友人たちを騙すために。目的は、木下を懲らしめるためなんかじゃなかった。手の込んだやり方だ。でも、あいつならやりかねない、と豊は思った。騙された上に、おぞましいことに加担させられたというのに、なぜか不快感はなかった。

鮮やか過ぎるじゃないか、真実子。

もうこの世にいない少女に心の中で語りかけた。空の上でぺろりと舌を出しているかもしれない。

「でもさ——」豊は我に返って哲平に尋ねた。「その死体って誰の？」

「知るか」

彼もある種の爽快感を含んだ声を出した。

「それはお前が考えろ。じゃあな」

その答えはもう知っている気がした。

京香が持ってきたノートに書きつけられたその詩に、豊はじっと見入った。

私たちは、今、お前をこの地に埋める。
お前もお前の魂も、もう決して目覚めてはならない。
お前は未来永劫、ここに留まらなければならない。
お前には、もう肉体がない。精神も失われた。
己の罪を認めよ。
そしてこの罪に適う罰を受けよ。

口を閉じ、目をつぶれ。耳に土くれを詰め込め。
もうお前には、声高に自己を主張する権利もない。
他者を損なう力もない。
冷たい土の下、沈黙だけがお前の友だ。
ただ最後に、我々がお前を弔う。
悲しく貧しいお前の人生を弔う。

我々はお前の末路を心に留める。

お前は何人も恨むことはできない。
我々は、崇高な精神の持ち主。
誰にも汚されることのないプライドを誇り、
誰にも貶められることのない尊厳を掲げる。
この力をもて、今、お前を葬る。

京ちゃん――。豊がかけた言葉に、京香がすっと顔を上げた。

「俺、わかったよ」

京香は、何が？　と問うこともなく、じっと豊を見返した。次に発せられる言葉をもう知っているような落ち着いた視線だった。

「俺たちが運んで埋めた骨は、原口の骨だったんや」

京香の頬がぴくりと動いたような気がしたが、気のせいかもわからない。

そして、ただ、そう、とだけ言った。豊の家の居間のソファで京香はうつむいた。

豊は、長い物語を語り始めた。京香の次に会いにいった正一の記憶。琴美の告白。哲平の推理。自分が知り得たすべてを語った。どこかの部分を隠すとか、曖昧にするということはもうできなかった。あの日、真実子に付き合って山へ骨を捨てにいった仲間は、すべてを共有すべきだと思った。琴美も覚悟の上で、豊に秘密を明かしたのだと思えた。

だから――だから豊も包み隠さずすべてを語った。自分が隣の家に忍び込み、琴美を助けもせずに覗き見を続けていたことを。

京香は一言も口を挟まず、しまいまで聞いた。彼女にも、何か覚悟のようなものが感じられた。少し頬がこけたようだが、瞳に宿る力は強かった。

「真実ちゃんは、琴美さんを助けたんよ。そうよ、絶対。真実ちゃんなら、そうするに決まってる」

かつて真実子の肩を持って、男子を言い負かしていた京香が戻ってきたような気がした。真実子が次に何を思いつくか、目を輝かせて待っていた、八面玲瓏《はちめんれいろう》な少女。

それから、はっとして口に手をやった。

「でもそれって、真実ちゃんが原口を殺したってこと？」

「いや、それはないと思う」

豊も様々な可能性をたどり、推理してみたのだ。

「ほら、さっき言うたやろ？　正一が真実子と徳田さんとこの前を通りかかった時の話」

「春の遠足の前の日？」

「うん。あの日、邦枝さんが家から飛び出してきた。真実子もびっくりした様子やった。でも家の中を覗いて戻ってきたら、正一に遠足用に買った菓子を渡した……」

「つまり、真実ちゃんにとっても不測の事態が起こったってこと？」

「たぶんな。真実子の予想がつかんことが家の中で起こったってことやろ」

「それは――」

その先を口に出すのが憚られたのか、京香は言い淀んだ。

「家の中には、原口の死体があった」

豊が後を引き取った。

「でもそれを見た真実子は、取り乱したりはせんかった。あいつにとって、予測はつかんかったかもしれんけど、納得はしたってことやろ」

「そりゃあ、そうよね。原口のしたことを思えば」

二人は黙り込んだ。くたびれたソファセットで向かい合ったまま、それぞれの思いに浸った。

すべての事情が明らかになった今、この詩を読めば、あそこに埋められた人物が誰か、容易に想像できた。二十九年前にはよくわからなかった文言が、はっきりとした意味を持って立ち上がってきた。

あそこにはプラスチック製の骨格標本は埋まっていない。

「原口を殺したのは、恒夫さんなんだ」

とうとうそれを口にした。いや、とっくにその結論は、豊の中では出ていた。ここに京香がいて、その推理を共有し、確かめ合えることが、素直にありがたかった。

「琴美さんを助けるために？」

豊は大きく頷く。

「真実子は琴美さんの口から聞いたことや、俺の覗き行為から知ったことをつなぎ合わせて、琴美さんの身の上に起きていることを全部把握したんや」

「それを徳田さんに話した？」

「うん」

秋に琴美さんが原口にいいようにされていることを目撃した真実子は、一人でずっと考え込んでいたのかもしれない。悩んでいたのだろう。どうすべきか。どうやったら琴美さんを助けられるか。おそらくその時点で、徳田夫婦に相談した。そして、琴美さん自身の口から、原口の許しがたい犯罪を聞いた時、腹は決まった。徳田夫婦にもそれを告げた。ことを起こすために。だが真実子のあずかり知らぬところで、恒夫さんが行動に出てしまった。たぶん、真実子は原口を殺すことまでは考えていなかったと思う。彼女も狼狽《ろうばい》しただろう。

「放っておけなかったんやろね、恒夫さん。琴美さんを可愛がっとったから」

亡くなった自分の娘と同じ日に生まれた琴美には、特段の思いがあったに違いない。

「でも恒夫さんは、ただ忠告をしようとしただけかもわからん。そしたら、原口が暴力に訴えて、それで揉み合いとかになったのかもしれん」

「そうかもしれんね」

考え込んだ末に発した京香の声は小さかった。すべては推測でしかない。老人ホームに入っている邦枝に聞けば、すべてははっきりするだろう。だが豊には、老人ホームを訪ねる気が起こらなかった。

世俗から離れた場所で、穏やかな生活を営んでいる人の気持ちを波立たせるようなことはしたくなかった。

ずっと同じ疑問が心の中でわだかまっていた。

こんなことをしてどうなる？　真実とはそれほど価値のあることか？　真実子を始め、おおかたの関係者は死んでしまった。生きている者に辛い思いをさせるだけではないのか？　ただ自分の中に生まれた疑問を解決するために、多くの人々を巻き込むことが正しいことなのか？

「ねえ、私たちは、ちゃんと弔ったんよね？」

「え？」

「真実ちゃんは、ただ埋めて隠しただけじゃないんよ。あの詩を読んだらわかるでしょ？　原口のために、かわいそうなあいつの魂のために弔いの儀式をしたんよ。真実ちゃんは」

「京ちゃんと俺と――」

「哲平君とシカクとで。じゃけんね――」京香はすっと背筋を伸ばした。「豊君、迷うことないよ。殺された原口のことで。あいつには、もう精神も肉体もない。あいつは未来永劫、あの山の中の深い穴の中に留まらないかんの。真実ちゃんが封じ込めたんやけん。あの弔いで」

　居間の前の庭に向き、遠い目をして京香は言った。なぜか言葉を重ねるごとに、京香の中に自信と勇気が満ちていくようだった。ゆっくりと首を巡らせて京香が豊を見る。

「あのね、豊君」

「うん」

「私、家を出たんよ」

「家を？」

　意味がよくわからず、豊は言葉をなぞった。

「萌々香を連れて、富永の家を出た」

決然と京香は言い放った。

「もう戻る気はないんよ。離婚するつもり。丈則とは」

何と答えていいのかわからなかった。でも、この人は強くなったんだと思った。何かが京香を変えたのだ。


京香のように、俺も過去に拘泥している場合じゃないのかもしれない。でも何かが引っ掛かる。

作業場で、木材をカンナで削りながら考えにふけった。

徳田恒夫はなぜ原口を殺してしまったのだろう。邦枝も加担していたのかもしれない。あまりに唐突で乱暴なやり方だ。いつも穏やかに微笑んでいたあの夫婦には、そぐわない行為に思えた。

人を殺す——生きている人間の息の根を止める——という行為は、並大抵の決意で為せるものではない。どれだけの激情にかられたのか。病み衰えていたあの体に、殺意を漲《みなぎ》らせた瞬間のことを思うと、震えがきた。

シュ——ッとカンナを走らせる。薄い羽衣のようなカンナ屑がはらりと落ちた。

シュ——ッ。シュ——ッ。

無心でカンナを走らせる。

真実子は得心ずくだったのだ。だから周到な後始末をして、徳田夫婦を助けた。それだけは確かな気がした。

体力のない老夫婦と子供が実行した巧妙な殺人の顚末。

原口がいなくなった後、替出町の各戸を警察官が訪ね歩いた。誰一人として原口の行方に心当たりがなかった。あの薄っぺらで存在感のない男は、文字通り煙のように消えてしまったと皆は思ったものだ。警察官らも首をひねっていた。誰が想像しただろう。徳田夫婦と真実子が、一人の男を魔法のように消してしまったなどということを。

シュー ッ。シュー ッ。

全身が汗ばんだが、なぜか頭の芯は冷えていた。豊は目の前の一本の木材だけを凝視して、カンナを使い続けた。木肌に浮かぶ流線形の模様に意味があり、それを読み解けば、大いなる謎が解明されるとでもいうように。

哲平と正一に電話をかけた。二人ともに『骨を弔う詩』を聞かせてやった。その後、京香に語ったのと同じことを話した。

哲平の反応は肯定的だった。

「そうか、原口か！　ひどい奴だよな。そうされて当然だよ」

　殺されて当然の人間なんてこの世にいないと思ったが、豊は黙っていた。殺人を正当化させる大義名分など、この世には存在しない。でもそんな道理を通り越して、人は人を殺してしまうのだろう。殺人者は、誰にも理解できない理由を抱えている。そこに踏み込むことが、他人にできるのか？

「おい、豊、聞いてるのか？」

「え？」

「これでお前の気持ちは済んだのか？」

　そう問われて口ごもる。

「これが――」哲平も釣られて、一瞬黙り込む。「これがお前が追い求めていた物語の結末なのか？」

　豊が答える前に哲平が言った。

「きれいにつながってるみたいに見えるよな。きっとお前の推理は合っている。少なくとも俺はそう思うよ。でもすべては想像だろ？　ひとつも証拠はない。もう確かめる術はないんだから、これで終わりにしようぜ」

　いや、確かめる術はあるよ、と心の中で呟いて、豊は「じゃあ」とひと言だけ言って電話を切った。

　正一は、豊の話には懐疑的だった。死んだのが原口だったのでは、という推理を聞いても、哲平のようには興奮しなかった。逆に冷静だった。

「お前はそこに落とし込みたいわけだ」

「落とし込むとか、そういうことじゃなくて……」

「なら、邦枝さんに聞きに行けよ。琴美さんにまでそんな惨い告白をさせたんなら、邦枝さんのところに押しかけて、口を開かせるくらい、できるだろ？」

「告白をさせたんじゃないよ」

息をするのが苦しかった。確かに同じことだった。俺が訪ねて行かなければ、琴美さんはあんなこと、口にすることはなかった。わざと平静を装って、さもないことのように語ったけれど、あんな話をするのに、どれほどの決意がいったことか。

それに見合う覚悟が果たして自分にあったのか？　ちっぽけな新聞の囲み記事を見つけ、過去の些細《ささい》な出来事をもう一回調べてみようと思った時に。

すっかり黙り込んだ豊に、正一は畳みかける。

「もしお前の考えが間違っていたら、邦枝さんを相当に傷つけることになるよな。具合の悪い年寄りを、さらに弱らせることになる」

一言も言い返せなかった。

「お前の正義感は、自分自身を縛り付けている。周囲が見えなくなっているのに気づかないんだ」

ほっと詰めていた息を吐いた。腹は立たなかった。そうかもしれないと思った。

「でも、まあ、そういう生き方しかできないんやろな、お前は」

正一の声がいくぶんやわらいだ。

「確かめに行くか？」

ごくりと唾を呑んだ。まさかそんなことを正一が言うとは思わなかった。替出町から一番遠くに行ってしまった男が。抑えた声だが、向こうで会った時にはなかった熱を感じた。その気配に、豊はぶるっと身を震わせた。

自分の推理が正しいかどうか、たったひとつ確かめることができる方法――。

「あの時埋めた骨が本物かどうか、それがわかれば、すべてははっきりする」

口にしたのは、正一だった。

携帯電話を耳に当てたまま、豊はゆっくりと首を振った。

「でも、もう確かめようがない。埋めた場所なんか、憶えてないよ」

「わかると思うよ」

きっぱりと正一は言った。豊の方が戸惑った。

「わかるって、お前」

正一は、バス停の名前を口にした。

「あの場所を決めたのは俺なんや。真実子に頼まれて。だから今もよく憶えとる。

バス停からの道はおぼろげやけど、行ってみたら、なんとかなるかもしれん」

それから豊の答えを待つように黙った。

真実はあの深い穴の中だ。確かめなければ。あの日、あそこに埋めたものが何だったのか。骨格標本だったのか、それとも人間の骨だったのか。遠い日に葬ったものを掘り出す勇気が自分にあるのか。心は揺れる。でもここまで来て引き返すわけにはいかない。あれは、あの日手にしたしゃれこうべは、あそこで待っているんだ。あれを再び手にして、声に耳を傾けなければ。確かめてやるんだ。真実を。

真実子の真意を。


バスから降り立った四人の中年の男女は、その場で立ち止まり、バス停の名前を見上げた。

「拾易《ひろやす》」

声に出して読み上げたのは、哲平だった。

「こんなヘンテコな名前だったたっけ？」

無視して先に進んだ正一が、こっちだと呼んだ。

「ほんとに合ってるんだろうな？」

哲平の問いかけに豊は首を傾げたきりだ。それでも京香に促されて正一の後を追う。

「まさかこんな展開になるとはな」哲平はしゃべり続ける。「ほんと、骨を掘り出すために有休をとる羽目になるなんて」

隣で京香がくすくす笑った。

「でも来たんやね。哲平君は」

「ミステリーやホラーを読み過ぎて、謎の虜《とりこ》になった俺のパートナーがうるさくてさ」

ちょうど、企画運営を請け負っていたグルメフェスティバルが終わったところだし、と哲平は付け加えた。

秋の気配を含んだ風が、山から吹き下りてきた。京香が被った帽子を押さえる。

二十九年前に真実子に言われて運んだ骨の真偽を確かめるために、かつての幼馴染が集まった。呼びかけたのは豊だが、積極的だったのは正一だった。宮城でこちらのバス路線図やら地図やらを調べて、過去の記憶と照らし合わせて場所を特定したようだった。だから、今日は彼に先導されるままに、後の三人は従うのみだった。

九月に入ったばかりの水曜日。全員の都合を合わせていたら、この日になった。実際豊は、リュックサックを背負って歩く三人の後ろ姿を見ながらついていった。実際に忙しいのは哲平だけで、後の三人は差し迫った用があるわけではなかった。

豊は自分のペースで手作り家具を作り続けていたし、正一は宮城でアルバイト生活だ。京香は、県会議員の夫と別居中だという。離婚を望む京香と、それを受け入れようとしない夫との話し合いは膠着《こうちゃく》状態のままだ。夫が離婚したがらないのは、世間体を気にしてのことなのだと京香は言う。夫婦生活が破たんしたとなると、イメージが悪い。

京香が娘の萌々香を連れて出たことも、実家からパートに出ていることも、富永家の逆鱗《げきりん》に触れているようだ。態度を硬化させた夫は、何度も京香を連れ戻しに来た。しかし京香は頑としてそれを拒否した。

「もう戻る気はないんよ。離婚するつもり。丈則とは」と言った京香の決意は固い。きっと富永家にいたら、今日のような外出もままならなかったに違いない。哲平の隣を歩きながら、明るく笑っている京香を見て豊は思う。数か月前に喫茶店で会った彼女とは、明らかに変わっている。肩の力が抜けて、京香らしさを取り戻していた。

かつて真実子のそばで穏やかに微笑み、彼女の言葉に目を輝かせ、何かが起きるのを待ち構えていた少女がそこにいた。それだけに、真実子の不在を思わずにいられない。

「なんだよ。こんな立派な道になっちまったのか？」

UVカットの薄い色のサングラスをかけた哲平が、また疑り深い声を出した。

正一が足を向けようとしている山へ分け入る道は幅が広く、舗装もされていた。記憶では、林道のような細い道だった。車が一台、ようよう通れるくらいの。轍《わだち》の間に短い雑草が生えていて、転がった石に時々足を取られた。

「この先に何か施設でもできたとか？　すっかり様子が変わってしまってるかもな」

「まあ、行ってみようや」

正一がのんびりと答えた。正一が四国に帰って来たのは、二年ぶりだという。被災地にい続けることだけに意固地になっていた男は、生まれ故郷に戻ってからは、変に突っ張るようなことがない。生来のおおらかで質朴な性格が表に出た気がする。

「さあ、歩いて、歩いて」

京香が明るく言い、哲平の背中を押した。

萌々香は学校から帰ったら、おばあちゃんと夕飯の仕度をするのだと張り切っていたらしい。富永の家にいた時よりも、子供らしく甘えたり、友だちと遊んだりすることが増えたようだ。それでも時々、丈則が電話をしてくると怯えた表情を見せるから、京香はきちんと離婚して落ち着いた生活を営みたいと望んでいた。

京香に押されて、哲平のリュックの中で折り畳み式のシャベルがガチャガチャと鳴った。周辺の地図を広げ持った正一が前を行く。こんな目印のない山の中では、スマホのマップは役に立たないと哲平はぶつぶつ言っている。木々に囲まれた一本道だ。でも二十九年前、途中で林道から外れ、踏み分け道へ入ったはずだ。その地点を見落として、この舗装道路を延々と歩いてどこかに出てしまうのではないか。

「車なんか一台も通らんよね。この道、なんでこんなに広くしてしもうたんやろね」

「まあ、予算を使い切る必要に迫られたとか、そんなとこだよ、きっと」

「様子が変わってしまったよなあ」

正一も自信なげだ。

「道がカーブしたとこに、真っすぐ行く踏み分け道があった気がする」

豊も記憶を喚起しながら口に出してみたけれど、すべては曖昧だった。

「子供の足で四十分ほどやった」

「ほんとか？」哲平は、続く坂道に音を上げながら言った。「じゃあ、大人の足なら二十分ほどか？」

「さあね、案外子供の方がさっさと歩いたかも」

ふうふう息の上がる哲平を、京香が茶化した。

その踏み分け道を見つけたのも正一だった。夏草に覆われて、ほとんど見分けがつかなくなっている入り口に足を踏み入れていく。一瞬逡巡《しゅんじゅん》した京香も、意を決したようにその後を追う。

　ここさえわかれば、何とかなるような気がしていた。しかし、道の両側にはびこる丈の高い雑草で、視界はきかない。

「サバイバルだ」

　哲平が毒づいた。

「どれくらい歩いたっけ？　真実ちゃんがおにぎりをくれたとこまで」

「そんなに遠くじゃなかった」

　答える正一の姿が、しんがりを行く豊からは見えない。ふいに行進が止まった。

「ちょっとここで待っといて」

　正一は踏み分け道からも外れて、斜面を下りた。すぐに戻って来る。

「違うな。ここじゃない」

　また歩く。正一が斜面を下りる。その繰り返し。もう記憶に頼るしかない。地図もしまって、正一は同じ行為を繰り返した。斜面を下りる度、手足に腐葉土をくっつけ、顔に擦り傷をつけて戻ってくる正一に、皆は黙って従った。

「もうやめようぜ。シカクも混乱してるんだ。どこを見たって同じ風景だもんな」

　そう哲平が言った時、森の中から正一が叫んだ。

「見つけた！」

三人は顔を見合わせた。豊が一番に斜面を下りた。次に京香。哲平もそれに従った。森の底という感がある窪地に出た。豊の背後で、哲平が足を滑らせ、尻もちをついた。

「お前、あの時もこけたやろ」

からかうというでもなく、真面目な声で正一が言い、京香が「そうそう」と相槌を打った。豊はじっと地面を見た。何の変哲もない林床だった。深々とした朽ち葉に覆われ、陽の射さない地面はじっとりと湿り気を帯びていた。

豊は懐かしい思いにとらわれた。軽い既視感。夢の中で何度も訪れた場所。

「ほんとにここ？」

京香も辺りを見回しながら尋ねた。転んだ哲平を見た瞬間の明るさは、もう消えていた。正一は、そばに立った一本のトチノキを指さした。

「間違いないよ。この木、憶えとるもん」

豊は近寄っていって、木肌を撫でた。かなりの年月を、この森の中で過ごした木だと知れた。幹にはいくつものコブがあった。これほどのトチの老木は材木にすると、木目にさざ波のような美しい模様が現れる。縮《ちぢ》み杢《もく》と呼ばれる銘木だ。

古いトチノキは、森の中でじっとたたずみ、風に嬲られ、雨に打たれてきた。時には周囲の木が伐られたこともあったし、山崩れが起こったこともあっただろう。子供たちが、自分の足下に骨を埋めたことも。この老木の悠遠な眼差しを感じた気がした。

哲平が背負ったリュックサックを下ろしてシャベルを取り出した。穴を掘った場所を正一が特定するのを皆黙って見つめていた。

「ここだ」

静かに正一が言った。哲平がシャベルを土に突き立てた。もう一本のシャベルを豊が手にした。すぐに汗が噴き出してきた。汗は、湿潤な森の空気で冷やされて、体温を下げた。途中で哲平と正一が交代したが、豊は休むことなく掘り続けた。

穴は深くなったが、何の手応えもなかった。ザクザクと掘り進めはするが、黒く湿った土が穴の周囲に積み上がるだけだった。豊は少し方向を変えて、トチノキに近い場所も掘ってみた。何も出てこなかった。

「きっと土に返ってしもたんやね」穴の縁に座り込んだ京香が呟いた。「初めっからそのつもりで埋めたんやから。真実ちゃんは」

「逆に、理科室から持ってきた骨格標本なら、残ってるってこと？」

「出てこんから、本物の骨やったってことにはならんやろ」

怒ったみたいに正一が言った。哲平が代わろうと言うのを断って、むやみやたらにシャベルを動かしている。豊は手を止めて、正一の動きを見やった。

　こいつは、ここから何を掘り出そうとしているんだ？　生々《せいせい》としていた無邪気な子供時代を探しているのか。骨を埋めるなんてばかげた冒険に夢中になっていた子供時代を――。

「確かめに行くか？」と熱に浮かされたように言う正一の声が耳の奥に蘇った。

　正一の額に浮かんだ汗が木漏れ日に光っている。

　一心不乱にシャベルを使う正一に加勢する。哲平も京香も口を閉じて、穴を掘り続ける二人を見ていた。正一は真っすぐに地面だけを見ている。自分が始めたことなのに、豊は正一の熱意に押されていた。なぜなんだ？　と心の中で問いかける。

　何に駆り立てられているんだ？

　ガスッという音がした。はっとして、二人ともが手を止めた。もはや穴の深さは一メートルに達するほどだ。こんなに深く埋めた記憶はない。

　しかし――。

　正一が、手で土を掻き分けた。固形物があるのはわかった。でも石かもしれない。埋めた時、骨は土で汚れてはいたが白かった。でも正一が手にしているものは、茶褐色の塊だった。

「それ……」

囁くような声で京香が言った。

「まだある」

正一は穴のなかにしゃがみ込んだ。彼が穴の縁に置いたものを見て、哲平が唸った。ふたつに折れてはいるが、明らかに人骨だった。おそらくは足の骨。大腿骨か脛骨《けいこつ》か。豊は恐る恐るそれを手に取った。折れた断面は、繊維のようにささくれ立ち、脆くなっていた。豊の手の中で、ボロボロと崩れていく。正一は、次々と骨の欠片《かけら》を掘り出した。割れて散らばった骨盤、円筒形の脊椎骨がいくつか、湾曲した細い肋骨《ろっこつ》は持ち上げた瞬間に折れた。

中心は海綿状になっていて、それを黒ずんだ固い皮質骨が取り囲んでいた。誰が見てもそれは人間の骨であり、骨格標本ではありえなかった。でも誰もそれを口にしなかった。最後に正一が頭蓋骨を持ち上げてきた時でも。

頭蓋骨は、頭頂部が陥没していて、下顎骨ははずれて失われていた。夢の中ではさかんに動き、豊に問いかけてきていたのに。ぽっかりと開いた眼窩に真っ黒い土が詰まっていた。

「原口――か」

哲平がそう言った途端に、それは人格を持ったような気がした。京香が小さく呻き声を上げた。

豊は正一が捧《ささ》げ持った頭蓋をじっと睨みつけた。琴美を犯罪に誘い込んだ男。彼女の精神と肉体を弄んだ男。都会ネズミと呼ばれた崎山を殺した男。それでもなお、琴美を脅し、一生奴隷のように縛り付けようとした男。つるんとした、表情に乏しい顔の後ろに、傲慢なくせに脆弱《ぜいじゃく》で、ずる賢くて愚かというアンバランスな顔を隠した男。でももはやその肉体は失われた。誰にも知られず、この地に葬られた男。

そう考えると、あの『骨を弔う詩』の内容は正鵠《せいこく》を射ていると思われた。

真実子は、貧しい魂の持ち主を、最後の最後に弔ってやったのだ。

「大丈夫。もう死んでる」

哲平の言葉には、誰も笑わなかった。哲平も、ごく真面目にそれを口にしたのだった。

「わかったから、もう戻して」

京香に促され、正一はうやうやしい仕草でそれを穴の底に置いた。後の骨も丁寧に戻していく。豊も手を借した。並べられた骨を見下ろした後、先に穴の外に出た。続いて正一が穴から這い出してきた。ズボンもトレーナーも土と朽ち葉で汚れていた。それを払いもせず、正一は穴の中を覗き込んだ。後の三人もそれに倣った。

穴の底の黒い土の上に、長年埋められていたせいで脆くなり、骨ともわからない形状になりつつある物体。豊はひとくれの土をかけた。

「待って」京香が骨に目をやったまま止めた。「もう一回、あの詩をここで唱えないと。しっかり葬るために」

四人は穴の周りに立った。

一人、欠けている――。誰もがそう思っただろうが、それを言う者はいなかった。厳かな声で京香が『骨を弔う詩』を唱えた。彼女は全文を諳《そら》んじているようだった。何度も何度も真実子が作った詩を読み込んでいたのだろう。

京香の、細いがよく通る声が、森の底に流れた。もう決してここから動いてはならないと強く、優しく言い聞かせるように。その言霊《ことだま》をもってして、死者はこの地に縫い留められるのだ。

豊はふっと顔を上げた。穴の向かい側に、真実子が立っている気がした。言葉の力で蘇った確固不抜の精神の持ち主が。


もう迷うことはなかった。土をかけて穴を埋め戻した。お互い相談することなく、それは流れるように行われた。初めからここに原口の骨があることは、誰もがわかっていたというふうだった。だが、そういうこともう話し合われることはなかった。

これはもう二十九年前に済んだことなのだ。豊は静かに思った。

トチノキに後をまかせて、斜面を上った。たどって来た道を戻る間、誰もが無言だった。雑草の中から虫の鳴く声がしきりに聞こえてくる。何度も正一が斜面を下っては戻ってきた跡が道の脇に残っていた。踏みしだかれた雑草の中に鮮やかな色が見える。数輪の赤紫の花をつけた草花が一本だけすっと立っていた。

「これ、釣船草《つりふねそう》よ」

茎の先の花梗《かこう》に手を伸ばす京香を、後の三人は立ち止まって見た。名前の通り、釣り下がったように咲く花は、涼しい風を受けて首を振った。一心に山を下ってきた四人は、ほっと力が抜けたみたいに路傍に腰を下ろした。

「津波で家が流された後な――」さりげなく正一が語り出し、皆ははっと顔を見合わせた。正一は皆で集まってから、一度もそのことはしゃべらなかった。

「自分の家が建ってたとこに行ってみた。土台だけ残して、何もかも流されとった。すさまじい勢いで流されたんやなって思った。それこそ柱一本残ってなかった」

茂みからバッタが一匹飛び出して、キチキチキチと羽を鳴らして飛んでいった。

「地面も荒れ放題で、よそから流れてきたがれきでいっぱいやった」

のんびりと空を仰いで、正一は訥々と語る。

「それやのに、うちの土台のコンクリートの間にな」ぐるりと首を巡らせて、三人の顔を真っすぐに見た。「ヒナギクが一輪だけ咲いとった」

ふっと笑った顔には、悲しみは感じられなかった。淡々と言葉を継いだ。

「おかしいやろ？　三日前に津波が何もかもさらっていったとこやのに。土台のコンクリートの間やで。庭にもヒナギクなんか植えてなかった。どこから来たんかなあと思うてな。でも確かにヒナギクやった。明るいピンク色の。しっかり根を張っとった」

正一は立ち上がって、ぱんぱんとお尻を叩《はた》いた。先頭になって歩きだす。釣られて哲平、豊、京香も歩きだした。振り返らずに正一が言った。

「奇跡って時々起こるよな」

「そうやね」

京香だけが答えた。

踏み分け道から出て、舗装道路を下る。やはり車は一台も通らなかった。

京香のポケットの中でスマホが鳴った。それを取り出して耳に当てる。立ち止まった彼女を待って、他の三人も足を止めた。

「おい、いつまで勝手なことをしてるんだ！」

静まり返った山の中、スマホから京香の夫の声が響いてきた。京香はスマホを耳に当てたまま、答えない。相手はがなり立てた。

「今、水野の家に電話をかけた。そしたら、お義母さんと萌々香が家にいたぞ。京香、子供をほっといて何をしとんや！」

　やはり京香は一言も発しない。

「さっさとこっちに戻って来い！　後援会の人らも不審がり始めとる。今なら許してやる。いいか。わがままもいい加減にしろよ。お袋が親父の世話で音を上げてるんだ。おい！　聞いとんのか？」

　京香は、ゆっくりと大きく息を吸い込んだ。呼吸に合わせ一度目を閉じ、また開いた。

「口を閉じ、目をつぶれ」

　大きな声で京香がスマホに向かって言った。豊はぎょっとしてそばに立つ幼馴染を見た。哲平と正一の顔にも驚きが表れている。

「耳に土くれを詰め込め」

　京香は続けた。はっきりとした声で。スマホの向こうは、逆に沈黙したようだ。

「もうお前には、声高に自己を主張する権利もない」

　朗々と京香は唱えた。

「何だと？」ようよう、丈則は呻いた。「また殴られたいのか？」低いぞっとする声だ。

「他者を損なう力もない」

京香はすっと背筋を伸ばした。

「おい！　誰かと一緒なのか？　お義母さんが言ってたぞ。幼馴染とどこかへ出かけたって。誰なんだ？　そいつ。男か？」

豊と哲平と正一は、身じろぎもしなかった。

「我々は、崇高な精神の持ち主。誰にも汚されることのないプライドを誇り、誰にも貶められることのない尊厳を掲げる」

「京香！　答えろ！」悲鳴に似た声がスマホから漏れ聞こえた。

「もう戻りません。あなたのところには」

きっぱりとそう言い、京香は通話を切った。それから、黙って囲む三人に晴れやかな微笑みを向けた。

「ねえ、シカク」

「え？」

声をかけられて、正一は京香を見返した。

「奇跡はね、それを見る力のある人のとこにだけ来るんだよ」

くるりと背を向けて歩きだす。慌てて後からついてくる中年男たちに朗らかに言った。

「――って、昔真実ちゃんが言ってた」

京香はおかしそうに笑った。

作業場で、豊はパソコンに向かっていた。ディスプレイ画面には、木製の椅子にちょこんと腰かけた小さな女の子が映っている。先日の椅子の依頼主から送られてきた写真だ。三歳の女の子は、はにかんだような笑みを浮かべている。足を交差し、両手で座面をつかんでいる。メールには、「とても喜んで、毎日これに座って食事やお絵かきや本読みをしています」とあった。

見ているうちに豊もつい微笑んだ。道具がただの道具ではなく、誰かを幸せな気分にするものになるということを実感できる瞬間だった。

豊はパソコンを閉じて立ち上がった。俺にはこれしかないな、と再び思った。ここで木を細工する仕事が一番合っている。一人食べていくのもかつかつだけど、天職と思えるものにたどり着けただけでも幸せだと思う。

――豊は手先が器用やけん、何かの職人になったらええ。

作業場に満ちる秋の黄金の光の中に、窓の外でカリンが黄色の葉を散らすかすかな音に、真実子の声を聞く。これも奇跡かもしれないな、と豊は思う。奇跡はとんでもない出来事ではなくて、平凡な暮らしのあちこちにちりばめられている。

あれから三人は、それぞれの生活に戻っていった。哲平は東京に、正一は宮城に戻った。これを機に、四国で暮らしたらどうかとこっちの家族には強く言われたようだが、結局、彼は東北の地に戻っていった。豊も哲平もそして京香も引き止めなかった。いずれ正一は結論を出すだろう。でもそれは今ではない。そんな気がした。過去に起こったことが今に作用し、何かを変えるということがあるかもしれないし、ないかもしれない。ただ伝わるものはある。それをあの山行で四人はつかんだ気がした。

京香は実家に戻ったままだ。夫のところではなく、母と娘が待つ家に。きっと強い気持ちで離婚の交渉に臨むだろう。

豊は二本の支柱の上に横たえられたトチの一枚板をそっと手のひらで撫でた。柔らかく優しい感触に心が満たされた。

材木問屋の倉庫の奥で、この一枚板を見つけた。木理《もくり》に細かな波状紋が浮かんだ上等の板だった。結構な値がついていたが、どうしても欲しくなった。自分でもよくわからない衝動だった。まだどこかから注文が来ているわけでもないのに。ここでトチの材に出合ったことに、何かを感じたのかもしれない。あの森の奥にたたずむ老木。死体の番をして、これからも悠久の時を過ごすであろう、あのトチノキを思った。

その一枚板を引っ張り出した店主が、板の裏に傷がついているのを見つけた。

「安くしといてやるよ。あんたなら、この板を生かしてくれるやろうから。ずっとこの倉庫の中で眠っとったら死んだも同じやけん」

そう言って、かなりの値引きをしてくれた。

じっと一枚板を見詰めていたら、家の方で物音がした。誰かが訪ねて来たのだろうか？　こっちで作業に没頭していたら、人が来たのに気づかないことがよくあった。しかし、物音は玄関ではなくて家の中でした気がする。鍵はかけていない。まさか泥棒ということはあるまい。

見に行くのが面倒で放ったまま、板にカンナをかけようとしていたら、またガタンと音がした。さっきよりはっきりした音だった。

ようやく重い腰を上げた。母屋に通じる引き戸を引いた。短い廊下を通って茶の間を覗く。そこで豊は固まった。父親がそこに座っていた。口をへの字に結んだ父親が、息子を見上げている。

「どうして……？」

ようやくそれだけを口にした。

「自分の家に戻って来ただけじゃ。何が悪い」

不機嫌そうに父親は言った。

「でも、姉貴のとこで暮らすんじゃなかったのか？　荷物も全部送ったし。姉貴は何と言ってるんや」

つい詰問するような口調になり、父親はますます不機嫌な表情を浮かべた。

「どこで暮らそうと、わしの勝手やろ。千葉にはもう戻らんぞ」

豊は深々とため息をついて茶の間に座り込んだ。父親は台所に立っていって、自分で茶を淹れた。まだ父親が使っていた湯呑もそのままだ。向こうで新しいものを買ってあげるから、こんな汚い湯呑は置いていきなさい、と姉が言ったのだった。使い慣れた湯呑で茶を啜ると、父は満足そうに吐息をついた。

少し離れたところに座った息子が送ってくる視線を受け止め、それでもまだ一口二口茶を啜る。

「千葉はどうも好かん」吐き捨てるように言う。「東京に比べたら田舎で、もっと住みよいとこかと思うた」

豊は上目遣いに父親を見たきりだ。

「駅に出るのは遠いし、病院は混んどるし。近所のもんはろくに挨拶もせん」

じろりと豊を見やるが、彼が口を開かないので仕方なく言葉を継いだ。

「出歩くのも億劫じゃけん、家におったら綾子《あやこ》がカルチャーセンターにでも通うたらて、追い出すしのう」

カルチャーセンターは、あれは子供の習い事の延長や、と父親は決めつけた。それから千葉の人間は不親切だの、町内会がうまく機能してないだのと文句を連ねた。

「大河《たいが》と美優《みゆ》と話をしようと思うても、いっつも家におらんし。おってもわしとは口をききたがらん」

「今どきの若い子はそんなもんやろ」

ぼそりとそれだけは言った。父はその言葉尻をつかまえる。

「そら、よその子はそうじゃろ。けど、うちの孫やぞ。一緒に生活しとる気が全然せんわ」

もう一回ずずっと茶を啜った。

「あれは尚之《なおゆき》さんに問題があると思うな」

矛先は姉の夫に向いた。

「なんで？」

「だいたい、あれは年長者に対する態度がなってないわ。わしが家におるんが鬱陶しいんか、話しかけてもろくに返事をせんし、朝はさっさと仕事に行ってしまうし」

関係を改善しようと働きかけていたら、それを嫌って姉に当たるようになったのだという。だんだん帰りも遅くなり、家にいる時間が減ってきた。夫婦間も微妙におかしくなり、姉が心療内科にかかりだしたらしい。

「それぐらいのことで医者にかかってどうする？　綾子は塞いでしもうて、わしと口をきく時も仏頂面や。尚之さんともっと向き合わんといかん。そやのに、尚之さんも仕事にかまけて――」

「そんなん、親父がごちゃごちゃ言うことやないやろ」

ぴしりと言うと、親父が顔を歪め下唇を突き出した。

「ああ、疲れた。ちょっと横になるわ」

自分の部屋へ引き上げていく。その後ろ姿を見て、豊はまたため息をついた。すぐに姉に電話をかけた。向こうもため息混じりだ。

「お父さん、尚之さんとうまいこといかないのよね」

父親が頭ごなしに言う言葉が、義兄にはかちんとくるようだ。名のある証券会社の部長職にまで上りつめた男だ。会社ではそれなりの地位にいる男でも、父にとってはただの義理の息子という認識なのだろう。父もこうと決めたら梃《てこ》でも動かないところがあった。

「家の中に男が二人いるって大変だわ。こんなことになるとは思わなかった」

家族なのにねえ、と姉は暗い声を出した。家族だからこそ、うまくいかないこともあるのだ、と豊は心の中で呟いた。

「とにかく、お父さんはもう帰らないって啖呵《たんか》を切って出ていったのよ、うちの人に。それで尚之さんも怒ってしまって。戻ってきても絶対に家に入れるなって」

「わかった。親父はこっちで預かるよ」

いくばくかの怒りを込めて言ったつもりだが、姉に伝わったかどうか。姉の綾子は、夫の気を治めることに精いっぱいで、自分の親の気持ちには思いが至らないのだ。ふいに遠い都会から戻ってきた父親が不憫に思われた。実の息子ともうまくいかず、挙句の果てに頼った娘家族にも邪険にされた父親が。

勝手なもんだよな、と電話を切りながら、自分に突っ込んだ。父親が千葉に行ってくれるとなった時は、あれほどほっとしたものだったのに。結局こじれても憎み合っても、血のつながったどうしでいるのが一番いいのか。そう考えて、少し自分も変わったのかと驚いた。


また父親との生活が始まった。

お互いにあまり踏み込むこともなく、表面上は波風の立たない生活だった。父は、以前のように町内会や老人会に顔を出し、付き合いを始めた。所属していた囲碁教室にも通って、子供たちの指導を再開した。人に頼まれて市役所に赴き、窓口で面倒な手続きをしてやったり、小学生の通学路に立って見守り活動をしたりしている。こちらにいると、やることがいっぱいあると言って生き生きとしている。

校長を務めたり、民生委員をしていたのも伊達《だて》ではないなと思われた。

驚いたことに、京香が離婚問題で悩んでいると聞くと、積極的に相談に乗り始めた。京香の方も頼りにして、何度も豊の家を訪ねて来るようになった。富永の家は代理人やら弁護士やらを立てて、勝手に家を出ていった京香を悪者に仕立てようとしていた。そういった事情を耳にすると、父親は俄然《がぜん》張り切った。妻に暴力をふるったり、浮気をしたりした夫の方に離婚原因はあるとして、知り合いの弁護士に相談に行き、言われるまま書類を揃えたりしている。嬉々としてそういうことをする父親を、豊は初めて直視した。ずっと同じことをしていたはずなのに、以前はたいして興味がなかった。

「似ているよね。豊君とお父さん。誰のこともほっとけないんよね」

京香の言葉には、そうかな、としか答えなかったが。

前は、父と向かい合って食事をするのも苦痛だったが、そういうこともなくなった。京香の夫の県会議員のやり口が汚すぎると父は罵る。京香がどれほどの境遇にいたのかを聞かされて、愕然とする思いだった。ついつい京香と、それに肩入れする父親の応援をしたくなった。今や何の肩書もなくなり、ただの老いぼれ爺だと自称する父には、怖いものは何もない。取り澄ました県会議員の化けの皮を引きはがしてやると息巻いた。

京香の離婚問題に触れることが多くなり、自然に会話も増えた。父親の方も、京香から豊や哲平や正一のことを聞いているらしい。豊は問われるまま、ポツリポツリと真実子を巡る骨格標本の話を語った。何日もかけて、とうとう四人が掘り出した骨が本物だったこと、おそらくは失踪したと思われていた原口のものらしいということも語った。推理した彼の死の真相も。そんなことを疎遠になっていた父親に語った自分に驚いた。このことを父に話す日が来るとは思わなかった。父にぶつけられないからこそ、豊は探索の旅を始めたのだった。

本物の骨だと確かめて、また埋め戻したと告げた豊に、父は、それでええ、と答えた。

「真実が人を助けるとは限らん」

びしりと決めつけたもの言いをする。その言葉を聞いた途端、豊は思わず泣きそうになった。子供の頃、父親に肯定されるとどれだけ安心したことか。長い間忘れていた感覚だった。いじめを受けていた友だちを助けるために、相手を突き飛ばして怪我をさせた時。理不尽なことを言う先生にたてついた時。家が貧しい子が万引きする現場に居合わせて、その罪を被った時。父はただ「それでええ」と言って、豊を責めることはなかった。

自分を理解してくれる身近な家族がいることが、どれだけ力になったことか。そんなことをすっかり忘れてしまっていた。やはり自分と父親とは血を分けた者どうしなのだとつくづく思う。

これも真実子のおかげかもしれない。あいつがこの世に残した謎のおかげで親父と心を通わせることができたのだから。

「でもな、どうも腑に落ちん。何で徳田さんが琴美さんのためにそこまでしたんか。殺人やぞ。あんな穏やかな人らが殺意を持つやなんて、そんな恐ろしいことに手を染めるやなんて、納得がいかん。琴美さんを可愛がっとったんはわかるけど、どうしてそこまで——。京ちゃんとは、原口と揉み合いになって誤って殺してしもうたんじゃないかって話し合ったんやけど、そうなんかなあ」

まあ、もうそれ以上のことを調べる気はないけどな、と続けた。いつもの夕食の席だった。豊は酒は飲まないが、父は気が向いたら燗酒《かんざけ》を一合だけ飲む。その時も晩酌をしていた。手酌でお猪口《ちょこ》に酒を注ごうとしていた手を止めて、ふむと唸った。それきり黙る。豊も別に父親の口からその答えを聞こうとしたわけではない。

手早く食器を片付け、風呂に入った。

風呂から出ても、まだ父は茶の間に座ったままだった。タオルで頭を拭きながら、麦茶を飲んでいると、豊、と背後から声をかけられた。

「うん」

「まあ、座れ」

卓袱台《ちゃぶだい》の前に座った。父が徳利を傾けたが、酒は一滴二滴落ちただけだった。徳利を卓袱台の上に置いて、胡坐をかいた両膝に手をやる。

「あのな、徳田さんらには、殺意があったんじゃ」

「何？」

タオルを使う手が止まった。

「徳田さんには、原口を殺す明確な理由があった」

「どんな？」と訊いた後も、見当がつかなかった。よそから来たあの夫婦に替出町の人間を殺すほどの理由があるとは思えなかった。

「これは誰にも言わずにきたことなんや。今、お前に初めて言う」

つい居住まいを正した。

「琴美さんはな、徳田さんらの実の子供なんや」

「へ？」

素っ頓狂な声が口を突いて出た。聞き間違えたかと思った。だが、父は大真面目な顔で続けた。

「恒夫さんから聞いたことやから、確かじゃ。あの人らの死んだ娘さんと琴美さんとは産院で取り違えられたんやて」

「そんな……」

父親の語った話はこうだ。徳田夫婦の娘が五歳の時に交通事故に遭った。年をとってようやく恵まれた子だった。彼らは必死だった。なんとか命だけは助けてくれと医者にすがりついた。治療する過程で、血液型が両親と合致しないことが判明した。それまで娘の血液型を調べたことはなかった。あの当時はそういうことは当たり前だった。小学校に入って初めて子供の血液型を知るということが普通だった。

他人の血を輸血してもらったが、娘は助からなかった。夫婦はいとおしんできた愛娘《まなむすめ》を失うと同時に、その子が実の子ではないという事実を突きつけられた。ひところは茫然としていたけれど、気を取り直した。もしそれが本当なら、まだ自分たちの子供は生きていることになる。顔を見るだけでもいいと、娘捜しを始めた。取り違えられたのなら、邦枝が出産した産院しかない。

小さな産院だった。年寄りの助産婦と、手伝いの女性が数人。山間部から出てきたばかりの徳田夫婦には、出産費用を抑える必要があった。管理がずさんな感触はあったのだと邦枝が後になって言ったらしい。お産がたて込むと、助産婦はあちこちに電話をかけて応援を頼んでいた。素人のような手伝いが入れ替わり立ち替わりやってきて、赤ん坊の世話をしていた。

そういうところだから、あまり評判はよくなかったのかもしれないが、助産婦の腕は確かで、何より費用が安かった。そのせいで、結構妊婦がかかっていたようだ。邦枝の記憶では、お産のあと、抱かせてもらった赤ん坊には、左の耳たぶに二つ黒子があった。耳たぶに黒子が、それも二つ連なってあるなんて珍しいと思ったという。なのに翌日、部屋へ連れて来られた子には、それがなかった。よもや取り違えが起こるなどとは思わず、自分の勘違いだろうと思いなおした。そういうことを、娘の死後、鮮やかに思い出した。

熱を入れて調べた結果、邦枝が出産した日、どういうわけか女の子は二人しか生まれていなかったことがわかった。興信所に頼んで、当時、そこで働いていたという女性を見つけ出した。謝礼を払ってその人に事情を聞いた。女性は訥々《とつとつ》と口を開いた。人手が足りなくて、てんてこまいだったその日、同じ時間に生まれた女の子に産湯を使わす際に、どっちの子かわからなくなってしまったともう一人の手伝いが言っていたという。

片方の子の親が退院を急いだので、うやむやなまま渡してしまったけれど、彼女はどうにも気がかりでしょうがなかったらしい。事情を訊いた時には、産院は閉じられていた。女性は、あの時、急いで退院していった母親と赤ん坊の名前を憶えていた。それを頼りにまた興信所に頼んで調査してもらい、とうとう琴美にたどり着いた。

「琴美さんの左の耳たぶには、邦枝さんの記憶の通りに並んだ二つの黒子があったらしい。興信所が密かに調べた血液型も、徳田さん夫婦の間に生まれる血液型で間違いのないものやったんやて」

「それで？」

すっかり話に引き込まれた豊は先を促した。

「それで、どうしたと思う？　あの人らはな、大事に育てられとる琴美さんを見て、親子の名乗りを上げることを断念したんじゃと。それでもわが子とわかっとる子のそばにおりたい一心で、替出町に家を買って移住してきたわけや」

それに、自分たちが育てた子は死なせてしまっている。そのことも負い目になって、真実を告げることに二の足を踏んだのだ、と徳田恒夫は言ったという。

言葉もなかった。茶の間の壁に掛けられた安物の丸い時計が時を刻む音が、やけに大きく聞こえた。もう父親も口をつぐんでしまった。空なのがわかっているだろうに、徳利を逆さにして振っている。一滴だけ落ちてきた酒は、お猪口には入らず、卓袱台の上にポツンと落ちた。

すべてはつながった、と思った。どうしてもそこだけが不可解だった。徳田さんの動機が。でもこれで納得した。彼らは、実の娘のそばで余生を過ごすことを生きがいにしていたのだ。決して秘密を明かすことをせず。そしてある日、真実子から、琴美が転がり込んだ苦界のことを聞いた。原口に一生囚われて悲惨な生活を強いられるかもしれない娘を憂えた。いや、許せなかった。あのケダモノのような男を。琴美を道具のように使い、脅し、愛娘の体を好き勝手に弄んだ男。

原口に対する憎しみは、想像を絶するものであったろう。恒夫さんは、自分の寿命が尽きようとしていることを知っていた。それならば、死ぬ前に娘を助けてやりたい、たとえ殺人という大罪を犯してでも。

シカクが河原で見た恒夫さんの行為も、琴美さんのところに来て泣き崩れた邦枝さんの姿も、彼らの心情を物語っていたのではないか。

あの夫婦は、琴美さんの身の上を憂えて心を乱されていた。

わが子を案じ、居ても立ってもいられない親心——それはやがて、殺人という悲劇的な結末に到達する。

真実子は知っていたのだろうか。琴美が徳田夫婦の子であることを。今となっては、それは知りようもないことだった。徳田さんは、原口を自宅に呼び出して殺した。そして真実子は知恵を絞った。考えつく限りの方法をひねり出し、躊躇することなく実行した。

死体を始末し、持ち物を処分した。原口殺しは、完璧に隠蔽された。

「たいした奴だよな」

ふと呟いた言葉に、父が顔を上げた。

「おい、豊。このことは誰にも言うな。わかっとるやろうが。恒夫さんが越して来て、何年も経ってから、民生委員のわしにだけ、そっと打ち明けたことなんやけんな」

もちろん、口外するつもりはなかった。老人ホームにいる邦枝さんは、夫が重大な秘密を誰かに漏らしたことも承知していないのかもしれない。もうあの人の周辺には、穏やかな時が流れているだけなのだ。かつて激情に駆られて他人の命を奪ったことすら、霞《かすみ》の彼方《かなた》に遠のいているだろう。それでいい。父親の口調を真似て、心の中で呟いた。

「さあて、風呂にでも入るか」

立ち上がった父親が、柄にもなくクスッと笑った。

「やれやれ、あのイノシシ肉を埋めるのは、骨が折れたもんよ。鼻が曲がるくらいひどい臭いでな。スズメバチにはやられるし。それが真実子の思いついた工作をやらされとったとは――」

風呂場に向かいながら、父も同じことを言った。

「たいした奴よ」

豊の前で、扉がバタンと閉まった。父親が鼻歌を歌いながら、廊下を遠ざかる。

その声を聞きながら、豊はかすかに笑った。

「たいした奴、か」

真実子に骨の処理の仕方を教えたのは、豊の父だった。いくら本を読むのが好きな少女でも、死体の骨をきれいにする方法なんて調べようがない。パソコンが普及していない頃の話だ。

豊の父は、高校で化学を教えていた。薬品のことには詳しかった。哲平が語ったような薬品を使って骨格標本を作る方法にも通じていただろう。真実子が蔵書目当てに父の書斎に出入りしていたことは知っていた。父は知的好奇心の強い真実子に目を掛けていたのだ。彼女が読んだ本の内容について質問したりしたら、丁寧に答えてやっていた。

その延長で、真実子が知りたがった、死体から骨を取り出してきれいにする方法も伝授したのだろう。

彼女がえらく熱心に父親のところに通って来ていた時期があって、何をそんなに調べているのだろうとふと気になったことがある。そんな折り、真実子が一度、ノートを父親の書斎に忘れたことがあった。何気なくそれをパラパラとめくってみた。真実子の字で「骨をきれいにする方法」とあった。思わず顔をしかめた憶えがある。でも特におかしいとは思わなかった。真実子のすること、考えつくことは、小学生の思考の範疇を越えていたのだから。首を振りながら読み進んだ。

一度野外に放置した骨を、薬品を使って処理する、と書いてあった。拙い小学生の文字で、とんでもないことが淡々と書き綴られている。興味を引かれて読み進んだ。薬品は水酸化ナトリウム（苛性ソーダ）が適していて、市販されている商品名も連ねてあったはずだ。

参考にした文献のタイトルも添えられていたし、豊の父がアドバイスしたと思われる書き込み箇所もあった。その後も何度か真実子はやって来て、本を読んだり父に質問したりしていた。あの後もノートの書き込みは増えただろう。父の意見を聞きながら、彼女は最適の方法を選びとったに違いない。

風呂に入ってしまった父親の声はもう聞こえない。

こういうことを真実子から尋ねられて教えてやっている時、父は何を思ったろう。あの時の豊のように、とんでもないことを訊くものだと思っただけだっただろうか。いや、そんなはずはない。民生委員だった父は、真実子がしようとしていることを知っていた。その上で彼女に力を貸した。何が徳田さんの家で起こっているかを理解し、その動機も充分に承知していた。父は、琴美が徳田夫婦の実の子だと知っていたのだから。

知っていて、知らん顔をして、真実子のすることに加担した。

父が一連の出来事に関わっているのではないかという予感は、新聞記事を見た時からあった。抉れた堤防から、真実子が盗み出したと思われる骨格標本が出てきた時から。自分たちが、真実子に言われて山の中に埋めた骨は本物だったのではないか。その疑問がむくりと持ち上がり、次第に豊の中で大きくなっていった。

以来、土の中から出てきた白骨に、「誰なんだ？　オレを殺したのは？」と問いかけられる夢を見るようになった。あの夢に心底怯えた。真実子に死体を白骨化させる方法を授けた父こそが、殺人を犯した張本人ではないかと疑ったからだ。だから真相を探るため、かつての幼馴染を訪ね歩いた。

父は民生委員として、よその家庭の事情を知り得た。時に必要以上に深入りし、腹を立てたり余計な忠告をしたりした。その性格はよくわかっていた。独りよがりの正義を他人に押し付けることもままあった。そういう部分は頑固で毅然としていた。それが高じて、どうしようもない悪を排除しようとしたのではないか。恐ろしいことだが、ないとは言いきれなかった。

真実子と協力して、そういうことを為したのではないかという疑いを捨てきれなかった。そうでなければ、なんであんな妙なことを調べて真実子に教える必要があるだろうか。

だが、結局豊の推理は外れたわけだ。徳田さんと琴美を巡る秘密を知った今では、父が演じた役割がよくわかった。父は、自分の管轄地域で起こった悲しい犯罪に目をつぶったのだ。それだけだ。高校教師で民生委員の父は、かなり詳しいいきさつを承知していたはずだ。真実子が骨の処理法を訊く時にしゃべったのかもしれない。父はすべてを知って、すべてを許した。その上で真実子という賢明な小学生がうまく立ち回れるように力を貸してやった。

もしかしたら、異臭騒ぎで苦情がきて、徳田家の様子を見に行った時、すべてを知ったということも考えられる。その上で、協力者に転じたということもあり得る。裏の雑木林の中に放置された原口の死体の処理の。

だがもはや、父を問い詰める気はなかった。どこまで父が関与しているかは、どうでもよかった。父は、父のやり方で人助けをしたのだろう。

「それでええ、か」

豊は立ち上がり、流しでコップを洗った。

六、真実子の章

紺色ののれんがハタハタと揺れていた。白字で「まんいち荘」と染め抜いてある。それを掻き分けて、朱里が現れた。

「おい、邪魔だ。今写真撮ってるんだから」

哲平に言われて舌を突き出した。それでも素直に店の中に引っ込む。デジカメを構えた哲平が、何度かシャッターを押す。ディスプレイの画像を繰ってみて、いい写りのものを選んでいる。豊がそれを横から覗き込んだ。

「これがいいかな」

「いや、引いたこっちの方がええよ。周囲の景色もちょっと入れた方がわかりやすい」

「そうか？」

哲平は納得できないように首を傾げた。平屋のプレハブ住宅。粗く削られた木の柱や色の揃わない石膏《せっこう》ボードが、急ごしらえの店舗であることを伝えている。

「まあ、いいか。早くしないと開店に間に合わない」

二人は揃って店の中に入った。厨房《ちゅうぼう》では、正一が忙しそうに立ち働いていた。手伝っているのは京香だ。哲平はパソコンが置いてあるテーブルの前に座った。「まんいち荘」のホームページを立ち上げたのは哲平で、明日の開店に向けて店の様子をアップしていた。

骨を掘り出しに行ってからちょうど一年が経とうとしていた。

正一が野蒜で食堂を開くことになった。もともとあった「まんいち荘」より内陸に入った場所で、東名運河のそばに土地を借りた。野蒜海岸の近くは、まだ地盤沈下の影響を受けていて、建物が建てられる状況ではなかった。集客を考えた場合、少しでも人が住んでいる場所に近い方がいい。

「おい、シカク、仕込み、間に合いそうか？」

背中で正一に問う哲平は、忙しくキイを叩く。

「あ、それ、こっちの写真と入れ替えた方がいいんじゃない？」

横から口を挟む朱里が一番張り切っているのかもしれない。

「『新鮮な海の幸を存分に味わえる店』っていうキャッチもどうかなあ。ありきたりじゃない？　もっと土地柄と店主の人間性を前面に出した方がよくない？」

「雑誌編集者の小うるさいこと！」

哲平は顔をしかめた。朱里はめげる様子はない。

「こういうのはどう？　『小さな店の大きな心意気。まんいち荘再開』」

哲平はうーんと唸った。

当分は人を雇う余裕がないという正一を手伝うために、東京から哲平と朱里、四国から京香と豊が駆けつけた。全員がお揃いの黒いTシャツを身に着けていた。背中には、のれんと同じ文字で「まんいち荘」と白くプリントしてあった。これはお祝いに朱里がプレゼントしたものだ。

「まあ、なんとかなると思う。第一、どんだけ客が入るかもわからんのやから」

魚を下ろしながら正一が答えた。

「そんなことでどうすんの。ここで儲けること、考えなさいよ」

京香が業務用冷蔵庫を開けながら発破をかけた。一人、手持無沙汰な豊は、椅子に腰を下ろした。

「やっぱりシカクはシカクやな。俺はてっきり四国へ戻って来ると思うとったのに。頑固やなあ」

「そこがシカクなんよ。猪突猛進型。融通はきかん」

京香の言いようがおかしくて、朱里がケラケラと笑った。

哲平がパソコンを載せて作業しているテーブルは、この店に一つだけの大テーブルだ。周囲に椅子を並べれば十人は座れる。あとはカウンター席が六つ。テーブルの中心に、さざ波模様の木目が一本浮き上がっている。これは豊の工房で作られたトチのテーブルだ。まんいち荘の開店に合わせてレンタカーで四国から運んできた。

正一が野蒜で食堂をやると伝えてきた時、即座にこのテーブルを使ってもらおうと決めた。正一の再出発にふさわしいと思った。

正一がここに根を張って生きると決めた以上、応援するしかない。哲平と京香、そして朱里も同じ気持ちだったのだろう。この一年何かと相談に乗ったり、援助したりしてきた。特に哲平と朱里は、開店までに何度もこっちに足を運んだという。正一も、素直にそれを受けたようだ。

哲平と朱里は正式に籍を入れて夫婦になった。忙しい生活は相変わらずで、すれ違いも多いが、どこかゆとりのようなものが二人の表情には生まれている。もしかしたら、来年の今頃には、赤ん坊が生まれてさらに忙しくなっているかもしれないな、と豊は思った。それでもこの二人なら、そういう忙しささえ楽しみに変えてやっていくのではないか。

京香は夫との離婚が成立した。夫側は態度を硬化させ、話し合いは紛糾した。業を煮やした豊の父親が、富永の家に乗り込んで話をつけた。と言っても正攻法でやってもだめだとそれまでにさんざん身に染みていたので、父は奥の手を使った。

富永家の敷地内にある事務所での後援会の集まりに地域の老人会の一員として紛れ込み、未だに富永県議のホームページに、仲睦まじい夫婦の写真がアップされているのは間違いだから削除した方がよくないか？　と発言したのだ。そこに至って、発言者が京香の肩を持って離婚交渉に臨んでいる老人だと、富永家の人間や秘書の大倉はようやく気がついた。慌ててそれを否定しようとした時、そばにいた別の老人会員が、「ほう！」と声を上げた。

「それはどういうことぞな？　そういやあ、最近、奥さんの顔を見んけど、どないしたんぞな」と続けた。もちろん、この老人も豊の父が仕込んだものだ。

会場はざわついた。ここぞとばかり、大きな声でがなり立てる。

「あんた、知らんのかな。奥さん、実家にもんとるんやがな。何でも富永県議が浮気して、相手を妊娠させてしもたらしいで」

とぼけた老人というよりは、認知症の気が出た老人を二人は演じた。

「へえ！　そら知らなんだわあ！　そら、奥さん、怒るわなあ！」

「浮気相手と県議が切れんもんやけんな、あんた、そらうまいこといくわけなかろがな」

秘書の大倉が鼻の穴を膨らませて突進してきた、とこれは父が後で語ったことだ。

その日の後援会には、地元の新聞社の記者が来ていた。富永県議が直前の県議会で提出した「子育て家庭への支援として、紙おむつを無料提供」という議案について、詳しい話を聞きに来ていたのだ。

「紙おむつは、自分とこにもいるけんなあ！　県議、その子を引き取るんですかいなあ」

「まあ、そら、奥さんが承知せんじゃろ。なんぼ紙おむつもろてもなあ。愛想つかされたんじゃないんかな！　なあ、県議」

喚き続ける二人の老人は、外に追い出された。騒然となった会場の前列には、青ざめた丈則と澄江が残された。

このすったもんだは、地方紙のトピック欄に載った。赤根川の堤防から骨格標本が露出したという話題が載った枠だ。丈則が、家庭を持ちながら水商売の女性と関係を持ち、相手を妊娠させたという事実は、公になった。京香との離婚問題で揉めているということも。ネット上で拡散したこの話題は、全国版のワイドショーでも取り上げられた。

これを受けて丈則と京香の離婚の話し合いはスムーズに進んだ。萌々香の親権は京香に渡り、慰謝料も存分に支払われたという。京香の主張通りにことが運んだわけだ。ここで渋って難癖をつけたりしたら、丈則のイメージに傷がつくと踏んだのだろう。だが、遅きに失した感がある。この傲慢で自己中心的な若手県会議員は、次の選挙では相当の苦戦を強いられるであろうというのがおおかたの予想だ。

京香は今、実家で母親と萌々香とともに穏やかに暮らしている。丈則は、浮気相手と再婚したらしい。望み通り男の子に恵まれたのに、うるさい義母と義父の面倒を嫌って、再婚相手が家を出ていき、早くも別居状態だという。

この一連の出来事で悦に入ったのは、豊の父親だ。尊大な県議一家をぎゃふんと言わせた勢いを駆って、尚之とも大喧嘩をした。とうとう姉一家とも決別したというわけだ。もう絶対に千葉に行くことはないだろう。四国で腰を据えて暮らすと決めている。

豊は父と二人、大きな変動もない生活を送っている。毎日、木材を眺め、対話し、細工を施す。そうやって顧客の注文に応えている。正一の店がオープンするというのは、大きなイベントだったし、トチのテーブルを完成させるというのも、一つの目標ではあった。でもこれが終われば、また淡々とした日々に戻るだろう。

旅は終わったのだ。そう思った。寂しいとは思わなかった。一区切りはついたけれど、まだ続くものはある。それを受け入れてやっていくだけだ。そういった生活に不満はなかった。

店の外に軽トラックが停車した。トラックの荷台には、花輪が積まれていた。それを降りてきた二人の男が店の前に運んできた。厨房から正一が顔を覗かせる。

「ああ、こりゃ、下村さん」

破顔一笑したのは、以前仮設住宅で会った自治会長だった。もう一人の男と花輪を店の前に立てた。花輪には、正一が住んでいる仮設住宅の住人一同と名入れしてあった。

「まあ、この度はおめでとうございます」

くたびれたキャップを取って、かしこまって頭を下げる。慌てて正一も頭を下げた。

「これ、こんなことしかできねえんだども、皆、ここさ、飯食べに来るべさ」

「立派な花輪をありがとうございます。それが一番嬉しいです。皆さんによろしくお伝えください」

正一も頭に巻いたタオルをはずして、なんどもぺこぺことお辞儀をした。

「どうなることやらわからないけど、細々とやっていくつもりです」

「いやあ、『まんいち荘』の名前を見ただけでも嬉しいっちゃ。きっと繁盛すっぺ」

「おやんつぁんが宣伝して回ってるから、大丈夫だべ」

一緒に来た男が口添えをした。しばらく立ち話をして、二人は「がんばってけさいね」と言って帰っていった。

「これで明日は大入り満員間違いなしだな」

哲平はパソコンの前で腕組みをして笑みを浮かべた。

「地元の人に愛されるのは大事なことよね」と朱里が続けた。

「でも、よそから来た人にも食べに来てもらわんと」

厨房から京香が声をかける。

「京ちゃん、えらい張り切っとるな」

「そりゃあ、そうよ。店を持つってことは、一国の主でしょ。それなりの覚悟でやらんと」

「そらまたおおげさな」

外から戻って来た正一が言った。

「ねえ、のれんはしまっとこうか？　もう営業してると間違えて入って来る人がいるといけないから」

朱里の声に、正一は首を振った。

「いや、もうちょっとだけ出しといてもらえるかな。皆に見せてやりたいんよ」

「わかった」

表に出て行きかけた朱里は真顔で頷いた。

「皆」という意味を、その場にいた全員が理解した。だだっ広い平地の中に建った「まんいち荘」は、空からもよく見えるだろう。

お昼には正一が海鮮丼をふるまってくれた。新鮮なエビや魚の切り身が載っていた。

「あんまり載せるなよ。明日の分がなくなるぞ」

そう言いながらも、哲平は嬉しそうに舌鼓を打った。

「寒くなったら、上等のカキが手に入るんや。知り合いが養殖しとるのを分けてもらえる。そうしたら、鍋もええぞ」

包丁をふるいながら、正一は笑った。

一年四か月前、こいつを訪ねてきた時——と豊は思った。物事を始めようという気力なんて微塵《みじん》も感じられなかったのにな。すっかり人生を投げ出していて、首をすくめるようにして生きていた。ここに留まるのか、故郷に帰るのかも決めかねていた。ただ息をしていただけ。その息が止まっても、しばらくは気がつかないんじゃないかと思うくらいひっそりと生きていた。

何かが背中を押したんだな。

正一本人も、哲平も京香も、俺が訪ねていったことで、物事が動いたんだって言うけど、そうじゃない。俺じゃない。

「ねえ、この一年とちょっとの間にたくさんのことがあったよね」

箸を使いながら、しみじみと京香が言った。豊の心の呟きを聞いたみたいに。

「今、ここで皆とごはん食べとるんが嘘みたい」

自分を型にはめて、息も絶え絶えに暮らしていたついこの間までのことを思い出したのか、京香はほうっと息を吐いた。

「いい方向に向けたってことね」

朱里の言葉に、正一が首を回して入り口の方を見た。開け放たれた引き戸の向こうで、のれんがはためいていた。そのまた向こうには、澄んだ空がある。

「皆」の中には真実子も含まれていたんだな、と豊は思った。

「ぞくぞくする物語は結末を迎えたんだね。ここ何年かで一番、魅力的な物語だったな。部外者のあたしでも興奮したもの」

「君の好きなミステリーより？」

哲平が茶化した。

「まあね」

「真実ちゃんが残した物語の続きをたどったわけよね。私たち」

とうとう京香がその名前を口にした。

「京ちゃんがさ、あの詩を書き残していたおかげだよ」

「そうだな。あれは最大の手がかりだったたな」

「『骨を弔う詩』か」

「ねえ、それ、ちゃんと聞かせて。この人ったら、全然憶えてないの」

朱里が食べ終わった丼を脇によけて、テーブルの上に身を乗り出してきた。

「いいよ。私はおしまいまで全部憶えとる」

京香は椅子にきちんと座りなおした。他の皆も箸を置いて京香の方を向いた。


私たちは、今、お前をこの地に埋める。

お前もお前の魂も、もう決して目覚めてはならない。

お前は未来永劫、ここに留まらなければならない。

お前には、もう肉体がない。精神も失われた。

己の罪を認めよ。

そしてこの罪に適う罰を受けよ。


豊は、正面に座った朱里の表情に目を留めた。京香が諳んじるにつれて、引き結ばれていた唇がしだいに半開きになった。それと同時に瞳も大きく見開かれる。

口を閉じ、目をつぶれ。耳に土くれを詰め込め。

もうお前には、声高に自己を主張する権利もない。

他者を損なう力もない。

そこまで京香が唱えると、朱里の顔にははっきりと驚愕の表情が浮かんだ。

冷たい土の下、沈黙だけがお前の友だ。

「まって！」

とうとう朱里が小さく叫んだ。

「それ、あたし、知ってる」

「えっ！」

ただ最後に、我々がお前を弔う。

悲しく貧しいお前の人生を弔う。

そう続けたのは、朱里だ。他の四人は、ぽかんと口を開いて朱里を見た。京香は黙り込んだ。朱里が一気に後の文言を唱える。

我々はお前の末路を心に留める。
お前は何人も恨むことはできない。
我々は、崇高な精神の持ち主。
誰にも汚されることのないプライドを誇り、
誰にも貶められることのない尊厳を掲げる。
この力をもて、今、お前を葬る。

「どうして……」

京香が囁くような声を出した。

「どうしてって――」戸惑ったように朱里が視線を泳がせた。「それ、宇佐美まことの小説に出てくるよ」

「ええっ！」

「うそ」

いっせいに声が出た。哲平にいたっては、腰を上げて座っていた椅子を倒してしまった。

「心を揺さぶられる詩だなあって思って、あたし、何度も読み返したから、憶えてるの。『骨を弔う詩』っていうタイトルじゃなかったけど、とにかく作中に出てくる印象的な詩だった」

周囲のあまりの反応に身を縮めながらも、懸命に説明した。

「主人公がやむにやまれぬ事情で人を殺してしまうの。そして死体を埋めながら、それを唱えるの」

「ちょっと待て。落ち着いて考えよう」

一番浮足立っている風情の哲平が、椅子を起こしながら言った。

「これは、真実子が十一歳の時に作った詩だ。徳田さんが殺してしまった原口の骨を葬る時に」

ここまではいいな？　と哲平はぐるりと友人たちを見回した。全員がしかつめらしく頷く。豊だけがそっと目線をそらした。徳田夫婦が琴美の実の親だったことは、友人たちには伏せたままだ。これだけは、民生委員だった父親から口留めされているので、話すわけにはいかなかった。

だから哲平たちは、温厚な徳田夫婦が、琴美のことを思うあまり誤って原口を手にかけてしまったと思い込んでいるに違いない。

琴美にも事実を伝えるつもりはない。あの骨が本物だったことも、原口を恒夫が殺してしまったのではないかという推理も。琴美にとって、徳田夫婦は、優しくて親切な人たちのままなのだ。真実を知れば、琴美は平常心ではいられないだろう。

それが徳田夫婦の決めた生き方なのだから、それをどうこうする権利は自分にはない。

「あれはあの時、あの場所で唱えられただけだった」

「京ちゃんがノートに書き残しとったぞ」正一が口を挟んだ。「それを誰かが見たとか」

京香はかぶりを振った。

「それはない。私はあれを誰にも見せてないもん。ノートに書き留めて、時々自分で読み返したりはしてたけど、そのうち忘れてノートも奥の方にしまってしもた」

「ほんなら、真実子が同じ詩を誰かに聞かせたか。替出町から引っ越していったとこで」

豊が言うと、それはあり得るな、と正一も賛成した。

「それを聞いた人が、何年も経って小説を書き始めて――」

「つまり、その人が宇佐美まことってこと?」

議論は尻すぼまりになって、やがて誰もが黙ってしまった。

「そんなこと、あんまりなさそう――よね。昔、他人から聞いた詩を小説の中で披露するなんて」

京香がぽつりと呟いた。

「もっと可能性の高いことがあるわ」

しゃんと背中を伸ばした朱里が声を張った。全員が朱里に視線を移す。

「真実子さんが、宇佐美まことになったのかも」

「えっ！」哲平が目を剝いた。「宇佐美まことって女の人？　俺、てっきり男かと――」

「ええっ、知らなかったの？　こっちの方がびっくりするわ」

朱里が呆れ顔で言う。

そんな二人のやり取りを聞きながら、京香は肩を落とした。

「そんなこと、あるわけないよ。だって真実ちゃんは――」

「死んで――しもたんやろ？」

また沈黙。

「なあ、その宇佐美まことってどんな人？」

正一の問いに、朱里は肩をすくめた。

「それがあんまり知られてないの。写真も詳しいプロフィールも公開してないし。人前にも出たがらない。一昨年、日本幻想小説大賞を受賞した時も編集者が代理で受け取ったらしい」

「ばかばかしい。もうやめよう」

正一はテーブルの上の食器を片付け始めた。京香も頭を振りながら立ち上がり、それを手伝った。豊は外に出て作業を始めた。テーブルと一緒に運んできた板切れで「まんいち荘」の看板を作るつもりだった。殺風景な店の前が少しでも見栄えがするようになるのではないか。道具箱を開けてのこぎりを取り出した。

それぞれがそれぞれの作業に没頭していた。

「なんだ‼」

突然、店の中で哲平が叫んだ。全員がそちらに注目する。豊ものこぎりを持ったまま、店の中に入った。

「なんだ」

今度は拍子抜けしたみたいに言い、哲平は笑った。

「これ、アナグラムだ」

「は？」

厨房から出て来ながら、正一が眉をひそめた。

「アナグラム。並び替えだ」

哲平がパソコンのディスプレイを指差した。ワードの画面にふたつの名前が並んでいた。

さとう　まみこ
うさみ　まこと

皆が狐につままれたような顔をする中、哲平一人が腹を抱えて笑った。

「どうだ？　いかにも真実子がやりそうなことじゃないか！」

店の中に哲平の明るい笑い声だけが響いた。

「いや……、でも、どうかな？」

「偶然じゃないの？　そんなこと——」

口々に疑わしそうな意見を述べる。

「そうよ！　きっとそう！」朱里だけが興奮した。「だって、こんな偶然あり得ないでしょ？　『骨を弔う詩』は真実子さんのオリジナルなんだから」

それから「ちょっと待って」と言うなり、バッグからスマホを取り出した。慌てているものだから、一回スマホを床に落とした。

「文芸部の宇佐美先生担当の人、知ってるの。訊いてみる」

電話はつながらなかった。だがすぐに、折り返しがかかってきた。

朱里が説明を始めるのを、四人は突っ立って聞いた。朱里は要点をかいつまんでうまく説明した。事件や背景のことには一言も触れず、子供の頃にある人物から聞いた詩が、宇佐美まことの小説の中に出てくるので、その理由を知りたがっている人たちがいる。もしかしたら、宇佐美まことその人が、自分たちの幼馴染の佐藤真実子さんかもしれないと。

朱里は途中から気を利かせてスピーカーホンにしたから、相手の声はよく聞こえた。

「さあ、どうかしら？　先生はそういう話には乗らないと思うわ。私たちにだって、あんまり会いたがらないで、メールのやり取りで済ませることが多いもの」

そういう面倒なことはつなぎたくないという気持ちがありありとわかる相手に、朱里は食い下がった。「そこをなんとか」とか「すごく大事なことなの」とか、言葉を尽くした。その会話を、全員が固唾を呑んで見守った。

しまいに六本木の有名なレストランの食事を三回おごるから、という懇願で相手は折れた。

「どんだけ美味しいんかな、そこ」

ぼそりと正一が呟いたが、誰も笑わなかった。

とにかく、宇佐美まことに話だけは通してもらえることになった。

朱里は、豊と哲平と正一と京香の名前を伝えて、相手にメモさせた。

「いい？　きっと伝えてよ。この四人があなたが残した謎を解いて、三十年前に起こったことを理解しましたって」

朱里はその文言も復唱させた。それから、少し迷った挙句、付け加えた。

「この人たちは真実子さんは死んでしまったと聞かされていた。白血病でね。お墓があったお寺でも、一人娘が死んだって……。だからもし先生が真実子さんその人だったら、とても嬉しいって言ってる」

向こうは、うんざりした態で、はいはいと言って通話を切り、朱里は片眉を上げてみせた。

「まだ物語は終わってなかったのね。どうなるのかしら。この結末は」

きっと時間がかかると思うという朱里の言葉に、全員また元の作業に戻った。正一と京香は仕込みにかかり、哲平と朱里は、パソコンでホームページの作成作業を続けた。豊はひとり外に出て、切った板にノミで「まんいち荘」の名を彫り込んだ。もう誰も口をきかなかった。それぞれの作業に熱中しているようで、心はそぞろだった。

電話がかかってきたのは、夕方だった。皆で揃って野蒜海岸の近くまで来た時だった。のんびりと歩いていたわけではない。すべての作業が終わっても連絡が来ず、じっとしているのが苦痛で、外に出たのだ。

防潮堤の切れ目から三キロも続く白砂の海岸線が垣間見えた。その美しさに豊は目を奪われる。「奥松島《おくまつしま》」と呼ばれる景勝地は緩やかな弧を描いていて、穏やかな波が押し寄せては引いていた。

この太古からの繰り返しが、ある瞬間、全く別のものになることがあるなどと、誰が予想しただろうか。今は震災の影響で、立ち入りが禁止されているという。すぐ後ろには、元のまんいち荘が建っていた空き地があった。今はもう、土台も撤去されてしまい、どこに家屋があったのか、わかりにくかった。

朱里のショルダーバッグの中でスマホが鳴り、一瞬、皆が顔を見合わせた。

「はい」

通話ボタンを押した朱里は、静かな声で応えた。すぐにスピーカーに切り替える。

「宇佐美先生と長いことしゃべったわ」

相手も落ち着いた声で応える。

「先生の本名は――」一度そこで言葉を切り、息を吸い込んだ気配がした。「佐藤真実子」

それを聞いて、朱里はすっと目を閉じた。京香が「ああ」と嘆息した。

「とても懐かしがっていたわ。先生」

「生きていたんだ。皆は先生、ううん、真実子さんが本当に死んだと思っていたのよ」

「白血病にかかったのは本当だって。でも骨髄移植をして助かったって」

「だけど、友人たちの一人が訪ねていったお寺では――」

「亡くなったのは、先生のお母さんなの」

「え？」

「その言葉を言ったのは、たぶん、先生の母方のお祖父《じい》さんじゃないかって。お祖父さんからすれば、先生のお母さんは娘でしょ？　だから」

そういえば、琴美が訪ねた港町は、真実子の母親が生まれ育った場所だと聞いた。母親も一人娘で、父親が婿入りしたのでお墓は母方の佐藤家のもの、同居していたのは母方の祖父母だったのか。ようやくその勘違いに豊は気がついた。

「でもお母さんが死んだのは、自分のせいだって先生は言ってた。先生は、白血病を治すために、お母さんから骨髄移植を受けたんだって」

編集者は、真実子に聞いた話をしてくれた。真実子には兄弟がなかった。だから兄弟間なら四分の一の適合率なのに、その可能性はない。そのため、白血球の型が完全には一致しない母親から骨髄移植が行われた。免疫抑制剤の進歩により、それが可能になったのだという。抗癌剤治療や放射線治療のあと、白血病が再発した真実子に残された最善の治療法だった。

ところが、ごくごくまれに起こる全身麻酔による副作用で、母親が亡くなってしまったのだという。

「そんな……」

絶句する朱里の周りで、他の者も息を呑んだ。

精神的苦痛に加え、真実子の体にも拒絶反応と合併症とが現れた。凄絶な闘病生活だった。

「食道と口の中がひどく爛《ただ》れて唾液も出ない。口の中に膿《うみ》がたまって、それを掻き出さないと口も開かないという状態が三年間も続いたんですって。その間、口からは何も食べられなくなって点滴だけで命をつないだって言ってらした」

「知らんかった。そんなことちっとも」

震える声で京香が言い、口を押さえた。頬を涙が伝った。海風がそれを吹き飛ばす。

「体が少しずつ回復しても、精神的にはどん底だったって。自分は母親の命を奪って生き永らえているという気持ちが先生を追い詰めた。根拠もないのに、また病気が再発するんじゃないかという恐怖に苛まれ、抗不安薬や抗精神病薬が手放せなくなってしまったらしいの。それこそ薬物依存一歩手前までいって」

遠くで響く波の音。何もない大地を吹き抜けていく風の音。

五人はじっとスマホから漏れてくる真実子の物語に耳を澄ませた。

「だからね――」物語は終わりに近づいている。「だから、友だちに連絡を取るなんてことはできなかったのよ。先生は、こう言ってた。自分が死んだと思われているなら、その方がいいんだって。そこまで考えてたって」

「でも、今は素晴らしい小説を書いて、私たちに届けてくださっているじゃない」

朱里が一言、一言、区切るように言った。

「そうね。ほんと、それは私も思う」

ようやく相手の声が弾んだ。同時に、男たちの体からすっと力が抜ける。

「先生は、まだ幼馴染に会う気持ちにならないのかしら」

はっとしたように京香が顔を上げた。頬の涙はもう乾いていた。

スマホの向こうの編集者が返事をする前に、朱里は畳みかけた。

「今、私のそばにその人たちがいるの。彼らはとても会いたがっているわ、佐藤真実子さんに。人にあだ名をつける天才で、傲慢な大人をぎゃふんと言わせる才能の持ち主で、知恵と不撓不屈の精神ですべてに片を付ける真実子さんに。私は会ったことがないけど、きっとこの人なら、長い時間をかけて病気を克服したでしょうね。そしてまた、長大な物語を紡ぎ始めた。ねえ！」

勢い込んで朱里は言った。

「先生に伝えて。こういうふうに。『真実子さんが理科室から盗み出した骨格標本は、途中で本物に変わりましたね』って」

「何ですって？」

面食らった相手に、朱里はまたその言葉を復唱させた。

「伝えてくれるって」

通話を終えて、朱里は皆の方に向き直った。

「大丈夫。きっとうまくいく」

「君のその自信がどこから来るのか、いっぺん訊こうと思ってたんだ」

哲平の言葉を見事に無視して、朱里はスマホをバッグに勢いよく放り込んだ。翳《かげ》りゆく陽が、海面を照らし出していた。沖に白い波が立つ海を、五人は黙って見つめた。

「なあ」だいぶ経って正一が口を開いた。「奇跡って時々起こるよな」

「そうやね」

そう答えたのは、また京香だった。


まんいち荘に帰り着き、今度こそ、のれんをしまった。それぞれがやりかけていた仕事の始末をした。誰が言うともなく、トチのテーブルの周りに座った。

「返事はいつになるかわからないよ」

朱里のその言葉に、後の四人は、編集者からの連絡を待っていたのだと初めて自覚し、顔を見合わせた。

正一に促されて、店の外に出て戸締りをした。明日のオープンの準備は万端だった。もう何もすることはない。正一は仮設住宅に帰り、後の四人は東松島市中心部のビジネスホテルに宿泊することになっていた。

「明日は忙しいぞ。きっと」

豊の言葉にうんうんと頷きはするが、皆他のことに気を取られているのは、明らかだった。

五人は野蒜駅へ向かった。夕暮れが迫る道を歩く。背にした海はまだ明るみを帯びていて、吹いてくる風に温もりを感じた。ひっそりとした、だが確かな輝きに背中を押されるようにして歩いていく。

野蒜ヶ丘の駅のホームに並んで立った。高台にある駅からも海が見えた。もう水平線と空との境が曖昧になりつつあった。

豊は横目で、一列に並んだ中年の男女を盗み見た。ふいに森に向かう小学生の五人が、山道で立ち止まり、行く先を見詰めているような感覚に陥った。頰を紅潮させ、目を輝かせた少年と少女。行く先には、いいことしか待ち構えていないと漠然と信じ込んでいた子供時代。もちろん今は、いいことばかりではなかったことも知っている。だけど、それでも歩いてきただけの価値はあった。

誰もが満ち足りた顔をしていた。年を重ねることには意味があった、と素直に思えた。

もう聞き覚えた朱里のスマホの呼び出し音が鳴った。

朱里はゆっくりとそれをバッグから取り出し、耳に当てた。

「はい」

「今、どこにいると思う？」

昴りを無理やり押し込めたような声がした。

「宇佐美先生のところ！」

朱里の答えを待たず、女性編集者が言った。耳だけを会話に向けていた四人は、びくんと体を震わせ、首を巡らせた。

「私もね、先生の担当になって二年と八か月経つけど、お会いしたのはまだ二度目」

編集者の間では、あまり人に会いたがらない宇佐美まことが、人嫌いなのだという噂が勝手に広まっていた。真実子は骨髄異形成症候群を患っていた時、骨折を繰り返した。そのせいで、今は歩くのに杖が必要なのだという。そんなこともあって、あまり外出したくないのだ、という事情を今日初めて聞いたと彼女は言った。

「でもね、いつも電話でお話しする先生は、すこぶるお元気なの。辛口でびしび他人を批評するし、好奇心旺盛で、世の中の出来事にも敏感で、気になることがあれば、すぐに調べるし、だから話題も豊富だし——」

興奮のあまり、やや支離滅裂な物言いが続いた。そこでやっと気がついたみたいに、「先生はもちろん、皆さんのことを忘れていないわ」と言い、「ぜひ会いたいとおっしゃってる」と付け加えた。

「理科室の骨格標本だって騙したことは悪かったって。ああしないと、きっと一緒に行ってもらえなかっただろうからって」

それ以上のことは、真実子も口にできないだろう。自分がしゃべっていることの真相を知ったら、この人は腰を抜かすに違いないな、と豊は思った。すると、電話をする担当編集者の横で、笑いを噛み殺している真実子の顔がありありと浮かんできた。

「しかし、真実子が小説家になるなんてなあ！　全然予想してなかったよ。世の中、何があるかわかったもんじゃないよなあ！」

哲平が大きな声でそう言い、朱里がそのままを伝えた。

向こうでも、編集者がそれを真実子に伝えているようだった。しばしの間があり、密やかな笑い声が聞こえた。

「先生が、こう言ってくれって。『鶴がみんな恩返しをするとは限らない。コガネムシがみんな金持ちとは限らない』って」

四人の幼馴染の顔にじわじわと笑みが広がった。朱里だけがきょとんとしていた。

朱里がスマホを持った腕をすっと伸ばした。

「はい。先生が話がしたいって」

四人はそろりと顔を見合わせた。その視線は、すぐに豊に集まった。この旅を始めた男に。

物語のおしまいを聞くために。

朱里が、豊の手にスマホを押し付けた。残照を受けて光るパールピンクのそれを、豊はゆっくりと持ち上げ、耳に当てた。目を閉じる。

かすれた声を出す。

「もしもし」

夏の朝の冷えた空気を感じた。一面に広がる緑の稲を波打たせ、吹きわたる風。緑の中に一羽だけすっくと立つ白鷺《しらさぎ》。枇杷《びわ》の葉から滑り落ちる水滴。それは蜘蛛の巣に引っ掛かり、朝日に照り輝く。その一粒の中の虹色に、幼い豊は目を凝らす。

スマホの向こうから声が届く。

「もしもし」

この世界は、まだまだ捨てたものじゃない。

解説

北上次郎

宇佐美まことは面白い。

という一行からこの解説を始めようと思ったが、エラそうに言う資格が私にはない。というのは、2019年3月に『いきぢごく』が出てくるまで、ずいぶん長い間、宇佐美まこと作品は『愚者の毒』しか読んでいなかったからだ。

宇佐美まことは、2006年に「るんびにの子供」で第1回「幽」怪談文学賞〔短編部門〕大賞を受賞してデビューした作家である。同作を含む作品集『るんびにの子供』がメディアファクトリーから刊行されたのは2007年6月。それから2019年3月まで約12年の間に、宇佐美まことは10冊を上梓《じょうし》している。『いきぢごく』は11作目の著作だ。その10冊のうち、日本推理作家協会賞の「長編及び連作短編集部門」を受賞した『愚者の毒』しか読んでいないとは、まったく書評家失格である。すみません。

『いきぢごく』を読んでびっくりした私を完全にノックアウトしたのは、2019年9月に刊行された『展望塔のラプンツェル』だ。これは大変だ。全作品を読まねばなるまい、と急いで本を買い集めて読みふけった。その最中に、『黒鳥の湖』が刊行されたので、宇佐美まこと作品はその時点で全13作。小学館文庫に宇佐美まこと作品が入るのは本書が初なので、ここにそのリストを掲げておく。

①『るんびにの子供』2007年6月 メディアファクトリー
②『虹色の童話』2008年6月 MF文庫ダ・ヴィンチ／2017年8月 角川文庫
③『入らずの森』2009年3月 祥伝社／2012年3月 祥伝社文庫
④『愚者の毒』2016年11月 祥伝社文庫
⑤『角の生えた帽子』2017年9月 KADOKAWA
⑥『死はすぐそこの影の中』2017年10月 祥伝社文庫
⑦『熟れた月』2018年2月 光文社
⑧『骨を弔う』2018年7月 小学館（本書単行本）
⑨『少女たちは夜歩く』2018年9月 実業之日本社
⑩『聖者が街にやって来た』2018年12月 幻冬舎
⑪『いきぢごく』2019年3月 角川春樹事務所
⑫『展望塔のラプンツェル』2019年9月 光文社

⑬『黒鳥の湖』２０１９年12月　祥伝社
⑭『ボニン浄土』２０２０年６月　小学館

最後の『ボニン浄土』は、本文庫と同じ月に発売される新刊なので、この解説を書いている段階では未読。この14作を大きく二つに分類する。デビュー作から『角の生えた帽子』までの五作と、『死はすぐそこの影の中』から『展望塔のラプンツェル』までの七作だ。便宜上、前者をA群、後者をB群とする。つまり①〜⑤がA群、⑥〜⑫がB群。B群の⑨『少女たちは夜歩く』と⑪『いきぢごく』は、内容的にはA群に属することも書いておく。

A群とかB群とか、いったいその区分けは何なのだ、と言われそうなので、急いで説明する。『愚者の毒』が日本推理作家協会賞の「長編及び連作短編集部門」を受賞したときの著者インタビューで、宇佐美まことは次のように答えている。重要なことなので、ここに引用する。

「最近は泣かせる話が多いでしょう？　人生の応援歌みたいな。そういう話を読みたい人が多いのはわかっているし、それもいいとは思います。しかし、私が書きたいのは『人間』だし、人間を書くのが小説だと思っているので、あえて人間の暗部に切り込んでいきたいのです。怪談小説についてもそこは同じで、怪異そのもののではなく、怪異に出会った人間の方に注目して書いたつもりです。要するに、人間は弱くてずるくて汚いものだし、嘘《うそ》はつくし、欲もある。だけど、それだからこそ魅力的だし、ミステリアスだし、書こうと思えばいくらでも書くことがありますので」

この「人間の暗部に切り込んでいきたい」ということに留意。A群の作品はそういう意図のもとに書かれた作品といっていい。『愚者の毒』はそのピークだ。宇佐美まことが面白いのは、そう言いながらもB群の作品を途中から書き始めていることである。その特徴は物語に明るさが漂っていること。途中で、⑨と⑪というA群の特徴を持つ作品が紛れ込んでいるものの、この方向は『展望塔のラプンツェル』で結実する。貧困と暴力の街に生きる少年少女を描く物語なので、とても辛《つら》い小説ではある。しかし宇佐美まことはそのやり切れない話をラストで魔法のように一変させるのである。温かなものがこみ上げてくるラストの風景を、宇佐美まことの作品で読むとは思ってもいなかった。つまり、人間の暗部に切り込む『愚者の毒』と、たとえ現実が厳しいものであっても希望を描く『展望塔のラプンツェル』が、宇佐美まことの中では同時に成立するのである。これが実に興味深い。『愚者の毒』と『展望塔のラプンツェル』は、双面神ヤヌスだ。宇佐美まことが変化したわけではないことは、続く『黒鳥の湖』でまたA群に戻ってしまったことで明らかである。

この段階で⑭『ボニン浄土』は未読だが、たぶんA群の作品だろうと推理している（のちに読んで思った。すごいな、宇佐美まこと。A群だのB群だの、そういう賢《さか》しらな分類を笑うように屹立《きつりつ》している。詳述は別の機会にするけれど、この作品で宇佐美まことは新しいステージに突入したといっていい）。

というわけで、ようやく本書の話になるのだが、B群の真っ只中《ただなか》に書かれた作品だけに、物語に明るさが漂っていることが特徴である。幼いときにみんなで埋めた骨は何だったのだろうという謎を解いていく話だが、そこにそれぞれの人生の苦境を重ねていく。ひとつひとつの話は結構重く、辛く、やり切れない話でもある。全然明るくない、と言われるかもしれない。どういうふうに辛く、やり切れないのか、ということも小説を読む上では重要なことなので、紹介してしまうと読書の興を削《そ》いでしまうだろうから、ここには書かない。問題は、その辛く、やり切れない話をどこに着地させるのか、ということだ。異例ではあるが、ラスト一行を割る。それはこういうものだ。

「この世界は、まだまだ捨てたものじゃない」

この物語が、希望とともに終わっていることに留意したい。これこそ、B群の小説に共通する事情なのである。

もう一つは、本書が宇佐美まことと作品の中で、最大の問題作であることだ。これもネタばらしになるので詳述はできないが、構成についてだけ書いておく。小学五年生のときに骨を埋めに行ったのは、哲平、正一、豊、そして京香と真実子の5人である。それを約30年後に振り返るという話なのだが、真実子は亡くなっている、とかなり早い段階で読者に知らされている。それなのに、「哲平の章」「京香の章」「正一の章」と続いて、最後に「真実子の章」があるのだ。それぞれの章は視点人物の章でもある。どうして亡くなった真実子の視点が出てくるのか。虚々実々、とだけ書いておくが、こういう遊び心にあふれているのも大変珍しい。

最後になるが、もしも本書で宇佐美まことを初めて知ったという方がいたら、次に読むべきは『愚者の毒』と『展望塔のラプンツェル』、この二作をおすすめしておきたい。

（きたかみ・じろう／書評家）

謝辞
本書を執筆するにあたり、高木徹也・東北医科薬科大学法医学教授より、法医学に関する専門的なアドバイスをいただきました。
この場を借りてお礼を申し上げます。

参考文献

『死体につく虫が犯人を告げる』マディソン・リー・ゴフ／垂水雄二訳（草思社）
『津波の夜に』大西暢夫（小学館）
『津波からの生還』三陸河北新報社「石巻かほく」編集局編（旬報社）
「骨格標本の作り方」樽野博幸（大阪市立自然史博物館）
http://www.mus-nh.city.osaka.jp/dai3ki_zoo/kokkaku.html
「メディカルノート」
http://medicalnote.jp

本書のプロフィール

本書は、二〇一八年六月に、単行本として小社より刊行されたものを加筆改稿したものです。

小学館文庫

骨《ほね》を弔《とむら》う

著者　宇佐美《うさみ》まこと

二〇二〇年六月十日　初版第一刷発行

発行人　飯田昌宏

発行所　株式会社　小学館

〒一〇一-八〇〇一

東京都千代田区一ツ橋二-三-一

電話　編集〇三-三二三〇-五七二〇

販売〇三-五二八一-三五五五

印刷所――――図書印刷株式会社

この文庫の詳しい内容はインターネットで24時間ご覧になれます。

小学館公式ホームページ　https://www.shogakukan.co.jp

ISBN978-4-09-406781-1